亚瑟王和圆桌骑士

King Arthur and the Knights of the Round Table

[英] 安德鲁·朗格　著

单伟龙　陈保红　译

湘潭大學出版社
XIANGTAN UNIVERSITY PRESS

译者简介

01

单伟龙，博士，教授。1976年5月生于河南商丘，2009年1月毕业于宁波大学，获得英语语言文学硕士学位；2017年9月毕业于上海交通大学，获得外国语言文学博士学位。主要研究方向：语料库翻译学，中国当代文学英译，美国汉学家葛浩文、罗鹏、白瑞文等研究。现任常熟理工学院翻译学科带头人，兼任河南省高等教育学会外语研究分会常务副理事长、外国语言文学教学指导委员会委员。发表论文20多篇，出版《大学英语实用视听说教程》《新核心大学英语读写教程》《21世纪实用英语视听说教程》《陪老外一起学英语》等高校教材4部，主持国家社科基金项目、省社科基金项目、河南省高校哲学社会科学创新人才支持计划资助项目等科研项目，获河南省高等教育教学成果二等奖，河南省教育厅人文社会科学优秀成果二等奖、三等奖。曾荣获河南省高校哲学社会科学创新人才、河南省教育厅学术技术带头人、河南省文明教师、河南省科研工作先进个人、河南省教育厅优秀教育管理人才、河南省青年骨干教师、河南省高等学校哲学社会科学繁荣计划先进个人等荣誉称号。

译者简介

02

陈保红，硕士，常熟理工学院副教授。1973年6月生于河南商丘，2010年1月毕业于宁波大学，获得外国语言学及应用语言学硕士学位。主要研究方向：中国当代文学英译，美国汉学家研究。在《外语教学》《中国电化教育》《上海翻译》等国内学术期刊发表论文近20篇，承担省市级科研项目多项。

译者序言

安德鲁·朗格(Andrew Lang,1844—1912)出生于苏格兰南部,毕业于牛津大学。他是作家,也是翻译家。曾翻译过希腊古诗《伊利亚特》和《奥德赛》,编写了《亚瑟王和圆桌骑士》《亚瑟王》《纯真年代》《儿童经典童话集》等图书。这些作品汇集了世界各地的民间传说、传统神话和经典故事,从不同角度讲述了各种人物传说,其中有幻想的仙女、女巫、魔鬼、怪物、飞龙,也有凶狠的继母、漂亮或丑陋的公主、幸运或不幸的王子,有巨人,也有矮人,书中还往往描述各种神奇的魔法和巫术。

《亚瑟王和圆桌骑士》在欧洲流传了500多年,为欧洲文学提供了冒险、爱情和宗教三大主题。该书描述了理想化的骑士生活,富有神秘色彩。故事情节引人入胜,人物内心活动刻画细致入微。本书共有22章,每一章节都是独立的故事,但各章的人物、背景又彼此关联、互相呼应,完整地再现了亚瑟王和圆桌骑士捍卫和平的传奇英雄形象。

该书以歌颂骑士精神为特点。在不列颠危难之际,亚瑟王率领王国中英勇的圆桌骑士们为和平和正义而战。在激烈的征战中,在长矛与短剑的交锋中,激情、义气、浪漫与荣耀无处不在。骑士们的不懈奋战,不仅缔造了不列颠帝国,也奠定了为人称颂的骑士精神——忠诚、正义、勇敢、平等和尊重女性。

在翻译《亚瑟王和圆桌骑士》的过程中,译者在准确传达原文思想内容的同时,尽量准确再现原文的语言形式;在忠实于原著、确保故事情节完整性的前提下,对原作中的一些次要人物和次要情节作了一些适当调整和删节,使故事更紧凑连贯,情节更引人入胜;对书中出现的一些生僻字、多音字等一一随文注音；对书中难懂的名词、人物掌故作了精当的注释；妙用了一些生动形象的插图，既能激发读者的想象力，也能帮助读者进一步理解故事丰富的内涵。

总之，该书在许多方面都体现了不断创新和追求完美的精神，相信一定会有助于读者更多地了解西方文化，有益于丰富和完善青少年的文化生活。

主要人物介绍

亚瑟王 尤瑟王的儿子，出生后不久就由魔法师梅林抱出宫外，寄养在艾克特爵士的家中。长大后因拔出石中剑而继承了王位，后平定叛乱，成就伟业，被称为英格兰古代史上智勇双全的一代贤王。

格尼薇儿王后 卡默洛特国王的女儿，后成为亚瑟王后。因与兰斯洛特的爱情，为王国带来厄运。后来，为了赎罪进入修道院做了修女。

兰斯洛特 亚瑟王圆桌骑士中的第一勇士，温文尔雅、骁勇善战。他忠诚于亚瑟王，但为了保护王后格尼薇儿，曾一度与亚瑟王反目成仇。

梅林 效忠王室的魔法师，也是亚瑟王最为信赖的军师。他帮助国王登上王位，迎娶王后，平定叛乱，建立圆桌骑士团，使不列颠日趋繁荣。后来，因受薇薇安的迷惑，被压在了一块巨石之下。

高文 圆桌骑士之一，亚瑟王的侄子，奥克尼郡国王的长子。他不仅武艺高超，战功显赫，而且身材高大，相貌俊朗。传说因为他才有了英语词语“白马王子”。

加雷斯 奥克尼郡国王的幼子，亚瑟王的侄子，戏称“厨房骑士”。他初入亚瑟王宫殿时，隐藏了姓名和身份，被凯伊爵士安排在厨房打杂。后来接受了解救林妮丝的任务，相继打败了黑骑士、绿骑士、蓝骑士、棕骑士和红骑士，救出了美艳绝伦的林妮丝，并与她坠入了情网。

格拉海德 圆桌骑士中最纯洁、最完美的一位，独自一人找到了圣杯。是兰斯洛特和伊莱恩(佩莱斯国王的女儿)的儿子。

鲍斯 圆桌骑士之一，兰斯洛特爵士的侄子。见证了格拉海德爵士取得圣杯的功绩，并在格拉海德死后将这件事详细地报告了亚瑟王。他是一位忠诚的骑士，死于维护骑士精神的战斗中。

珀西瓦尔 圆桌骑士之一，也是圣杯三骑士之一，是格拉海德爵士以外最杰出的骑士。

贝底威尔 圆桌骑士之一，对亚瑟王忠贞不贰。因在战争中失去一只手臂，而成为独臂骑士。是在与莫德瑞的战斗中唯一幸存的圆桌骑士，也是世间最后一个看见亚瑟王的人。

凯伊 艾克特爵士的儿子，和亚瑟王是义兄弟。亚瑟当上国王后，凯伊做了宫廷的管家。他好信口开河，但是个讲究诚信的骑士。

巴林 当时罕见的双手持剑骑士，头脑冷静，勇猛无比。

莫德瑞 亚瑟王的圆桌骑士之一，亚瑟王的外甥，嫉妒阴险，陷害格尼薇儿王后和兰斯洛特，导致圆桌骑士分裂。

目 录

第一章 拔剑

据说，在很久以前，不列颠国王尤瑟·彭德拉根没有继承人，他去世以后，需要找一个人来继承王位。当时许多领主和骑士都觊觎着王权，希望自己成为未来的国王。随着纷争的不断加剧，法律无人遵守，人民流离失所，为恶者不能得到应有的惩罚，一时之间不列颠王国的秩序很是混乱，几近陷入崩溃的边缘。

在一个寒风凛冽的夜晚，月亮映照在山顶一座高大的城堡上，那是英国尤瑟国王的城堡。刹那间一团奇异的光雾开始向城堡大门移动，并在附近上空盘旋，过了一会儿，便悄然散去。雾散处出现了一位老人，身穿一件灰色长袍，头戴一顶尖尾长帽，留着一绺长而白的胡须，银色的双眼很是奇异。老人望向城堡，城堡大门随即打开，这时两名妇人走了出来，其中一名妇女怀抱着一个用金布包裹起来的婴儿，老人伸出双臂，那妇人一言未发便将婴儿交给了他。光雾再度出现，当光雾再次散去之后，老人和婴儿便一同消失了。

他们去哪儿了？

在好几里外的森林深处有一个较小的城堡，那是骑士艾克特爵士的产业，艾克特爵士以仁慈和诚实闻名于整个不列颠。正当他沿着石阶走向房间时，突如其来的一团光雾将他环绕起来。紧接着，那位奇异的老人，怀里抱着一个婴儿，又出现了。

“梅林！”艾克特叫道。艾克特很清楚眼前的老人是谁，他就是梅林，一位有名的魔术大师，世界上法力最强的魔法师。艾克特畏惧梅林，但也十分信任他，因为梅林只将法术用于善事上。

“您怎么来了？”艾克特问道。梅林抱出怀中的婴儿说：“我来就是把这孩子交给你，给他取名叫亚瑟。至于孩子的来历，我现在还不能告诉你，但是请你务必抚养他，像对待自己的孩子一样。还有，不要将此事告诉别人。”

艾克特轻轻地接过婴儿，说道：“我会照您说的去做。”

一转眼，梅林便消失得无影无踪。然而艾克特仍能听到他轻轻的告诫：“不要将此事告诉别人。”

一晃十六年过去了，亚瑟已长成一位健壮、英俊的少年。就像他哥哥凯伊爵士一样，正慢慢成长为一名骑士。亚瑟已学会骑马，拉弓射箭，使用剑、矛和短刀进行战斗。除了武术以外，他懂得一名优秀的骑士还要具备勇敢、仁慈和诚实等美德。他觉得自己已经做好了冒险的准备。然而，城堡里却天天太平无事，这让他隐隐感到有些不舒服。

冬季的一天，魔法师梅林又来到了城堡。他飞马直奔坎特伯雷大主教的住处，两人经过认真商议，最后决定由大主教出面，召集不列颠所有的骑士和领主到伦敦的大教堂共商国是，时间定于几天后的圣诞节。会议结束后的当天上午，就在他们正要离开教堂的时候，突然间出现一道夺目的光芒，随即院子里就出现了一块白色的巨石。它就矗立在那一秒钟之前还空无一物的地面上，没有人知道石头是怎么来的。紧接着一把闪亮的宝剑破石而出，巨石上刻着几个醒目的大字：能拔出此剑者就是真正的英国国王。

大家惊奇地看着巨石上的大字，然后叫人把大主教请了过来。一心想做国王的骑士都试着想把剑从石中拔出，但就算使出全身的力气，那把宝剑还是纹丝不动。大主教只是默不作声地在一旁看着，等到他们筋疲力尽的时候，说道：“能够拔出此剑的人不在这儿，当然我也不知道在哪儿才能找到这个人，但我提议选派两名优秀的骑士来看守这把宝剑。”一切都遵照大主教的话做了，但骑士和领主声称人人有权去拔石中剑，最后决定在新年举办一场比武竞技大赛。来自四面八方的骑士和领主将齐聚一堂,以手中的剑和矛进行比武竞技。之后,任何一位想当国王的人都可以去拔石中剑。

亚瑟和艾克特爵士、凯伊爵士一道骑马进城参加比武竞技。他们看到城里很多高大的建筑物、沿街的商店和威严的教堂。大街上到处是拥挤的人群:有衣着华美的贵妇,也有衣衫褴褛的乞丐;有忙着叫卖的商人,也有骑在马背上的领主。亚瑟从没见过这样的场面,立刻就想四处看看。最后他们在一家小酒馆里住下,但是停留的时间也仅够马儿稍事休息而已。时值新年,比武竞赛不久就要开始了,他们可不能迟到。在距离大教堂不远的竞技场上,五颜六色的旗帜迎风飘扬,色彩明亮的丝绸撑起的帐篷供人消暑纳凉,美丽矫健的马儿正跃步前行,身着光灿耀眼盔甲的骑士正精神抖擞,跃跃欲试。场面煞是壮观。

凯伊突然叫道:“噢,惨了!”

“怎么啦?”亚瑟问道。

凯伊面色凝重,说道:“比武竞技就快开始了,可是我把剑忘在酒馆里了。”

亚瑟总是及时伸出援手,“不要担心,”他说道,“我马上回去帮你拿。”

亚瑟骑上马飞快地奔出竞技场,然而等他回到酒馆时,却见大门紧闭,任他怎样敲门也无人应答,大家都到竞技场看比武竞技去了。亚瑟不想让哥哥失去竞技的宝贵机会,可是他该怎么办呢?无奈之下,亚瑟只能骑马返回竞技场,途经大教堂时,看到教堂的院子里有一柄剑正插在一块白色的巨石上。

“也许那柄剑可以借凯伊用一下!”亚瑟心想。

亚瑟跳下马,跑到巨石跟前,院里空无一人。亚瑟握住剑柄,轻轻一拉,不费吹灰之力便将剑拔出来了,然后骑上马,飞驰去找凯伊。

“我没有拿到你的剑,”亚瑟气喘吁吁地对凯伊说,“不过你可以试试我手中的这把剑。”

凯伊皱皱眉头,“你从哪儿弄来的这把剑?”他问。

“在教堂的院子里,剑就插在一块大石头上。”亚瑟答道。

凯伊的脸色立刻变得苍白。这就是人们都在议论的神剑——“石中剑”啊!

“你在这里等我。”凯伊对着亚瑟说道。他一把夺过亚瑟手里的剑,去找艾克特爵士。

“爸爸,您看!”凯伊叫道,“教堂巨石中的神剑就在我手上,我就是英国国王了!”

艾克特爵士看着自己的儿子,过了好一会儿才平静地问:“你怎么拿到这把剑的?”

凯伊脸立刻红了,他不敢看父亲的眼睛,最后支支吾吾地说道:“是亚瑟拿给我的。”

艾克特爵士站起来对凯伊说:“我们去把亚瑟找来。”

于是,艾克特爵士、凯伊爵士和亚瑟三人快马赶到教堂的院子,来到巨石前。

“亚瑟,”艾克特爵士问,“你是怎么拿到这把剑的?”

“就是从这个石头上拔出来的,凯伊比武需要一把剑,我就想帮帮他。”亚瑟回答道。

“亚瑟,”艾克特爵士命令道,“把剑放回原来的地方。”

亚瑟觉得很困惑,不过还是照艾克特爵士的话做了。

“现在,凯伊,”艾克特爵士告诉儿子,“去把剑拔出来。”

凯伊握住剑柄,使出全身的劲儿去拉,但是那柄剑动也不动。

艾克特自己也上前试了试,也拔不出那柄剑。

“亚瑟,现在换你来试试看。”艾克特说道。

亚瑟向前一步,握住剑柄,轻而易举地将剑拔出,就像他之前做的一样。

艾克特爵士跪了下来。“我向真正的英国国王致敬。”他说道。凯伊在他旁边也跪了下来。

“爸爸,您在说什么呀?快起来!”亚瑟边说边慌忙去扶艾克特。

艾克特爵士抬起头来说:“事实上你并不是我的亲生儿子,虽然我一直像疼爱自己的孩子一样疼爱你。你还只是个婴儿的时候,魔法师梅林就把你带来交给我了,他让我把你抚养长大并保守这个秘密。”

亚瑟简直无法相信自己的耳朵,眼前的父亲竟不是他的亲生父亲?他要当国王?刹那间,他心中生出一种莫名的害怕和孤单的感觉,但与此同时他又为自己即将成为国王而感到高兴。

"ALL THE PEOPLE MARVELLED AT THE STONE"

“您快起来，爸爸。”亚瑟告诉艾克特爵士，“我还不知道该怎么办才好，我现在心里很害怕。”

艾克特爵士把手放在亚瑟的肩膀上说：“我们还是先把剑放回原处，等比武竞技之后，再和其他人一块儿回来，那时你再将石中剑当众拔出来。”

当天稍晚的时候，教堂的院子里挤满了人。有想要拔剑的高傲骑士和领主，有来自四面八方的看热闹的平民百姓，他们都想看看那些骑士领主们的表现。所有的人都希望能有一位伟大的骑士拔出石中剑，成为新的英国国王。

亚瑟也挤在人群中，看着那些骑士们一个个迫不及待地走到巨石前面，想要拔出石中剑，然而却没有一个人成功。

“亚瑟，去吧，”艾克特爵士低声说道，“到石头前面去。”

但亚瑟没有动，他心里有些忐忑不安。“如果这回拔不出剑来，我该怎么办?”他心想。

最后一个试着拔剑的骑士又失败了，聚集在教堂院子里的人们失望地叹着气，有人开始转身离去。

亚瑟知道自己不能再等了，他慢慢地走出人群。此时的他身上仍穿着平常的衣服，整个人看起来年轻又有些害羞。人们开始皱起眉头瞅着他看，亚瑟听见他们在窃窃私语。

“那是谁啊?”他们问道，“看起来是个很普通的孩子啊！能行吗？他敢摸那把剑吗?”这种声音愈来愈大。

亚瑟努力让自己不去理会这些声音，继续往前走去。快走到巨石前面时，却突然停住脚步。那块石头看起来似乎比原来大得多，那柄剑也更美、更吸引人了。同时，他感受到了所有人怀疑的目光。亚瑟向前一步，握住剑柄，深呼了一口气，准备拔剑。然后，只见他的手轻轻地抖了一下，剑就出来了！

随后，院内寂静无声。过了好一会儿，突然有人喊道：“这个男孩不能当国王！这一定是个骗局，他连骑士的身份都没有！”

亚瑟一动不动地站在原地，感到无所适从。最后大家一致认为，究竟谁能成为国王还要等到圣烛节才能决定。到那时将有更多的骑士来拔这把石中剑，才更能让人信服。这期间宝剑仍由原来的两个人日夜轮流看护。等到圣烛节那天，同样的事情发生了。接着是复活节，仍然如此。接下来是圣灵降临节，那天来了很多贫民大众，他们目睹了亚瑟拔剑。开始，四周是一片沉寂，而后震耳欲聋的欢呼声充塞着教堂院子的每个角落。“国王！我们终于找到我们的国王了！我们终于找到我们的国王了！”人们异口同声地高呼着亚瑟是他们的国王，并发誓将杀死所有胆敢跳出来反对的人。

亚瑟不再感到害怕，这次，他相信自己真的要当国王了。环顾四周，他看到各种各样穿戴的人们：有的戴着珠宝，衣着华丽；有的穿着寒碜，一脸倦容。然而所有这些人全都注视着他，眼睛里闪动着对他的希望和信任。他想对他们说说话。

“我就要成为你们的国王了，”他说道，“我要打击邪恶的势力，尽力为大家带来和平与正义。”

亚瑟随即跪下，大主教走上前来将皇冠戴在他的头上。人们再度高声欢呼起来：“亚瑟王万岁！亚瑟王万岁！”

第二章 圆桌的起源

年轻的亚瑟登上王位之后，那些怀恨在心，拒不承认他做不列颠的国王的贵族们，纠集一帮臭味相投的乌合之众，在全国发动了武装叛乱。与此同时，早已对不列颠垂涎三尺的其他几个欧洲国家看到是一个乳臭未干的大男孩在执掌不列颠的大权时，他们蠢蠢欲动，都想把不列颠据为己有。此时，不列颠内忧外患，形势岌岌可危。在这生死存亡的紧急关头，年轻的亚瑟王并没有惊慌失措，他表现得无比地沉着镇定，发誓要在自己的领导下，尽快让整个不列颠摆脱一团混乱和任人宰割的局面，为老百姓建立一个和平、安静的快乐家园，也成就一番自己的伟业。于是，亚瑟王披坚执锐，枕戈寝甲，奋勇拼杀，四处征伐。在战争中，他骁勇善战、气魄非凡，常常令敌人闻风丧胆。他的雄才大略和英勇果敢令优秀、勇猛的骑士为之折服，他们纷纷投奔到亚瑟王的旗帜之下。在亚瑟王的带领下，这些英勇的骑士们奋勇杀敌，一路势如破竹，取得了骄人的战绩。经过长期艰苦卓绝的浴血奋战，亚瑟王挫败了那些对他不满的贵族和外敌的入侵，最终平定了叛乱。

一天，亚瑟王对身边出谋划策的梅林说："我的那些骑士一刻也不让我安宁，整天在耳边嚷嚷着让我赶快找个老婆。我对他们说，如果您不同意，我是坚决不会找的。"

"是的，我也觉得你应该为大家找个王后了，只是不知道你现在有没有意中人?"梅林郑重地说道。

"我喜欢卡默洛特国王的女儿格尼薇儿，她端庄优雅、美丽大方、温柔可人，有一种超凡脱俗的气质，可以说是我长这么大见过的最漂亮最有魅力的女子。”亚瑟王毫无掩饰地道出了自己的心里话。

“格尼薇儿的美貌是大家公认的。但是如果你还没有被她完全迷住的话，我还知道一个美艳绝伦，有无穷魅力的女子，并且她心地品行要比格尼薇儿好上万倍。当然啦，我也知道，男人一旦迷上了一个女子，想把他的心再拉回来那几乎是不可能的。”梅林直言不讳地说。

“除了格尼薇儿小姐，别的女人我谁也不要。”亚瑟王坚定地对梅林说。

梅林摇了摇头，叹着气说：“她可能会给你带来灾难。”

“我非她不娶！”亚瑟王断然地说，“梅林，我派一队骑士，与你一起到卡默洛特国王那里替我求亲。”

梅林只好遵照亚瑟王的命令前去求亲，他和骑士们快马加鞭，飞也似的赶到卡默洛特国王的城堡。见到卡默洛特国王之后，梅林恭敬地说：“尊敬的国王陛下，我们亚瑟王对您的女儿倾慕已久，非常想娶她为妻，特派我前来向您求亲，望陛下能够恩准。”

一听到这个消息，卡默洛特国王掩饰不住心中的喜悦，高兴地说：“这是我最近听到的最令人兴奋的消息，真没有想到英勇无比、万人敬仰的亚瑟王要娶我的女儿。”

说着，他便走近梅林激动地问道：“梅林法师，你看看我拿什么做我女儿的嫁妆呢？给亚瑟王土地吧，估计他不稀罕，因为他已经拥有足够多的土地。要选一样亚瑟王没有而又是他十分想要得到的礼物，真是太难了。”

梅林一时也被卡默洛特国王的问题给难住了，也不知道说什么好，只是怔怔地看着面前的国王。这时卡默洛特国王突然眼睛一亮，说道：“有了，这一定是他盼望已久，最想得到的礼物，就是尤瑟王留给我的圆桌。它的样子像一个圆形的戒指，所以人们叫它圆桌，一共有一百五十人的位子，供一百五十个骑士围坐商谈国家大事。这些人一定是世界上最好的骑士，而且每位骑士将在圆桌上赢得一个固定座位;当他们坐在自己的座位上,座位上就会出现用金字缀成的他的名字。”

接着,他又兴奋地说:“中间的位子是属于最伟大的国王的,而它的正对面却是危险之位。到目前为止,还没有人敢冒生命危险去坐这个位子。因为危险之位是属于最强大的骑士的,其他人如果坐上去,他将必死无疑。尤瑟王在世时,座位从未坐满过,他死时遗憾地把圆桌给了我。我自己也曾召集骑士坐在圆桌旁议事,但遗憾的是我的骑士不够一百五十个,后来又有很多英勇的骑士战死沙场,圆桌周围的骑士所剩无几,于是就不再使用这个圆桌了。现在,亚瑟王应该拥有它。我想,在他为王的时候,一定会填满所有座位,当然危险之位也不例外。”

“这对亚瑟王来说,应该是再合适不过的礼物。我想如果他知道了,一定会高兴得睡不着觉的。”梅林赞同地点点头说。

最后,卡默洛特国王又嘱咐梅林说:“梅林法师,请你回去告诉你尊敬的国王陛下,我已经同意把女儿嫁给他,而且还要送他圆桌作为礼物。”

听完卡默洛特国王这番话,梅林立刻告别。为了尽快让亚瑟王知道这个激动人心的消息,他带领骑士一路昼夜兼程,走陆路,穿水路,马不停蹄地赶回城堡。

得知梅林和骑士带着圆桌凯旋,亚瑟王心中大喜,按捺不住心中的喜悦,对身边的人说:“真没想到卡默洛特国王能够如此爽快地答应我和格尼薇儿的婚事,能娶到倾慕已久的人我就心满意足了,没曾想到卡默洛特国王还能把圆桌赠送给我。这圆桌对于我来说,要胜过任何的财富。”接着他命令人去把格尼薇儿接过来,为他们的大婚和王后加冕仪式做好充分的准备。一切准备就绪之后,亚瑟王命令开始使用圆桌。在每个位子上放着一个金杯和金盘。然后,梅林拉着亚瑟王的手,让他坐在了中间的王位,这时金字开始显现:亚瑟王。

梅林又指着危险之位说："只有一个人能坐在那里，但那个人还没有出生，除他之外，任何人胆敢坐上去，就会立刻死掉。"

"梅林，"亚瑟王颇有点激动地说，"你现在立即挑选优秀的骑士坐上圆桌的位子吧。"

"别着急，我的国王。一个骑士必须用实力来赢得圆桌之位。"梅林笑着说。

"那，尽你所能地挑选吧。"亚瑟王说。

梅林环顾四周，第一个看见的就是骑士帕里诺。

"就是这位勇敢的骑士。"他用手指着说，"让他坐在您的身边，将来会成为您最好的骑士。"

于是，梅林拉着帕里诺的手，让他坐到了亚瑟王左边的位子上。椅子上立刻显现出金字：帕里诺。

接着，梅林立刻奔赴全国各地去挑选那些以勇敢而闻名于世的骑士们。他又找到了二十八名优秀的骑士，也让他们坐在圆桌旁。接着，亚瑟王走了进来，这些骑士立刻毕恭毕敬地站起来，向亚瑟王深深地鞠了一躬，表示敬意。这时，在他们坐过的椅子上立刻出现了他们各自的名字，都是用金字缀成的。

不久，又有一个叫高文的年轻人前来拜见，他恳请国王在结婚庆典那天封他为骑士。"我当然愿意封你为骑士，我们的国家正需要像你这样年轻有为的人。"亚瑟王面带笑容，温和地说，"而且你是我姐姐的儿子，我的亲外甥。"

亚瑟王看着圆桌周围的骑士越来越多，感到自己的力量越来越大，满心欢喜。正当他和手下人谈笑风生的时候，一个衣衫褴褛、步履蹒跚的老头牵着一头瘦骨嶙峋的老驴走进宫廷。驴上骑着一个小伙子，十七八岁，身强体壮，神情高昂。看到这情景，在座的所有人都笑了，因为骑着驴来拜见国王既不体面,也是罕见的事儿。

“国王在哪儿啊?”老头用浑浊的声音问道。

“那儿!”骑士们笑着齐声答道,“你有重要的事情要跟他说吗?”

“是的!”老头点点头说。

于是有个骑士把他带到亚瑟王跟前,老头颤颤巍巍却毕恭毕敬地向他鞠了一躬,说道:“啊,伟大的亚瑟王,我听说您婚礼庆典那天,任何人向您索要礼品,您都会答应的,是吗?”

“这一点是毋庸置疑的。”亚瑟王温和且爽快地说道,“只要他没做过伤害他人、对不起国家的事情。”

“您真是太宽厚仁慈了,谢谢您!我们伟大的亚瑟王。”那个贫穷的老人感激涕零地说道,“我对您唯一的请求是,让我的儿子也做一名骑士吧。”

“你这可是一个了不起的请求。”亚瑟王仍然用温和的口吻问道,“他叫什么名字啊?”

“他叫爱瑞斯,是放牛的。”

“是你自己,还是你儿子,有想当骑士这个伟大的想法?”

“是我儿子,他一直想成为一名骑士,我倒从来没有这种想法。”老人答道,“我有十三个儿子,个个身强力壮,他们都是很懂事的孩子,每天按照我的吩咐,到农场里去照看牲畜。但这个孩子却与众不同,他每天除了射击,投飞镖或者去战场上看那些骑士奋勇杀敌,其他什么也不干,还整天求我带他来见您。兴许经过一番训练,他也能成为一名了不起的骑士。”

“你的名字叫什么?”亚瑟王转向那个年轻人,温和地问。

“陛下,我叫托尔。”

“如果让你成为一名骑士,那你杀敌的剑在哪儿?”国王又问道。

“这就是,国王。”年轻人指了指身上的佩剑回答道。

一听年轻人说身上带着剑,对剑情有独钟的亚瑟王立刻说道:“如果你想让我封你做骑士的话，快拿出来，让我看看。”

接着，托尔敏捷地从驴上跳下来，猛地拔出身上的剑，跪倒在地，双手把宝剑呈给亚瑟王，并恳求封他为骑士，而且是圆桌骑士。

“我会封你做骑士的，”亚瑟王说道，同时用剑碰了一下小伙子，“至于圆桌骑士，如果你有能力证明自己受之无愧，将来自然会得到这个荣誉的。”

第二天，人们盼望已久的国王和王后的大婚如期举行了。在亚瑟王的大喜之日，教堂的钟声响彻云霄！宫廷四周人山人海！欢呼声充满了大街小巷。“你们看！你们看！那个就是我们年轻的国王，他手里挽着的是他美丽的新娘。”人们兴高采烈地议论着。

这时，沿着街道走来了一队由骑士与贵妇们组成的庞大的游行队伍。他们个个骑在马上，戴着华贵的珠宝，穿着漂亮的礼服。亚瑟国王与世界上最美丽的格尼薇儿王后走在队伍的最前面。

梅林在城堡内等着迎接大家，他领着亚瑟王和众多勇敢的骑士们朝大厅走去。他向亚瑟王鞠躬致敬。“这真是普天同庆的一天！”他说，“今天将成为您创造辉煌历史的起点。”接着，他面向所有的人高声说：“请大家往后站！”只见梅林高高地举起手来，刹那间，大厅里出现了一张巨大的圆桌，它是用石块与木头做成的，圆桌周围环绕着许许多多的椅子，共有一百五十张！

梅林的声音在空中飘荡：“我们正处在一个创造历史的时刻。这张圆桌旁已经坐了很多英勇善战的骑士，还会有更多的骑士加入其中，直到坐满为止。他们是世界上最勇敢的骑士，而且他们之间要以兄弟之情彼此相待。他们将遍游世界，为正义与公理而战。许多骑士将会牺牲，但是圆桌骑士的美好声誉将会一直流传下去，直到永远。”

亚瑟王激动地站起来，情绪高昂地说：“我尊贵的骑士们，让我们在此一起立誓。我们只为正义与公理而战；绝不为财富，也绝不为个人恩怨而拔剑相向。我们要帮助所有需要帮助的人，我们之间也要互相提携、相互支持。我们要以温柔对待软弱的人，但也要严惩所有邪恶之徒。”

亚瑟王话音刚落，骑士个个都站起来答道：“我们谨遵此言！”接着，他们高举手中的宝剑，异口同声地立下誓言：

“我将扶助弱者！

我将勇敢而强大！

我将与邪恶势不两立！

我将为正义和平而战！

我将决不伤害妇孺！

我将帮助兄弟！

我将忠实于朋友！

我将在爱情上忠贞不渝！”

整个宫廷里回荡着骑士们的声音。宣誓之后，所有骑士全部入座，还剩几个空位。亚瑟王环视着大圆桌，为眼前的豪杰们感到骄傲。在座的有他的哥哥凯伊爵士、艾克特爵士和高文爵士。此外还有贝底威尔爵士和兰马洛克爵士以及其他许多声誉卓著的英雄们。“他们真是非常、非常优秀的人！”亚瑟对梅林说道。

梅林感叹地说道：“他们确实很优秀，但是最伟大的一位骑士尚未出现。他是一个既像豹子又像绵羊的人。”梅林话音刚落，金色的光雾便出现了，梅林也随即消失得无影无踪。后来，又有很多骑士来到城堡，加入了亚瑟王的骑士队伍中。圆桌骑士如此勇敢，他们的名字很快传遍了整个世界。

第三章 追击野兽

亚瑟王和格尼薇儿大婚之后，他扶贫济弱，建立起一个繁盛的王国，不列颠迎来了空前的统一和强大。国家和平安定，百姓过上了幸福快乐的生活。亚瑟王感到整天在宫内无所事事，于是便来到阿斯克河附近一个偏远的小镇去打猎。晚上休息时，做了个奇怪的梦，梦到成群的鹰头狮和千万条毒蛇来到自己的国家，所到之处尸横遍野，令人目不忍睹。为了保护自己的老百姓，亚瑟王和他的骑士们拿起宝剑与这些野兽展开殊死的拼杀，最后才把他们全部杀死。然而在拼杀中，损失惨重，亚瑟王也受了重伤。猛地醒来，发现是一场梦，可怕的景象一直挥之不去。为了摆脱梦境，他召集骑士们一起去打猎。当他们走进树林时，突然发现一只公鹿迎面跑来。

亚瑟王便喊道："我去追！"

说罢策马紧追不舍，亚瑟王的马几次快要追上，然而疲于奔命的鹿飞也似的一会儿又把他甩在了后面。因为追得太久，马后来倒地而死。身心疲惫不堪的亚瑟王只得坐在泉边的一棵树下休息，这时他忽然听到很多狗"汪汪"的叫声。他慌忙抬起头向四下张望，映入他眼帘的不是狗而是一只他从没见过的巨大可怕的怪兽。只见那只怪兽径直向泉眼走去，它喝水的声音类似于很多狗发出的"汪汪"声。那怪兽喝完水，拖着沉重的身体慢慢地走开了。

当时，亚瑟王惊呆了，在那儿一动不动，心里还一直纳闷："这到底是什么怪物啊？如此庞大。"

这时，一个骑士骑着马跑来了，看到亚瑟王一个人坐在树下发呆，下马问道：“这位骑士，你有没有看到一只奇异的怪兽打这儿经过？我正在四处找它。”

“是的，我现在还纳闷，它怎么那么可怕。”亚瑟王好像从梦中猛地惊醒，急忙答道，“你快点追赶，它还不会跑得太远。不过它那么可怕，你为什么追它啊？”

“我要杀死它，否则我就要死。”那骑士急切地说，“我已经追了很长时间了，现在我的马已经筋疲力尽，要是我能再有一匹马多好啊！”

说话间，一位侍从给亚瑟王牵了匹膘肥体壮的马来。那骑士一见马，眼睛顿时一亮，转身向亚瑟王请求道：“尊敬的骑士，请你把马借给我，我一定要除去这个恶兽。”

“骑士先生，”亚瑟王回答，“你已做了该做的。现在把这个怪物交给我吧，让我收拾它！”

“不！这世间除了我和我的亲族，没有人能制得了它。”那骑士断然地说。说着这话，他便飞身跳上亚瑟王的马背。

“你虽然抢走我的马，”亚瑟王说道，“不过，我倒要看看我们谁才是骑马的好手。”

“好，”那骑士痛快地说，“如果你想和我赛马的话，你就在这里等着。”说完他就扬鞭策马，飞驰而去。

亚瑟王转过身，吩咐侍从快点再找一匹马来。这时，一个十四五岁模样的男孩子突然出现在亚瑟王面前，躬身施礼，问道：“国王陛下，您为何不高兴啊？”

“我在想一件非常奇怪的事情。”亚瑟王回答说。

“我知道您在想什么，快别想了，想也没有用。”那孩子接着说，“我还知道您所有的事情：你是亚瑟王，你父亲是尤瑟王，你的母亲是莱格英。”

“胡扯！你小小年纪怎么会知道这些?”亚瑟王生气地嚷道。

“你不信也罢,活人中我最清楚这事儿。”小孩说完转身就走了。

一会儿,又来了一个老头,胡须花白,面色红润,年龄在八十岁上下,看上去很有智慧。走近亚瑟王问道:“什么事让你如此生气啊,年轻人?”

“就在刚才,一个男孩给我讲了一些他不应该知道的事——包括我父母的名字。”亚瑟王回答说。他倒是挺喜欢这个老头的。

“他给你说的是事实。”老人说,“如果你认真听的话,他可以告诉你更多——关于你的姐姐将来会有一个孩子,并且那个孩子会毁了你的事业和你的骑士。”

“你是谁?”亚瑟王惊疑地问。

“我是梅林。刚才那个看起来是男孩的人就是我。我知道所有的事情，包括你将会壮烈地在战斗中死亡;还有我，我的下场将会是不体面的——我将被活埋在土里。”

这时，突然有个侍卫带着一名受伤而死的骑士赶来，向亚瑟王诉说道：“陛下！我们在树林遇到一名骑士，我们从他旁边经过时，他不分青红皂白就与我们发生了争斗，结果，我的主人被他刺了一剑，当时就倒地而死。我请您，尊敬的国王陛下，一定为我的主人报仇。”这件事很快传开，一时之间骑士们都向亚瑟王提出为这位骑士报仇雪恨。

只见远处红尘滚滚，葛利夫莱从后面打马前来。他是随同亚瑟王一起打猎的，和亚瑟王年龄相仿，非常年轻。他神勇无比，英勇善战，跟随亚瑟王南征北战，立下赫赫战功。

他恭敬地对亚瑟王说：“国王陛下，我恳请您封我为骑士，这是我梦寐以求的愿望。”

亚瑟王看了看他，不满地说：“你小小年纪，就想让我加封你为骑士?”

梅林在一旁慌忙插嘴说：“陛下，葛利夫莱年轻力壮，骁勇善战，你应该加封他为骑士，将来会更加勇猛非凡，而且一生都将对您忠心耿耿。”

“好的，我就封你做圆桌骑士。”亚瑟王欣然同意。

“但我要你立刻去做一件事。”亚瑟王接着说道。

“国王陛下，现在要我为您做什么？我一定为您做到。”葛利夫莱毫不迟疑地说。

“大家都在议论树林里死的那位骑士，我现在命你立刻去为他报仇。”亚瑟王说道。

“遵命，陛下，我现在就去。”说着葛利夫莱急忙飞身上马，整好盾牌，手持长矛，朝树林方向疾驰而去。

远远望见树林旁边有座高高搭起的帐篷，旁边立着一匹骏马，鞍韂(chàn)齐备，树上挂着一面五彩缤纷的盾牌，还有一杆长矛。马到跟前时，葛利夫莱举起矛头，只听“砰”的一声那块盾牌被打落下来。

那骑士走出帐外，气愤地问道：“好一个骑士，我们素不相识，你为什么平白无故打下我的盾牌?”

葛利夫莱高声回答：“想和你较量一下呀!”

那位骑士说道：“你这么年轻，力气和我相比相差甚远，不是小瞧你，你根本不是我的对手，现在向我赔礼道歉还为时不晚。”

葛利夫莱说：“不要太张狂了，今天倒要让你见识见识我的厉害。”

那骑士道：“既然你如此不识抬举，我要给你点颜色看看。”

俩人一交手，葛利夫莱的长矛就被打成了几截，那骑士又从左边刺中他的身体，把他连人带马打翻在地。这时，亚瑟王和梅林及时赶到，亚瑟王径直向那骑士冲了过去，厮杀在一起，一时之间打得难分难解，站在一旁的梅林直看得目瞪口呆。只听到咔嚓一声，双方的矛头都折成两截。

亚瑟王立刻拔出身上的宝剑，那骑士立即大喊道：“我是从来不用剑的，我们拿矛再斗!”亚瑟王毫不示弱地叫道：“只要我还有矛，我非常愿意。”话音刚落，就来了一个侍从，送上两支矛，两人伸手各拿一支，没战了几个回合，两人的长矛又一次断了。

亚瑟王意欲伸手拔剑，那骑士又道：“不可，咱们遵从骑士应有的高贵品质，再拿矛来比。你是我有生以来遇到的最厉害的对手，真是痛快!”

“好!”亚瑟王说。

侍从又送上两支长矛，彼此刚一交手较量，亚瑟王的矛就被击断了。只见那骑士瞄准亚瑟王的盾心，奋力扎去，因为用力过猛，竟把亚瑟王连人带马击落在地。亚瑟王爬起来，气愤不已，遂拔剑出鞘，大喊：“骑马比武，算我输了，请让我们徒步比一比吧。”

那骑士道：“我喜欢骑在马上。”

亚瑟王火冒三丈，手持宝剑，挽起盾牌径直冲来，那骑士连忙跃下马来迎战，他觉得骑马和步行的人比武，不是骑士应有的品质。几个回合之后，双方各举利剑，奋勇刺杀。两人的身上都染着鲜血，比武场地也被血迹溅得点点殷红。两人恰似两只公牛一般，你撞我冲相持不下。到了最后，那骑士竟把亚瑟王的剑劈成两段，对亚瑟王说：“现在总该认输了吧？现在该认输了吧，否则我便取你性命。”

这时，梅林对那骑士施出一道法术，让他倒下昏昏睡去，然后连忙抱起身负重伤的亚瑟王去寻访一位老隐士，这人品格高尚又精于医术，仔细检查了全部伤口以后上了一些药。亚瑟王便留在那里诊治了三天，直等伤口完全愈合，才和梅林法师一起向老隐士致谢，上马告辞而去。

第四章 湖中剑

在返回的途中，亚瑟王和梅林被四处弥漫的浓雾包围着，分不清方向，逐渐与骑士们走散了，失去了联系。一路上，亚瑟王都非常烦躁不安，不停地自言自语："我没有剑！我现在很需要一把新剑！"梅林耐心地劝道："没关系，附近有一把宝剑，如果能拿来，便是您的了。"

不一会儿，他们骑到湖边，这时浓雾慢慢散去，呈现在他们面前的是一望无际的大湖，四周被绿树环抱，平静的湖面像一面镜子，湖水清澈见底。这时平静的湖心伸出一只穿着白色绸衣的手臂，手里举着一把精美的宝剑，在阳光的照射下，闪闪发光。一看到剑，亚瑟王兴奋不已，他用手指着，激动地对梅林说："看！看哪！梅林！在那儿，湖的正中央，有一只女人的手臂，手正紧握着一把宝剑，你看到了吗？"

“我看到了，它就是我刚才说的那把剑。”梅林也被亚瑟王的兴奋的情绪感染了，有点语无伦次地答道，“那是我所见过的最美的宝剑。剑柄是金的，而且……”

“而且上面还镶嵌有宝石，光彩夺目，闪闪发光。”梅林接着说。

恰在此时，他们看见一个少女从湖面轻盈地走来，白色的长裙在微风中是那么的洒脱飘逸。亚瑟王就问：“那楚楚动人的女子是谁？”

梅林答道：“她是湖上仙女。她就生活在湖中的一块磐石上，那里长有奇花异草，异常美丽。现在您不用着急去见那个女子，您只管在这儿等着，那女子一定会来见您，只要您婉转地向她请求，她定会把剑送给您的。”

不多时，那少女果然来见亚瑟王。少女微微弯下身子，向他施了个礼，亚瑟王很礼貌地开口问道：“小姐，你为什么在这无人烟的地方居住？”

“陛下！这里并不是荒野，而是一座城堡。”

“城堡？除了一汪水，我可什么都看不见啊！”亚瑟王惊讶地问。

“您看到的只是我想让您看到的东西，陛下。”女子笑着说。

“陛下，你要相信这位美丽的姑娘的话，她说的都是真的。”梅林在旁边解释道。

“难道你能够看到她说的那座城堡？梅林。”亚瑟王还是半信半疑地接着问梅林。

“我看到了！”

这次，亚瑟王对梅林的话深信不疑，他转向湖中女彬彬有礼地说：“姑娘，刚才湖面上出现的是什么剑，一定是把宝剑，求您把它送给我吧！”

那少女爽快地答道：“那是我的宝剑，我可以把那把宝剑送给你，但是你必须答应我的几个要求。”

“我发誓，您要什么，只要我能做到的，我一定送给您。”亚瑟王毫不犹豫地说。

少女回答道：“好吧，请您坐上那条画舫，划到剑旁，连剑带鞘一同从湖中拔出。至于我要对您提的要求，时辰到了我自然会告诉你。”

亚瑟王和梅林立刻从马上跳下，将马系在树上，又快步上了船，用力地划到那剑旁。亚瑟王双手握住剑柄，只见一道亮光，将剑拔出，随之手臂也就缩回水里去了，于是他们返回岸上。

How Arthur gat his Sword Excalibur.

“尊贵的女士，这真是我梦寐以求的宝剑。我感觉我拿的不是一把剑，它简直就是我身体的一部分。”亚瑟王兴奋地对湖中女说。

“这就是神奇的艾克斯卡利伯宝剑，专门为您量身定做的。你就是这把剑的主人了，陛下！它就是亚瑟王之剑。”说完那少女就消失在湖中了。

接着，亚瑟王和梅林继续骑马前行，亚瑟王如获至宝，爱不释手，这一路上时不时地把宝剑拿出来看看，煞是喜爱。看到亚瑟王那乐不可支的样子，梅林笑着问他：“鞘和剑，您更喜欢哪一件呢？”

亚瑟王毫不犹豫答道：“当然是剑喽！”

“我不同意你这一点，你还不知道，你的剑鞘抵过十把剑。在战场上，如果您将鞘一直佩带在身上，不论您受多重的伤，都不会流一滴血，所以，您应当小心谨慎地保护好这只剑鞘，绝不可将它遗失。”梅林告诫亚瑟王说，“另外，我还要嘱咐您，陛下您一定把王者之剑和剑鞘放在一起。我有一种预感：将来你的宝剑和剑鞘可能会被你最信任的女子偷走。

亚瑟王和梅林终于到了卡尔良城，骑士们一听说他们平安地回来了，都兴高采烈地去迎接他们。接着亚瑟王就把自己的种种冒险奇遇给大家讲了一遍，在场的骑士们一个个都为他不顾个人安危独自冒险的行为发出“啧啧”的惊叹声。大家更加敬佩和爱戴这位不怕牺牲敢于冒险的年轻国王。同时，他们也觉得能够为这样的领袖效劳，真是无上光荣。

注：王者之剑是精灵国度阿瓦隆所打造，剑锷由黄金所铸，剑柄上镶有宝石，并因其锋刃削铁如泥，故湖中女士以Excalibur（即古塞尔特语中“断钢”之意）命名之。

第五章 美丽的女巫

亚瑟王有一个同父异母的姐姐，名叫摩根。她有着亭亭玉立的身材，洁白光滑的肌肤，瀑布般美丽的秀发和宝石一样迷人的双眼。她不仅长得漂亮，还精通各种各样的法术。亚瑟王曾在战场上杀死了她的心上人，那是一位风度翩翩的骑士。为此，她对亚瑟王恨之入骨，发誓要想尽一切办法进行报仇。为了实现她的复仇计划，达到不可告人的目的，她在亚瑟王跟前时时表现出一种关心体贴的样子，以此来迷惑对方。亚瑟王非常感动，为有这样一个对自己关怀备至的姐姐而感到欣慰，因此也非常疼爱他的姐姐。

一天，摩根带着两名女侍，骑马来到亚瑟王的城堡，见到亚瑟王，她温和地说："我亲爱的弟弟，这一段时间以来，我一直放心不下你。现在，我们的国家百废待兴，很多国事需要你去操劳，很多大事等着你去做，而你那么年轻。另外，还有很多敌人要对付，我担心你处理不过来，累坏了身体，就想回来帮帮你，做些自己力所能及的事情。"

"谢谢你，姐姐！"亚瑟王非常感动地说道，"可是我不怕，有梅林帮助我，国家大事不难处理。至于敌人嘛，我有一帮英勇忠心的骑士，还有这把神剑哪。我还担心什么？"说着亚瑟王自信地用手拍了拍身上的宝剑。

"你什么时候弄到的这把神剑？我以前怎么没有见到过啊？"摩根装出一副很好奇的样子问道，"能让我看看吗？"

"你又不是外人，当然可以！"说着，亚瑟王便立即从镶有宝石的剑鞘中取出他的宝剑，递给摩根，说道："姐姐，这把剑的名字叫艾克斯卡里伯，能刺穿铠甲,在打斗时它仿佛是一把有生命的剑,剑到人死,非常神奇。”他指指剑鞘,接着又说:“这剑鞘也与众不同,它很有魔力,任何一个人只要佩带着它,不管伤得多重,只要有它在,都不会流一滴血。梅林不止一次地告诉过我,在关键时刻,它会救我的命。”

“真是件令人不可思议的稀世珍宝啊!”摩根不禁啧啧称赞,但心里却非常嫉妒。

只见她眼珠一转,一条谋害亚瑟王的毒计就在大脑中一闪而过。她接着面带微笑地对亚瑟王说道:“这把宝剑太神奇了,你可得小心点儿,一定要把它看好!你整天那么忙,何不让我替你保管这把剑呢?没有人会想到你的剑会在我这里,这样也许会更安全些。”

“好吧,姐姐,那就交给你保管。”亚瑟王高兴地说,“梅林也曾不止一次地警告过我,让我一定要严加看护这把剑。”亚瑟王不假思索,就答应了,他从没有对自己亲爱的姐姐产生过半点怀疑。只见他将宝剑放回鞘中,然后一并交给了摩根。

拿到剑之后,摩根立刻与亚瑟王道别,匆忙离去,她唯恐亚瑟王会忽然反悔,要回这把神剑。等离开宫廷很远以后,她这才松了一口气,自顾自地笑了起来。现在,失去了他的剑,亚瑟王就没有什么可保护他自己的了。接下来,她要实施她的计划了:设一个魔法陷阱来逮住亚瑟!

当天下午,亚瑟王带着几个骑士去森林里打猎。摩根也跟着他们来到了森林,她用魔法将自己变成一只漂亮的白鹿,当然这事没有其他人知道。“你们看!”亚瑟王指着树林深处高兴地对身边的骑士说,“那儿有一只白鹿,像白雪一样,多漂亮啊!”说完,他便快马加鞭前去追赶,只见他愈走愈远一直追到森林深处,随行的骑士大都被他远远地甩在后面。此时,只有一位骑士紧跟在他身后。就是艾克隆爵士,圆桌骑士里最勇敢的骑士之一。

他们两个越骑越快,紧追不舍。那只鹿根本不害怕他们,似乎故意要把他们领到某个地方去，它还不时地回头看看。突然间，白鹿凭空消失了。亚瑟王和艾克隆爵士勒马停止前行，环顾四周，发现自己置身于一个神秘湖泊的岸边。

这时，一艘金色的小船忽然从烟雾中驶出，火红的帆犹如火焰一般明亮，船上似乎空无一人。

只见那船径直地驶向岸边，好像在邀请他们上船似的。“这是一个冒险之旅！”一向喜欢冒险的亚瑟王高兴地叫道，“我们去试一试这艘奇怪的船吧！看它会把我们带到哪里。”艾克隆爵士跟着亚瑟王一起上船，他们的脚刚一踏上甲板，还没等站稳，船立刻掉头向湖心驶去。

摩根躲在岸边注视着这里发生的一切，看着远去的小船，她的脸上泛起一抹邪恶的笑容。她非常得意，此时亚瑟王已经掉进她精心设计的陷阱里了。如果一切顺利的话，他不久就要死了，而且是死在他自己的宝剑之下。更加令人可悲的是，亚瑟王永远也不会知道这件事的罪魁祸首竟然是自己深爱的姐姐，他的死将永远是个谜。

夜幕降临，黑暗慢慢地把四周笼罩，亚瑟王和艾克隆所乘坐的小船愈驶愈远，黑暗之中他们也不知道自己身在何处，将去何方。忽然，船停了下来，紧接着一团漆黑的湖面被照得亮如白昼，随之出现了十二位美丽可爱的少女，微笑着把亚瑟王和艾克隆领到一个精美的桌子前坐下。只见桌子上摆满了美酒佳肴，这时候他们两个才感觉到腹中空空，饥肠辘辘，便慌忙坐下，一言不发地只顾埋头吃饭。一会儿的工夫，他们就风卷残云般把桌子上的食物全部吃完了。两个人摸着饱饱的肚子，心满意足地靠在旁边柔软舒适的床上。这时轻柔悦耳的音乐声跟着缓缓响起，空气中充满了沁人心脾的花香。不知不觉中，他们便睡着了。当亚瑟王醒来时，感觉周围寒气逼人，发现自己躺的不是温暖舒适的床，而是石头做成的地板。四周一团漆黑，阴森森的，空气阴冷而潮湿。顿时他感觉到这不是在船上，仿佛是在地牢里！

这时门被打开了,一束刺眼的光线透过门缝射进来。一个少女步履轻盈地走到亚瑟王的跟前,面无表情地对他说道:“城堡的主人派我来告诉你,如果你想要重新获得自由,就必须为自由而战,至死方休。”

“可是我没有剑也没有铠甲,怎么去战?和谁去战?我们昨天晚上还好好的,今天怎么成了这个样子?”亚瑟王疑惑不解地问道。

“这个你就不要问了,到时候自然就会明白。另外,你会得到你需要的一切武器。”少女冷淡地做了回答。

“好吧,只要能获得自由,我愿意去战斗。”亚瑟王有些无可奈何地说道。他仔细打量着眼前的这位少女。“我想我以前在哪儿见过你。”亚瑟王若有所思地说。

“噢,好像是在我的城堡里。”亚瑟王肯定地说。

“没有,我从来没有去过你的城堡,你搞错了吧?”那少女有点惊慌地说道。事实上,她是在说谎,她的确去过亚瑟王的城堡,是和摩根一块儿去的。

“砰”的一声,门被重重地关上了,那位少女离开了。

这时候,亚瑟王感觉有些害怕了,他意识到自己是被某种邪恶的魔法带到这儿来的。他忽然想起船和艾克隆,不禁自言自语地说:“那艘船在哪儿?艾克隆又在哪儿呢?”

其实,艾克隆就在附近,正躺在中庭里“呼呼”大睡呢,身边还有一个矮子看守着他。那矮子的脸看起来还算和善,但事实上此人心如蛇蝎,是摩根派来骗他上当的。

艾克隆终于醒来了,他缓缓睁开眼睛,一看到周围的一切和昨天吃饭时的情景完全不同,他猛地坐起来,惊讶地注视眼前的这个矮子。

“艾克隆骑士!”矮人说道,“我是亚瑟王派来的,他要你去攻打一个邪恶的骑士,并且要你杀了他!亚瑟王还要我把他的神剑带给你。”说着,他递给艾克隆一个用银布裹起来的东西。

艾克隆小心翼翼地打开布包。“是国王自己的剑！”他高兴地喊道，“有了这把神剑，国王交代的事我一定能做到。”

这时矮人脸上闪过一丝不易察觉的邪恶的笑容。

第二天早晨，按照事先的安排，亚瑟王和艾克隆骑士都全副武装骑着战马赶到决斗场，四周早已挤满了来看热闹的人们。接着双方都大喊着就冲进了比武场，两人都受了摩根的魔法，没有认出对方，他们只想着要打败对方，置对方于死地。于是，当两人接近对方时，双方都高高地举起手中的矛向对方狠狠地刺去，由于用力过猛，双方都人仰马翻，只听“咚”的一声，两人都重重地摔倒在地上。两人又立即腾地从地上一跃而起，各自“唰”地一下拔出剑来向对方冲过去。一时之间，只听到宝剑的撞击声却分不清你我来。看到这阵势，围观的人都呆住了，他们个个为两人捏着一把汗，大气都不敢喘一下。

几十个回合之后，亚瑟王慢慢地处于下风；无论怎样，他也无法抵挡王者之剑。在激烈的搏斗中，艾克隆的神剑好几次刺透他的铠甲，鲜血往外不停地流淌。亚瑟王非常愤怒，他挥舞着手中的剑疯狂地刺向对方，但是不论怎么进攻，对手都是毫发无损，连一滴血也没流下。

突然间，聪明的亚瑟王猜到事情究竟是怎么一回事儿了。他上当了！此时是他自己的神剑在砍他！亚瑟王心里顿时充满了愤怒，这愤怒使他燃起旺盛的斗志。他奋力一击，打掉了艾克隆手中的神剑，然后一个箭步冲过去，飞快地把剑捡起来，迅速砍断艾克隆腰上的剑鞘。这时，他的对手已经只有招架之功，全无反击之力。亚瑟王一次又一次地向前攻击，最后将艾克隆击倒在地。

“你怎么得到这把神剑的？”亚瑟王大声地喝道。

“从亚瑟王那儿。”

“什么！”亚瑟王愤怒地说。他一步走上前去，掀开那人的头盔。他惊呆了，眼前这个被自己打倒在地的骑士，竟然是他的朋友艾克隆！

亚瑟王也摘下自己的头盔。艾克隆一看到是他，也怔住了。“亚瑟王！我不知道是您……”艾克隆吃力地说，“是一个矮人把剑拿给我的。他骗我说是您让我去攻击一个人，还一定要我杀死……”他的声音变得愈来愈微弱，最后什么也听不到了。

“艾克隆！艾克隆！你不要死！”亚瑟王伤心地喊道。然而艾克隆已经听不到了，永远地听不到了。

亚瑟王挣扎着站起来，他浑身是血，伤势很重。围观的人们走近他，才看清楚眼前这个伤痕累累的勇士不是别人，正是他们伟大而勇敢的国王！他们一致决定要一起护送这位尊敬和爱戴的国王去疗伤。

当亚瑟王和艾克隆打斗时，摩根的一名女侍一直混在人群中观看。看到这一切，她急忙回去报告摩根。

摩根非常生气，怒目圆睁，狠狠地吼道：“竟然让亚瑟这只煮熟的鸭子飞掉了，绝不能善罢甘休。现在，亚瑟一定正躺在某个地方治伤，他孤立无援，这是个大好时机，一定要立即采取行动，尽快找到他，拿到神剑，把他杀掉。”于是，她召来三名女侍，在日落时分骑马而去。

此时的亚瑟王已被围观的人们送到附近的一座教堂治伤。他躺在床上，伤口的疼痛令他无法入睡，更令他痛心的是失去了心爱的战将艾克隆骑士。他将神剑从剑鞘中抽出，紧紧地握在手中，然后躺下，迷迷糊糊地睡着了，剑鞘滑落在地上。

正当此时，摩根一行人已赶到教堂门口。摩根轻轻地叩了叩教堂的门，开门的是一名老妇人。摩根满脸堆笑地说：“尊敬的夫人，我听说受伤的亚瑟王就住在这里，他是我的弟弟，我特意过来看看他伤得怎么样。”

老妇人一听是亚瑟王的姐姐，便慌忙领着摩根径直去找亚瑟王。一边走着一边对摩根说：“亚瑟王真勇敢，而且很重感情，是个难得的有情有义的国王，他正在为那位死去的骑士伤心难过呢。”

说着她们已走进亚瑟王的房间，摩根一眼看到神剑就在亚瑟王手里紧紧地握着。心里顿时感觉一阵失望，本想趁亚瑟王熟睡之际，把宝剑从他身边偷走。现在她不敢碰那把剑，她清楚地知道一旦亚瑟王醒来，就会杀了她。这时，她看到掉在地上的剑鞘，心中窃喜，便轻轻地走过去，把它捡起来藏进自己的斗篷里，然后快速地骑上马，消失在茫茫的夜色中。

第二天，亚瑟王醒了。他朦朦胧胧地感觉好像有什么事不对劲儿。“我的剑！还好。”亚瑟王自言自语地说，“剑还好端端地在我手里。”然后，他又记起那条掉落在地上的剑鞘，往地上一看，惊叫一声：“不好！剑鞘不见了！”他连忙朝周围看了看，也不见剑鞘的影子。亚瑟王意识到事情的严重性，他慌忙一瘸一拐地去找老妇人。

一见到老妇人，亚瑟王就急切地问：“老人家，有人来过吗？”

“只有你姐来过，她说来看看你，我就把她领来了。估计她看你正在熟睡，不想打扰你就离开了。”她回答道。

“摩根！难道是她偷了那条剑鞘吗？难道我的姐姐就是我的敌人吗？”亚瑟王不敢相信这一切。他要立刻骑马去见他的姐姐。他很虚弱，但还是在别人的搀扶下骑上了战马，很快消失了……他要去找摩根。

亚瑟王没走多远，就遇到一个放牛的牧人，他停下来急切地问道：“壮士，有没有见到一个女子骑着马打这儿经过。”

“是有一个女子刚刚从这儿经过，然后跑入小树林，后面跟着三个骑着马的姑娘。”放牛人用手指着小树林说。亚瑟王来不及道谢，就朝着小树林方向匆匆地疾驰而去。

不久，他远远地看见前面有四个人骑在马上，离自己有很远的一段距离，但是亚瑟王知道她们就是摩根和她的侍女们。于是，亚瑟王快马加鞭向前追去。不一会儿，他就来到了一座小山顶上，摩根就在他下面的山谷中，他可以很清楚地看到她们。

只见她们骑马来到湖边，湖水清澈映人，湖岸环绕着许多巨石。突然，她停下来了。亚瑟王意识到这就是那天他和艾克隆骑士见到的湖泊，但他不明白摩根在那儿到底要做什么，只见摩根忽然向亚瑟王方向转过头，并冲着亚瑟王“哈哈”地大笑几声，嘴里喊着：“无论发生什么，我永远不会让你得到剑鞘。”然后从斗篷里拿出那支剑鞘，奋力朝湖中一扔，将它远远地抛入黑漆漆的水中。

没想到自己亲爱的姐姐竟然就是要置自己于死地的敌人，亚瑟王心里顿时升起一股怒火，他一定要把这个心狠手毒的女人杀死，想到这儿，便策马奔下山去。当亚瑟王骑马就要赶到她们跟前时，摩根和她的侍女突然不见了，呈现在他眼前的是形状各异的大石头。原来摩根使用魔法，把自己和三个侍女都变成了石头。

亚瑟简直无法相信自己的眼睛，刚才还活生生的四个人，一转眼的工夫，就消失得无影无踪。他在周围找了个遍，四处都不见他姐姐的影子，无奈之下只好空手返回教堂。现在他是没办法抓到摩根了，但是至少已经知道事实真相。摩根不是疼爱自己的姐姐，她是自己的敌人。

亚瑟王在教堂经过一段时间的休养，身体慢慢地得到了恢复，之后他骑马到了卡摩洛特城，受到了卡摩洛特的王后和骑士的热烈欢迎。于是他就讲述了自己不同寻常的冒险经历以及他的姐姐摩根如何试图杀害他的整个过程，大家听了之后，都对摩根的背叛以及谋杀自己弟弟的行为感到义愤填膺，都跃跃欲试想帮助亚瑟王除去这个恶魔。

几个月之后，一个年轻的女子前来拜见亚瑟王。只见她取出一件华贵的披风，上面点缀着很多闪闪发光、耀眼夺目的珠光宝石，一看就知道这是世界上少有的稀世珍宝。那女子抬头对亚瑟王说道："陛下，我是摩根派来的。她让我告诉您，是有人对她下了咒语，才会做出那样愚蠢的事情。为了表示忏悔和得到您的原谅，她专门为您做了这个披风，恳请您一定要收下。这是一件拥有魔力的披风，任何人只要一穿上它，即使受了重伤也不会有任何痛苦的感觉了。"

亚瑟王沉默不语，他开始相信摩根是真心诚意地向他道歉的，而且他也很想得到这件披风，它确实非常漂亮，世间少有，让人心动。于是他便伸手把它接过来，披风上的宝石似乎像燃烧中的烈焰一样，吸引着他的目光，立刻就想披在自己的肩上。突然间，他仿佛听到了梅林的声音："美丽的东西并不一定都是好的……你要小心，亚瑟王！"

"你先披上，让我看看漂不漂亮。"亚瑟王对那女子说，表情友好但不好拒绝。

"噢，不行，尊贵的陛下！"年轻的女子慌张地说，"这披风是专门为您做的，只有国王才能披上它，我一个下人怎么能披上呢？而且我来之前，摩根千叮咛万嘱咐，不让我试，不然的话，我会受到重重的惩罚。”

“你必须先披上它，快披上！”这次亚瑟王就用命令的口吻说道。说着，他拔出宝剑，指着那女子。

被逼之下，那女子只得将长袍披在肩上。只听到“轰”的一声，转眼间，那女子已化成一堆灰烬。

亚瑟王像一尊雕像一样伫立在那儿，没想到他和死亡竟只有一线之隔哪！自己的姐姐竟又一次用如此卑鄙的手段对付自己。这个无比阴险的女人，这次是侥幸逃过她的阴谋了。但是，将来呢？他又会遇到什么样的危险呢？

第六章 兰斯洛特骑士

摩根的阴谋没有得逞，害怕亚瑟王派人追杀，便带人匆匆逃离了亚瑟王的领地，躲藏在一个偏僻的小村庄里，并为自己营造了一个更加坚固的城堡，因为她非常担心有朝一日亚瑟王会派人捉拿她。虽然摩根暂时消失了，但亚瑟王对此事耿耿于怀，他担心摩根还会再耍什么阴谋诡计，加害于自己，因此整日闷闷不乐。唯一能给他以宽慰的是王国的力量不断壮大，又有越来越多的骑士都聚集在他的麾下，听候他的调遣。

一天，一名侍卫进来对亚瑟王耳语道："有一位年轻人求见您。"

"请他进来。"亚瑟王说道。

不一会儿，在侍卫的带领下，一个年轻人昂首挺胸，迈着大步走进宫廷，站在亚瑟王的跟前。亚瑟王仔细地上下打量着这位年轻人，只见他气宇轩昂，身材颀长健壮，长得虽谈不上英俊潇洒，但脸上却散发出一种男人特有的阳刚之气。只要他在别人面前一站，就会给人留下深刻的印象。

"我叫兰斯洛特，"年轻人毕恭毕敬地说，"是慕名而来，久闻国王宽厚仁慈，又年轻有为，勇敢善战，不畏艰险。要能成为一名您的圆桌骑士，将是我一生的荣耀。我将会竭尽所能为您效劳，愿意随时听候您的吩咐。"

说完，他深深地鞠了一躬，然后又笔直地站在那里，等待着亚瑟王的答复。

一看到这个年轻人，亚瑟王就打心眼儿里喜欢他。这个年轻人的脸上透出非凡的气质与勇气，同时也有一种宽厚仁慈。他的眼睛有种深深的温柔，明显的与众不同。这时亚瑟王耳边响起梅林的话——既是狮子又是绵羊。“没错，他就是梅林所说的最勇敢的骑士。”他心里想。

亚瑟王高兴地说道：“年轻人，请跪下，我将授予你圆桌骑士的爵位。”亚瑟王抽出他的佩剑，轻轻点着兰斯洛特的肩膀。

“请起，兰斯洛特爵士。”然后他指着紧挨着自己的座位说道，“这就是你的座位。”就在亚瑟开口之前，椅子上就已经浮现出金色字体——兰斯洛特。

兰斯洛特双手扶着椅子，缓缓地坐下。他简直不敢相信自己竟如此轻而易举地得到圆桌的一把交椅。这时候，只听得周围的骑士们私下里交头接耳，窃窃私语：“我们怎么知道这小子有什么能耐呢？他凭什么坐在国王旁边？”

然后骑士们纷纷向兰斯洛特质疑：“兰斯洛特爵士，可否请你告诉我们，你有哪些英勇的事迹？”

兰斯洛特爵士脸腾地一下红了。“我没有任何值得骄傲的英勇事迹。”他有点不好意思地说道。

大家都不敢相信自己的耳朵，一个年轻人没有任何丰功伟绩，竟然能坐在圆桌旁，还竟敢大言不惭地说出来。他们一个个惊呆了，坐在那里，一句话也说不出来。

看到此情此景，兰斯洛特爵士慢慢地低下头看了看圆桌，然后轻轻地站了起来，清了清嗓子，说道：“尊敬的国王陛下，感谢您对我的信任，让我拥有一把圆桌的交椅。但是我觉得受之有愧，恳请国王陛下，让我暂时离开这里，我将用我的所作所为来证明我是有资格和能力与诸位坐在一起共议国是的。一年后，我还会回到这里，到时候迎接我的不是怀疑的眼神，而是伸出的欢迎的双臂。”

说完，兰斯洛特爵士策马扬鞭离开了城堡。一路上他马不停蹄，径直来到一处阴森森的树林旁，这时他看到一位跨坐在马背上的骑士正驻足在林间的小路上。突然间，他听到“啊”一声，那骑士往后一仰摔倒在地，仿佛遭到某人攻击了似的。兰斯洛特慌忙朝周围瞅瞅，但周围空无一人，这奇怪的景象让他也非常惊慌。这时候他又听到一阵马蹄声由远而近，似乎那人正骑着马从他身旁飞奔而过，紧接着他听到“哈哈”一声令人毛骨悚然的邪恶的笑，可是再看看周围，还是没有看到任何其他的人，只有那个摔倒在地的骑士正“哼哼唧唧”在地上痛苦地呻吟。兰斯洛特爵士急忙赶到他身边。

“伤得怎么样？来，我来帮帮你。”他同情地说道。

“年轻人，你要小心。”那骑士痛苦地叫道，“加隆爵士就是刚才刺伤我的人，你虽然看不见他，但是他就在附近。他不但心狠手辣，而且会使用隐身术。我伤得并不算重，但是加隆爵士还会再来，会毫不留情地把我们两个全部杀死。”

听完，兰斯洛特爵士随即跃上马，做好与这个隐形人决一死战的准备。

刹那间，他又听到一阵马蹄声由远而近疾驰而来，还有那令人不寒而栗的邪恶可怕的笑声。虽然看不到加隆爵士，但兰斯洛特感觉到他已经在自己的身边了。只见他用一只手猛地脱掉身上的披风，顺着笑声把披风扔了过去，不偏不倚地正好罩在加隆爵士身上。兰斯洛特爵士立刻可以清清楚楚看到对手的身形了。他随即拿起手中的矛，说时迟，那时快，向对方直刺过去。只听“啊”的一声惨叫，紧接着又是“咚”的一声。只见一名穿着铠甲的骑士慢慢现形出来，脸色苍白，直挺挺地躺在地上。

“你打败加隆爵士了！”先前那位骑士高兴地喊道。

接着两个人把加隆爵士绑起来，兰斯洛特嘱咐那位受伤的骑士一定把加隆爵士带到亚瑟王那儿去。

“我一定办到，”那骑士答道，“谢谢你救了我的命！你是我所见过的最伟大最勇敢的骑士！”

还没等那位受伤的骑士说完，兰斯洛特爵士已经扬鞭策马，继续往前走了。

兰斯洛特爵士是个行侠仗义之人，一路上路见不平，拔刀相助。他曾从邪恶的骑士手中救出被掳的少女，曾为贫弱百姓奋勇拼杀，但是对那些为富不仁者却从不手下留情。他所向披靡，从未吃过败仗。

一天，兰斯洛特爵士骑马经过一望无际、绿茵茵的一片大草原。他一边骑马走着，一边饶有兴致地欣赏着草原的美景。突然间，眼前出现了一处风景迥异的地方，放眼所及全都是大火过后的枯木焦草，黑黝黝的一片。"难道此处曾经遭遇过严重的火灾吗？"兰斯洛特疑惑地想。

就在这时，兰斯洛特爵士瞧见不远处有一座小山，山顶上有一座巨大的白塔，山坡下却是一座小城。他想也许可以到城里打听一下这里曾经发生过什么。他越走离城越近，但离城越近却越感到荒凉。当他走进城里时，映入眼帘的不是热闹非凡、生机勃勃的景象，而是空空荡荡、死气沉沉、一片凄凉的景象，空气中到处弥漫的都是灰烬的味道。

兰斯洛特牵着马，心情沉重、漫无目的地在城中走着，突然间一个男人和一个小男孩从烧黑了的一堵墙后面跑了出来。他们两个衣着破烂不堪，浑身上下都是黑乎乎的，身上散发出一股烟味。"是兰斯洛特爵士！我们终于把您盼来了。上帝终于听到我们的祷告了。"兰斯洛特爵士便停下脚步，走到跟前，想问个究竟。

"我们的城镇被诅咒了！"那男人难过地说，"可是后来梅林大师说会有人来救我们，让我们在这儿耐心等着。他还说这个人是世上最伟大的骑士，勇敢善良。我们等了很久，只有你打这儿经过，那个救我们的骑士一定是你了。"

"其实，我不过是一名骑士而已。既然你们遭难了，我一定会尽力帮助你们。"兰斯洛特爵士问道，"你们这儿到底出了什么事呢？"

"你到山坡上的白塔去看看吧。我不敢再多说了，不然会招来杀身之祸。"说完，那男人抓起小男孩的手，一溜烟地跑走了。

“他们为什么如此害怕?”兰斯洛特有些纳闷。

兰斯洛特骑上马，一路狂奔来到半山腰，停下脚步，向四周仔细地看了看，只见塔的底层有一扇巨大的门，敞开着。但是他从远处根本看不清里面的情形，只能听到从里面发出的一种“嘶嘶”的低沉可怕的声音。接着他看到一生中所见过最可怕的景象：只见一条长长的身子摆动着，绿色皮肤上布满黑色的鳞片，身上长着巨大的爪子，喷射火焰的一张大嘴露出锐利的牙齿。那是一条龙，一条可怕的巨龙！巨龙爬出大门，用可怕邪恶的目光盯着兰斯洛特。然后只听它“大吼”一声，摆动着身子径直朝兰斯洛特冲过来。一团团的火不停地从这条怪物的嘴里窜出，顿时烈焰散发的有毒气体充塞在空气中。

兰斯洛特爵士却毫不畏惧，拿着矛迎着巨龙疾驰而去。他举起手中的矛瞄准目标，然后奋力一掷。只见矛在空中划了一道弧线，像一支离弦的弩箭，直刺巨龙的咽喉。巨龙受了重伤，但是它仍不肯善罢甘休，又朝着兰斯洛特爵士凶猛地扑过来。兰斯洛特爵士从马上跳下来，“嗖”的一声从身上拔出佩剑，面无惧色，又迎了上去，又一次次地用剑刺入巨龙的身体。龙嘴里喷出的一团团火把他身上的铠甲烤得炙热难当，汗水不停流进他的眼里，使他根本无法睁开。兰斯洛特愈来愈虚弱，他忍不住跪坐下来。此时，他用尽全身仅剩的力气，高高把剑举起，朝巨龙掷去。那柄剑径直刺入巨龙的心脏，接着它的身体便开始摇摇晃晃，随之烈火和浓烟像火山一样从它体内爆发出来，直到最后化为灰烬。巨龙一死，刚才一溜烟跑走的男人和小男孩又一起出现在山坡上，后面紧紧跟着一大群人，“兰斯洛特爵士！我们的救命恩人，谢谢您！”他们激动地高喊道，“愿上帝保佑你！”

当地村民们为了感谢自己的救命恩人，准备了各种各样的丰盛食物来款待兰斯洛特。那男人神情激动地说道：“巨龙在我们这儿已经横行三年了，这三年里我们饱受煎熬，苦不堪言。它烧光了我们美丽的家园和绿色的田野，还残忍地杀害我们的孩子。最后我们别无选择，只能躲进森林里，不敢返回家园。现在，是你救了我们，伟大的兰斯洛特爵士，我们的感激之情无以言表。如果您以后有什么需要我们的地方，只管吩咐就是。”村民们一致要求兰斯洛特爵士住下来，休息休息。但是兰斯洛特没有停留，又跨上战马，继续前行。在接下来的旅程中，他又连续打败了五十个勇猛的盗贼，杀死了两个力大无比的巨人，任何艰苦磨难都阻挡不了他前行的步伐。

整整一年过去了，在这一年里，兰斯洛特不畏艰险，身经百战，杀富济贫，救民于水火，深受百姓的爱戴。终于要回到亚瑟王的属地——卡默洛特城，加入圆桌骑士的时候到了。兰斯洛特爵士心想，他们会用什么方式来欢迎我归队呢？

当他来到卡默洛特时，城堡里静悄悄的，漆黑一片。他很高兴，心想：“大概都在睡觉吧？等到第二天，我就可以心安理得地坐到圆桌前的座位上了。”于是他准备找个地方歇息，可刚刚打开城门，刹那间，宫廷里各种各样的火把和蜡烛都亮起来，灯火通明，把整个宫廷照得如同白昼。所有的人都在那儿，亚瑟王、格尼薇儿王后、梅林、骑士们以及他们的女伴们。大家都面带微笑，翘首以待，看到兰斯洛特，他们高兴地一同鼓掌，口里还高喊着：“兰斯洛特，兰斯洛特，我们勇敢而伟大的骑士！”因为他们早就听说了他的英雄事迹。

“兰斯洛特，你信守承诺！”亚瑟王高兴地说道，“到今天，正好一年零一天之时，你回来了。而且你用实际行动证明你的勇气和仁慈。现在你可以坐到圆桌旁的这把交椅上了。你受之无愧。”亚瑟王指着身旁的座位，拉着兰斯洛特一起坐下来。

“谢谢，尊敬的陛下！”兰斯洛特彬彬有礼地说。他环视一下圆桌四周，看到圆桌旁所有的骑士都微笑着看着他。他又站起来向大家鞠了一躬说：“我很荣幸能够成为你们之中的一员。”

亚瑟王说道：“你不只是我们其中的一员，你还是我们之中最勇敢的一员，你比我们在座的每一个都要伟大！”说着，他举起手中的金杯对所有的骑士高声喊道：“为我们伟大的兰斯洛特加入圆桌骑士干杯！”

从那之后，所有的圆桌骑士都聚集到了亚瑟王的周围，他们举行了很多场舞会和马上比武大赛，以此选出在武艺和威信方面超群的骑士们。很多优秀的骑士们都以这种方式证明了自己，而兰斯洛特就是其中最典型的一个。因为在每次生死决斗的比武大赛中，他都英勇善战，只要对手不使用什么伎俩，兰斯洛特就永远是比武场上的冠军。再加上他又具有其他男人大多没有的细致温柔，因此，格尼薇儿王后总是对兰斯洛特另眼相看，渐渐地在她内心深处对兰斯洛特产生一种莫名的好感。而兰斯洛特骑士对王后的敬意也远超过其他任何贵妇和少女。

除了参加舞会和比武大赛之外，兰斯洛特整日待在亚瑟王的宫廷中无所事事，很是无聊。后来他就想出去，到外面的世界去冒险。于是便邀请他的好兄弟梁纳耳骑士，和他一块儿到外面去闯闯。

他们带上必备的东西，武装好自己，便跨上马，穿过茂密深邃的大森林，朝着一望无际的草原驰去。

一天，太阳像火一样烤得大地发烫，空中没有一丝风，天气炎热。骑马走了整整一个上午的路程，兰斯洛特感到口干舌燥，又困又乏，实在撑不住了，只想找一个地方好好休息休息。就在这时梁纳耳看见前面不远处有一个用篱笆墙围成的小院子，旁边有一棵苹果树，上面结满了一个个青色的苹果。虽然还没到成熟的季节，但是对于人困马乏的他们来说，自是非常诱人。

于是梁纳耳说道：“大哥，你看，那儿正好有一棵大树，我们可以在那儿休息一下，顺便还可以找两个苹果吃吃，也可让马歇一歇。”

“太好了，兄弟，我也正有此意。”兰斯洛特高兴地说道，“这八年来，我还是第一次遇到这种火炉一样炽热的鬼天气，人被烤得又困又乏，饥渴难忍，我都快坚持不住了。”于是他们下了马，把马系在树上，兰斯洛特把头盔当枕头，躺在一棵苹果树下。由于长时间的长途跋涉，兰斯洛特已经累得筋疲力尽，很快他就酣然入睡。梁纳耳骑士坐在身边守护着他。

就在兰斯洛特入睡不久，突然三名骑士从远处骑马飞奔而来，一名威猛的骑士在身后扬鞭策马，紧追不舍。梁纳耳仔细地打量了一下后面的骑士，此人身材威武强健，仪表不凡。不论长相还是装扮都是无人能及。一眨眼的工夫，他已追上其中一名骑士，只举矛一击，那骑士就应声倒地，根本不能动弹；紧接着他又追上了第二名骑士，也是一击便把第二名骑士打得人仰马翻，倒在地上痛苦地呻吟。那名威猛的骑士越战越勇，径直冲向第三名骑士，在距离还有一矛杆远的地方，只见他一甩手，矛就径直刺向第三名骑士的身体，只听得“啊”的一声惨叫，第三名骑士也倒在地上不能动弹了。随后那人从马上跳下来，迅速地将被他打倒在地的三名骑士用马缰绳一一捆绑起来。

梁纳耳骑士看到刚才这番情景，跃跃欲试，很想和这名强健的骑士比试比试。于是他就轻手轻脚，稍微地准备了一下武器，然后偷偷牵着马，紧紧地跟在那名骑士的后面，稍微离得远一点儿了，他才跃身上马。他策马扬鞭赶上那名骑士，请他停下来和自己较量较量。梁纳耳话音未落，只见那名威猛的骑士手疾眼快，还没等梁纳耳反应过来，就狠狠直刺梁纳耳一枪。就这么一击，梁纳耳便连人带马重重地摔倒在地上。那骑士抬腿从马上跳下来，三下五除二就把他也捆了起来，毫不费力地扔在自己的马上，连同先前的三名骑士一起，押回了自己的城堡中。到了城堡后，他们统统被迫卸下武装，脱掉衣裳，赤身裸体。伺候一旁的人便用荆条狠狠地抽打他们，直把他们打得遍体鳞伤，奄奄一息，最后被扔进了阴森恐怖的牢狱里。那儿关着很多遭受严刑拷打，身受重伤的骑士们，他们哭喊着，哀嚎着，唾骂着，整个景象惨不忍睹。

而此时的兰斯洛特还一直躺在苹果树下“呼呼”大睡，大约在正午时分，突然有四位高贵的漂亮女子从那棵苹果树下路过。她们一个个穿着典雅的衣裙，骑着白色的骏马，微风轻轻撩起她们的裙子，给人一种飘逸飒爽的感觉。她们一边坐在马上缓缓而行，一边谈笑风生。在她们身边，还有几名威武干练的骑士，正不辞辛苦地为她们撑着绿色丝绸和长矛做成的凉伞。在炎炎烈日下，他们一个个满头大汗。这时候兰斯洛特的马发出“嘶”的一声长鸣，美丽的女子和骑士们立刻转过头来，这时他们才注意到苹果树下有一名全副武装正在酣睡的骑士。来到跟前，他们发现原来是大名鼎鼎的兰斯洛特骑士。四位女子都对勇敢而又平易近人的兰斯洛特有一种特别的感情。于是她们争相要把他从睡梦中叫醒。后来，其中一个女子慌忙制止，说：“咱们别吵了，如果他醒了，骑马而去，我们谁也得不到。我小施魔法，让他再沉睡两个小时。然后把他移到我的城堡里，解去魔法，我们四个人任他挑选。”

接着兰斯洛特就被施了魔法，带进了一座城堡之中，安置在一间凉爽舒适又非常温馨的卧房中。兰斯洛特一直睡到黑夜降临，才慢慢醒过来。这时，一个侍女送来晚餐。他便起身问道：“善良的姑娘，我这是在什么地方，我是怎么到这儿的？”

“尊敬的骑士，您睡了一下午，该饿了，还是先吃一点儿东西吧。至于您的问题，明天自然就会知道答案。”侍女说完，把吃的东西放在桌子上，转身就离去了。

第二天清晨，四个女子一起来了，本来她们都长得如花似玉，国色天香。又经过一番精心的打扮，更是美若天仙。她们向兰斯洛特行了个礼，道了早安，然后轻柔地说道：“伟大的兰斯洛特骑士，您是当代最勇敢也是最具有男人气魄的骑士，听说除了格尼薇儿王后，还没有其他的女人让您动心过。不过既然您已经到了这里，就留下来吧。现在您可以在我们中间挑一个你最喜欢的，作为你的妻子。我是高尔美更·拉费，这位是北卡利斯，那位是伊斯特兰，最后一位是外岛的公主。你要是不从的话，恐怕就要被扔进牢房里囚禁起来，直到死去。”

“这绝对办不到，我宁愿去死也不会答应你们的。”兰斯洛特骑士斩钉截铁地说道，“你们这些邪恶的巫师，至于你们所说的格尼薇儿王后，我对她只是尊重，而且她对我们的陛下是一片忠心。我不准你们在这里侮辱她的人格，随意地造谣中伤。”

“好呀，那你就在这儿等死吧！”这四个女人恼羞成怒地说道。于是，她们便转身怒气冲冲地出门去了。

中午时分，侍女又来到牢狱给兰斯洛特送午饭，她关上牢门，把饭放在桌子上，走到兰斯洛特身边，小声对他说：“尊敬的骑士，我知道你既勇敢又善良，是骑士中的豪杰。我想求您帮我一个忙。如果您能答应，我以上帝的名义发誓，一定帮您从这儿逃出去。不过您请放心，我不会难为您，让您做您不愿意做的事情，也不会让您做有损您名誉的事情。”

“想要我帮你干什么？姑娘，只要我能做到的，我一定会帮你。”兰斯洛特问道。

“几天前，我父亲与亚瑟王的三名骑士交手，接连打了几次败仗，他身体也受了重伤，下周，我父亲又要迎战北卡利斯王，假如再吃败仗，大家会对他横加指责，我怕他年纪大了，心里承受不了。”

兰斯洛特说道：“告诉我你父亲的名字，我才能答复你。”

侍女回答道：“家父是巴吉马伽斯王。”

“我知道你的父亲。”兰斯洛特说道，“他是位令人尊敬的善良的国王，也是位好骑士。现在我就答应帮您父亲迎战。”于是，他们约好在一个修道院见面。

第二天，天刚蒙蒙亮，侍女偷偷把兰斯洛特的铠甲、马、盾牌和长矛拿出来，然后带着他匆匆逃出了黑暗的地牢。到了离城堡很远的地方，他们才停下来，兰斯洛特迅速地穿上铠甲，轻轻一跃跨上战马，手持长矛，扬鞭策马而去。兰斯洛特骑着马在一片茂密的大森林里兜了一整天，急得满头大汗，也找不到出去的道路，最后费了很多周折，才从森林出来。第二天早上才赶到约定的地点。一到修道院，巴吉马伽斯王的女儿立刻派人去请她的父亲，他就住在离修道院不到十二英里的地方。傍晚时分，国王连同他的一队骑士到了。

"尊敬的国王陛下，您知道和北卡利斯王并肩作战的亚瑟王的骑士都是谁吗？"兰斯洛特问道。

"有马杜尔骑士、莫俊德骑士和葛哈兰丁骑士，他们勇猛无比，把我所有的骑士都打败了，我们现在真是束手无策。"国王叹着气，摇着头说道。

"陛下，不用担心。"兰斯洛特安慰道，"我听说比武场离这儿只有三英里。在比武的时候，请您安排三名最信任的骑士，让他们使用没有花纹的白色盾牌，我也会用同样的白色盾牌，这样，在双方交战的时候，我们四个人会从小树林中冲出去，和他们奋力厮杀，我想我们会打败他们的，同时不会让他们认出我是谁。"

一切安排妥当之后，各自回房安歇。比武那天，只见比武场上，人山人海，万头攒动。有白发苍苍的老人，有牙牙学语的孩子，有穿着华贵的少妇，有落魄的骑士，也有叫卖的小商贩，大家都来看热闹。前台坐的是穿着讲究的王公贵族，场外站满了衣着朴素的围观的群众。比武开始了，首先是北卡利斯王带领着自己的一百六十名头戴钢盔的骑士雄赳赳、气昂昂地进入比武场地，跟随在他们身后的亚瑟王的三名骑士也都各就各位。最后才是巴吉马伽斯王率领八十名骑士，头戴钢盔昂首挺胸地进入赛场。一切准备就绪，双方都挟着长矛蜂拥而上，刚一交手，巴吉马伽斯王这边就损兵折将，十二名骑士人仰马翻，倒地而死；北卡利斯王那边也损失了六名年轻力壮的骑士。战斗进行没有多久，巴吉马伽斯王便伤亡惨重，身边的骑士所剩无几。

这时，只见一名骑士左手拿着白色盾牌，右手持着长矛，策马扬鞭飞也似的冲向人马最密集的地方，所到之处人仰马翻。随后他奔向北卡利斯王，矛锋只轻轻一举，便刺翻了五名前来拦截的骑士。然后挥动长矛将北卡利斯王从马上打翻下来。亚瑟王的三名骑士看得手直痒痒，跃跃欲试都想上前一决高低。马杜尔骑士说道："场上的那位骑士不简单啊，连败我数人，让我好好教训教训他，也让他知道知道我们的厉害。"于是他便拨马向前，还没等他动手，那名骑士已把他打倒在地，肩骨脱了臼，手无法动弹。看到这儿，莫俊德骑士气愤地说道："现在我去教训教训他，也让他知道马王爷三只眼的厉害。"兰斯洛特骑士早已注意到他，见他过来，便拿起一支矛毫不畏惧地朝他冲过去。莫俊德骑士一矛击来，兰斯洛特使出劲儿相迎，莫俊德被震得"哧溜"一下就从马屁股上滚落下来，一头栽进泥土里，颈骨折断，倒在地上昏死过去。

紧接着只见葛哈兰丁骑士手持长矛也冲了过来，他恼羞成怒，二话没说朝着兰斯洛特便刺。后者毫不示弱地迎上前去，彼此都使出浑身的力气，只听得"砰砰"声响，直至最后双方的长矛都折断了。随后两人都挥起利剑，你来我往，每次的攻击都很凶狠，随时都有致命的危险。兰斯洛特终于发怒了，他变得像一头猛狮，瞪着一双血红的眼睛，瞅准了葛哈兰丁骑士的头盔一剑砍去，打得他鼻孔喷血，接着嘴巴和两耳中也血流不止，头也跟着垂下了。他赶紧策马逃走，但没走多远便听到"扑通"一声，从马上跌落下来，倒地而死。兰斯洛特越战越勇，如入无人之境，那支断矛的柄，一下子扫倒了北卡利斯王的十几名骑士。随后，他夺来一支长矛，一口气又击中十二名勇猛的骑士。其他骑士一看兰斯洛特的架势，大有秋风扫落叶之势，都不敢再战。巴吉马伽斯王最终占了上风，长长出了一口气，脸上露出了一丝笑意。

比武结束后，双方都回到各自的属地，看热闹的人们也慢慢散去，比武场也是人去场空，只剩下死者冰冷的身体和他们家人悲痛的哭泣声。

兰斯洛特骑士骑马跟着巴吉马伽斯王回到城堡，受到了巴吉马伽斯王父女的盛情款待，还赠给他很多贵重的金银珠宝作为礼物。第二天早晨，兰斯洛特便向巴吉马伽斯王告辞前去寻找梁纳耳骑士。不久，他又回到了曾经在下面熟睡的那个果树跟前。兰斯洛特非常担心梁纳耳，怕他会遭遇什么不测。正在这时，他看到不远处有一个俊美的女子，骑着一匹白色骏马。于是打马上前，彬彬有礼地问道："美丽的小姐，您在这儿见没见过一名年轻的骑士？他就在这儿忽然不见了，几天来，我一直没有他的任何消息。"

那女子回答说："我从来没见过你说的骑士，但我知道附近有个名叫陶昆的骑士。此人凶险至极，武功非常了得，这儿的人们一谈到他，就有种谈虎色变的感觉。亚瑟王的六十四名身高马大、骁勇善战的骑士都给他轻而易举地打败，擒来拘禁在牢里。如果您有勇气去会会他，我可以领您去。不过能否先告知您的尊姓大名，是哪儿来的骑士？"

"我叫兰斯洛特。"他痛快地答道。

恰在这时，他忽然看见前方有个腰圆膀粗的高大骑士，骑着马蛮横地正向这儿走来，马上还横放着一名被绑的伤痕累累的武装骑士，不是别人，正是高文的弟弟加荷里斯，也是一名小有名气的圆桌骑士。

兰斯洛特指着向他走来的骑士问道："亲爱的小姐，迎面来的那个被捆得很结实的年轻小伙子，是我的一个好伙伴，大名鼎鼎的高文骑士的弟弟。那个坐在马上的骑士就是你说的令人望而生畏的陶昆吧。我这就去会会他，现在我只希望那个陶昆骑士能在马背上坐稳一点儿，不要被我一矛给击倒。"说着就毫不畏惧地拨马迎了上去。这时，陶昆也看到有人气势汹汹地向他冲过来，感觉来者不善，赶忙把长矛紧紧攥在手里，准备迎战。

"哦，战无不胜，所向披靡的骑士，"兰斯洛特说道，"现在就请你把我受伤的兄弟赶快放下马来。听说你羞辱了不少亚瑟王的骑士，今天我就来领教领教阁下的厉害!”

陶昆傲慢地答道:“要是你不幸也是亚瑟王的圆桌骑士,那恐怕我就毫不客气了,你将和你那些朋友一样,会败得狼狈不堪。哈哈!”

兰斯洛特说声:“呵! 口气不小啊!”于是他们各自执矛备战,只听得马蹄“踏踏”几声,双方已经面对面到了一起。四目圆瞪,挥矛对击,结果都打在了对方的盾牌中央。只听“当啷”一声,长矛顿时一折两半,但由于双方力气太大,马儿的脊骨都被打断了。看到这种情形,两名骑士也不禁为之惊骇(hài),意识到今天真正遇到旗鼓相当的对手了,再也不敢小觑(qù)对方。紧接着,两人迅速地跳下马,把盾牌挡在胸前,各自拔出利剑,你来我往,再次战到一起。战斗进行得非常惨烈,双方都被击中很多次,他们的盾牌和铠甲根本抵挡不住对方的猛击,不一会儿,他们都遍体鳞伤,血流不止。但两人毫不在意身上的疼痛,他们知道今天不是你死,就是我亡。只见他们不停地挥舞着盾牌和宝剑,在刀光剑影中,像两头发疯的野牛一般横冲直撞。中间没有任何间歇,连续作战两个多小时,战到最后,他们全身上下没有一处没有受到重击。渐渐地,陶昆气力不支,磕磕碰碰地倒退了几步,终于累得连盾牌都举不起来了。兰斯洛特瞅准时机,猛地跳到他身前,一把揪住他头盔上的护面甲,把他拉倒在地,双膝跪下。然后又“蹭”一下揭掉他的头盔,砍下他的头颅,顿时一股鲜血喷涌而出。

那少女看到这里,并没有表现出丝毫畏惧,连忙对兰斯洛特说:“伟大的骑士,请您赶快骑上这位受伤兄弟的马,到陶昆的城堡,把所有被俘虏的骑士们都放了。”

于是,兰斯洛特快马加鞭飞也似的来到了陶昆的城堡,费了九牛二虎之力才找到密牢,在微弱的灯光下,他发现到处是遍体鳞伤的兄弟,他们不停地发出痛苦的呻吟声。兰斯洛特赶忙把一扇扇牢门打开,大家相互搀扶着慢慢从密牢中走出来。然后,他才匆匆离去。

随后，这些被放出的骑士们又去武器室，各自找到自己的武器和盔甲，穿戴整齐，骑上自己的战马。一切准备妥当，准备离开陶昆的城堡。正好一个居民打这路过，他赶着四匹马，马上驮着鲜美的鹿肉。凯伊骑士说："太好了，我们已经很多天没有吃过一顿饱饭了，这些肉足够我们好好享受一顿。"于是他们取下鹿肉，有的烤，有的烘，有的煮。到处弥漫着鹿肉散发的香味。吃完香美的鹿肉后，梁纳耳、爱克托和凯伊三个骑士决定沿着兰斯洛特走的方向去寻找他。

自从离开了陶昆的城堡之后，兰斯洛特一刻也没歇息过，他骑马穿过野兽出没的危险荒林，越过水流湍急的大河，翻越巍峨耸立的高山，走过深不见底的陡峭峡谷，一路上还算平安。一天，恰逢天色已晚，他到了一座长满各种奇花异草的美丽花园，遇见了一位慈祥和蔼的热心老太太留他住宿。老太太为他准备了一顿丰盛的晚饭，还为他的马喂了草料。美美地吃过饭后，老太太又把他领上一个阁楼，安排他在那儿住下。兰斯洛特谢过老太太之后，卸下身上的装备，便早早歇息了。由于整日的奔波劳累，很快就进入甜美的梦乡。没过多久，只听到"当当，当当"一阵急促的敲门声，兰斯洛特从梦中惊醒，慌忙起身向窗外望去，借着月光，只见一个人正骑在马上敲门。这时，后面又有三名骑士尾随而至，他们一起挥剑向这人砍去。敲门的人为了保护自己，毫不示弱，勇敢地还击。看到这儿，兰斯洛特自言自语地说："三个打一个不是以多欺少吗？我不能见死不救，这可不是我的风格。我应该下去帮帮这个单枪匹马的骑士。"想到这儿，于是他拿起武器，顺着了一条被单从窗户"跐溜"滑了下去。来到四名骑士跟前，他大声喝道："你们三个以多欺少，算什么英雄。来吧，和我较量较量。"这三个便丢开那名骑士，转头一齐对着兰斯洛特，向他身体的各个部位发起了猛攻。

那名骑士非常感激兰斯洛特，赶忙过来帮他，兰斯洛特却说："骑士，您不用来，我既然来帮你，就一定能对付得了，对我来说他们三个是小菜一碟。”那骑士不愿扫兰斯洛特的兴，所以就遵从他的意思，站到了一边。随后兰斯洛特接连发出六击，那三人就被打倒在地了。

那三人齐声高叫道：“手下留情，伟大的骑士，您真是勇猛无比啊，我们向您投降。”

兰斯洛特答道：“我可不接受你们的投降，不过，如果你们愿意向这名骑士投降，我倒可以饶了你们的性命，否则可就别怪我对不起了。”

“哦，”那三名骑士说道，“这样做我们真的不愿意，说起这名骑士，我们追他至此，要不是您来了，我们已经彻底打败他了，现在您让我们向他投降，让我们心里不服啊，也说不过去啊。”

兰斯洛特坚决地回答说：“既然这样，我只能再次提醒你们一下，是你们自己选择生还是死，如果你们有心投降，那么只能是对这名骑士。”

“哦，伟大的骑士，”那三名骑士说，“为了保全我们的性命，我们愿意照您吩咐的去做。”

兰斯洛特说道：“你们听好，在下个圣灵降临节，你们三人必须赶到亚瑟王宫廷，在那儿向格尼薇儿王后俯首请罪，恳求她的宽恕。”

“好的，勇敢的骑士。我们以自己的性命担保，只要我们还活着，就会照办。”随后他们对剑立誓。兰斯洛特这才让他们自行离去。

接着兰斯洛特来到大门前，用剑柄敲了几下，过了很长时间，那老太太才开了门，兰斯洛特和那名骑士一起走了进去，回到了房间，等他们点亮了灯，这才看清楚对方，那名骑士是凯伊，亚瑟王的圆桌骑士。凯伊发现原来救他的是兰斯洛特，慌忙跪了下来，感谢他又一次把他从死神那儿救了回来。兰斯洛特慌忙扶他站起来，安排凯伊骑士吃了点东西，随后他们便同床歇息了。

第二天早上，天刚蒙蒙亮，兰斯洛特便起来了。看到凯伊骑士还在酣睡之中，兰斯洛特轻手轻脚地拿了凯伊的盔甲和盾牌，然后穿在自己身上，接着又去马厩牵了他的马，和老太太告了个别，策马离去。过了很长时间，凯伊骑士才醒来，发现兰斯洛特已经离开了，还带走了自己的盔甲和战马。他不禁自言自语道："这下亚瑟王宫廷里又有人要遭殃了，他们肯定会把他误认为是我，而对他大胆放肆，而我穿上他的盔甲和盾牌却可以平安无事。"

不久，兰斯洛特穿过一片葱郁茂密的森林，走进一个黑幽幽的山谷，两旁是垂直陡峭的悬崖。他看见四名骑士坐在一棵橡树下。他们都是亚瑟王宫廷里的骑士，分别叫莎格瑞茂骑士、爱克托骑士、加文骑士以及乌文骑士。当这四名骑士看到兰斯洛特的穿着打扮时，都以为他是凯伊骑士。于是莎格瑞茂说道："哎，我只是想和凯伊骑士比比力气。"于是他拿起长矛，朝兰斯洛特走来。兰斯洛特早已把一切都看得清清楚楚，他也顺手拿起长矛朝着莎格瑞茂扔过去，力气之大让莎格瑞茂连人带马都摔倒在地，疼得倒在地上嗷嗷直叫。

"哦，弟兄们，"爱克托说道，"你们看，这一击多有力啊，这个骑士可比凯伊骑士强壮勇猛得多，让我也去和他较量较量吧。"说完他就拿起了长矛，纵马径直向兰斯洛特冲过去。兰斯洛特的矛穿过他的盾牌，径直打到他的肩膀上，接着是连人带马也都跌倒在地，而兰斯洛特却稳稳地坐在马背上，矛还在手里紧紧地攥(zuàn)着。

"我断定他不是凯伊骑士，而是一个我们根本不认识的武艺高强的骑士。"乌文骑士猜测说，"他一定是把凯伊骑士杀了，穿上他的装备。不过从他的身手和气力来看，估计我们都不是他的对手。"由于不能就这么看着自己的两位兄弟败在兰斯洛特手里，没办法，乌文也手握长矛拍马上前。看到又有人过来，兰斯洛特策马向前、迎了上去，两个人就打在了一起。兰斯洛特的矛稍微用了点力，乌文骑士就好像受了重重的一击似的，晕头转向，半天不知自己身在何处。

"现在轮到我了，"加文骑士喊道，"我就不信这个骑士那么厉害，我一定要和他斗一下。”于是他举起盾牌，手里紧握长矛，策马疾驶而来。兰斯洛特也看清楚来者是加文，就在两人相遇的那一刹那，兰斯洛特挥起长矛打在对方的盾心上。由于他用力过猛，加文骑士的长矛应声被震断了，他的马也被震翻了。加文骑士不得不从马上下来，龇着牙，咧着嘴，疼痛难忍。兰斯洛特上前一步，微笑着对他们说：“哦，我手里的矛真是好矛，你们领教了吧，愿上帝赐福给这个造矛的人。”

之后，这四名被打败的骑士聚在一起，相互安慰了一番。“我们该对这个打败我们的骑士说些什么，”加文骑士懊恼地说，“他一根长矛就打倒了我们四个人。”

其他人一听，都说：“他力大无比，应该把他送去和魔鬼决斗。”

加文接着道：“你们三个说得没错，他的气力是大得惊人，再看看他的身手，以及他骑马的姿势，我敢用人头打赌，他肯定是兰斯洛特骑士。”他接着又说：“随他是谁吧，到了亚瑟王的宫廷就知道他的庐山真面目了。”说完几个人都耷拉着脑袋上了马，垂头丧气地离开了。

等四名骑士灰溜溜地离开之后，兰斯洛特暗自发笑，也骑马匆匆离开了。他又骑了很久，又进入了一片葱郁的森林，在树林里他看见了一条黑色凶悍的狗，好像它正在追一只受伤的鹿。于是兰斯洛特就紧紧地跟在这只狗后面，不久他发现地上有一大摊血迹，好像发生什么大事了，兰斯洛特跟得更紧了。那只狗似乎感觉到有人跟在它后面，于是钻进了一片湿洼地。它跑得更快了，兰斯洛特在后面紧追不舍。不久他就看见了一座古老的房子，那只狗正向那儿直奔过去，它穿过一座年代久远、摇摇欲坠的小桥。兰斯洛特也上了那座小桥，还差点儿掉进河里。最后来到了一个古老的房子里，看见房屋中间停放着一具骑士的尸体，而那只狗正在舔着他的伤口。就在这时，出来了一个贵妇，一面攥着自己的双手，一面冲着兰斯洛特号啕痛哭：“你这个可恶的骑士，你给我带来了无尽的痛苦！”

“我不明白您为什么这么说呢?”兰斯洛特困惑地说,“我根本不知道发生了什么,我也从没伤害过这位骑士,我看到一摊血迹,很好奇,就跟着这条狗过来了。亲爱的夫人,请您不要误会,我万分地同情你的遭遇。”

“从你的言谈举止、从你身上的衣着装束来看,你不是杀害我丈夫的凶手。”那妇人难过地说道,“我丈夫临死之前曾说杀他的人,也受了重伤。而且我保证,他是永远也不会复活了,我丈夫剑上有剧毒。”

兰斯洛特同情地问道:“请问您丈夫的尊姓大名,夫人?”

那妇人悲恸地答道:“我丈夫是吉尔伯特骑士,他骁勇善战、力大无比,是我们这一带最优秀的骑士之一,但这次却被一个无名小辈给杀了,我甚至连他的名字都不知道。”

“不要太难过,上帝会同情和安慰您的。”兰斯洛特说完便离开了那个古老的房子,又回到了森林。突然他碰见了一个满面愁容的少女,这少女好像早就知道他是谁,也知道他要从这儿经过。一见到他马上大声喊道:“哦,兰斯洛特骑士,我的爵士,看见您太好了! 我请求您,看在都是骑士的分上,救救我那身受重伤的哥哥吧,他正血流不止。今天他同仇人吉尔伯特骑士打了一仗,杀了吉尔伯特,但自己也受了重伤。住在附近城堡里的一个巫婆告诉我,只要我能找到一个勇敢的骑士前去‘危险’教堂,在那儿找到一把宝剑和一块裹着受伤骑士的血布,才能发现我哥哥的伤口在哪儿,也才能把我哥哥的伤口治愈。”

“我还从未有听说过这种怪事,这真是匪夷所思!”兰斯洛特说道,“你哥哥叫什么?”

那少女伤心地回答道:“他叫美利欧特·德·罗古尔斯骑士。”

兰斯洛特听完说:“哦,我很同情你哥哥的不幸遭遇,我和你哥哥都是圆桌骑士,如果我能帮上忙,我会尽力。”

少女指着一条大道对他说:“您沿着这条大道,它会把您带到‘危险’教堂。我会向上帝祈祷，能够让您早日成功归来，除了您这样的骑士，我相信没有别人可以完成这种冒险的事了。”

兰斯洛特告别少女之后，骑马来到了女孩子所说的“危险”教堂，他跳下马，把马拴在旁边一棵树上，自己便走了进去。他看见教堂里挂了很多精巧别致的盾牌，其中一些他曾经见到其他骑士佩戴过，还有些他根本都没见过。院子里站了三十名高大彪悍穿着黑衣的骑士，比普通人要高出一码还多，他们都咬牙切齿恶狠狠地瞪着兰斯洛特，而且眼睛里流露出惊慌的神情。兰斯洛特不慌不忙地拿起自己的盾牌，准备战斗，而那些穿着黑色盔甲的骑士也都拿起了盾牌，拔出了利剑。当兰斯洛特冲向他们的时候，他们并没有和他进行交战，而是立刻朝四周散去，给他让出了一条道。兰斯洛特壮着胆子走了过去。进了教堂，只见里面点着一盏昏暗的油灯，地上静静地躺着一具盖着绸布的尸体。于是兰斯洛特蹲下来剪了一小块布，这时，他突然感觉地面有点轻微的颤动，心里不禁有些害怕。这时，他又瞧见尸体旁边有把宝剑，一不做二不休，他索性把剑捡起来，匆忙跑出了教堂。

他刚刚跑到教堂的庭院里，就听到那些高大的骑士们纷纷用骇人的声音对他喊道：“兰斯洛特骑士，快放下宝剑，否则你必死无疑。”

兰斯洛特答道：“你们不要用大话吓唬我，想要宝剑，就自己来夺吧。我宁愿死，也不会轻易把剑拱手送还给你们。”

他刚穿过这些人走到庭院门口，眼前忽然出现了一个美丽的少妇，只听到她说：“兰斯洛特，快把剑放下吧，否则你会为它而死的。”

“我不会放下，绝对不会！”兰斯洛特坚定地答道。

“哦，”那少妇又说道，“你要是不把剑放下，你将永远也见不到格尼薇儿王后了。”

兰斯洛特答道：“要是我真把剑放下，束手就擒，那岂不更是个大笨蛋？让世人耻笑？”

“那么好吧，英俊的骑士，”那少妇含情脉脉地接着说，“我只求您能吻我一下。”

“对不起，不行！”兰斯洛特语气中流露出没有缓和的余地，“上帝和我的良知都不允许我这么做。”

“哦，好一个不近女色的骑士。”少妇赞许地说，“您要是刚刚真吻了我，可就活不成了。您知道，我就是为了您和高文骑士才建的这座教堂，可是现在所做的一切都前功尽弃了。上次高文骑士来过这里，同躺在教堂里的那名骑士吉尔伯特骑士打了一场，他把吉尔伯特的左手砍断了。现在，你又过来了，兰斯洛特骑士，你一直是我敬仰的英雄豪杰，自从听说你的传闻，我就深深爱上你，这种爱一直持续了六年。但是，只有格尼薇儿王后有此殊荣，能够得到您深沉的爱。既然我得不到您的心，就只能得到您的尸体了。我可以把它用香料浸着保存一辈子，这样我就可以天天亲您，吻您，再也不用顾忌格尼薇儿王后了。”

“你不要侮辱我和格尼薇儿王后之间纯洁的感情，我对她怀有一种崇敬之情。绝对不是男女之情。你什么都不用说，上帝会保佑我逃脱你的诡计。”兰斯洛特说完就骑马离去。这个少妇一看到自己深爱着的兰斯洛特，竟对自己没有一点怜惜之情，义无反顾地离开了，从此之后郁郁寡欢，最后忧郁而死。

兰斯洛特从教堂胜利归来，老远就看到那个少女远远地向他这儿张望。一看见兰斯洛特，她慌忙跑过来迎接，激动得眼泪都流下来了。然后他们便来到了美利欧特所在的城堡里。兰斯洛特一眼就认出了他，但是由于流血不止，脸色白得像蜡纸一样。美利欧特微微睁开眼看了一下兰斯洛特，又闭上了，他连说话的力气都没有了。少女一看哥哥这样子，大声哀求：“哦，伟大的骑士，快救救我哥哥。”兰斯洛特快步走到他跟前，把那把剑按在他的伤口上，再取出那块包裹过吉尔伯特尸体的血布，包扎他的伤口。不一会儿，美利欧特的伤口便愈合了，他顿时变得前所未有的健壮。兄妹俩都非常开心，对兰斯洛特千恩万谢，并准备丰盛的美食尽情款待兰斯洛特骑士。第二天早上，兰斯洛特便起身告辞，临行时嘱咐美利欧特尽快赶回亚瑟王宫廷，并说自己不久也会去的，说完就走了。

兰斯洛特在圣灵降临节宴会的前两天赶回了亚瑟王宫廷，国王和全朝的人都等在宫廷外面来欢迎这名英勇无比、不畏艰险、受人尊敬的骑士。当高文、乌文、莎格瑞茂和爱克托四名骑士看到兰斯洛特还穿着凯伊骑士的盔甲，更加确信那个用一支矛就打倒他们四人的就是兰斯洛特骑士。没多久，曾被陶昆骑士囚禁的骑士也先后回来了，他们都对兰斯洛特骑士称颂有加、敬重不已。从那以后，兰斯洛特在所有的骑士中名望越来越高，受到了当地人的普遍爱戴。

第七章　高文骑士与瑞格蕾尔小姐

兰斯洛特回到圆桌骑士的队伍中，津津乐道地把自己的一番惊险经历讲述给大家时，在座的人都啧啧称赞，羡慕不已。亚瑟王更是如此，听完兰斯洛特的讲述，立即产生走出皇宫去冒险的念头。但是他非常清楚自己不能这么做，手下的骑士们也不会让他们的国王去冒这个险。于是心里不免生出一种怅然若失的感觉。

一天早晨，亚瑟王趁着侍从都不在身边，赶忙摘下自己的王冠，脱下身上的黄袍，乔装打扮成一名非常普通的骑士，独自一人偷偷骑马出城了。

夜幕降临时分，亚瑟王正好骑马来到一片阴森怪异的森林，跑了一天的他感到又累又饿；这时一阵阴冷可怕的寒风"呼呼"地迎面吹来，使他不禁打了一个寒战，此时他心里不免有点后悔，现在如果待在宫廷里，自己已经吃饱了饭，正躺在自己舒服的床上美美地睡觉呢。他又在伸手不见五指的树林里转了很长时间，身上被树枝剐（guǎ）得伤痕累累，像针扎般疼痛，却始终没有找到一处可供歇息的地方。

疲惫不堪的亚瑟王最后只得骑马走出了阴森森的树林，这时他看到远处有一道刺眼的强光，心里甭提多高兴了。他慌忙催马朝亮光处奔过去，当他赶到发光的地方，一条散发出臭味的护城河挡住了他的去路，河里流淌着黑幽幽的污水。而刚才吸引他的光线就是从山上城堡里发出来的，城堡由黑色坚硬的石头建造而成，它的顶上有七座高塔矗立在高空中，七支黑色的旗子在"呼呼"的寒风中摇摆着，发出"唰啦，唰啦"的声音。别无选择的亚瑟王只得吹起他打猎用的号角，然后冲着城门高声喊道："我是一个过路人，放下你们城门上的吊桥，让我过去留宿一晚。"

城堡里传出一个粗鲁的声音，答道："快走开！我们这里从来不留任何人住宿。"

亚瑟王听后非常生气，强压住怒火对城堡里的人说道："我是亚瑟王的一名骑士，赶了一天的路，到现在滴水未进，又累又饿，天气又那么寒冷，希望你能大发慈悲，给我点吃的，让我住一晚，日后定会重谢。"

过了一会儿，先前那个声音又说道："我这就去告诉我家主人。不过我告诉你，你不要抱太大希望。我的主人是不会轻易让其他人进入他的城堡的，更不用说留人住宿。"几分钟之后，"吱吱嘎嘎"的声音响起，只见城堡前的那座吊桥被缓缓放下，横跨在护城河上。

一个白发苍苍的老人走过来，领着亚瑟王缓缓地来到一个非常宽敞的大厅。亚瑟王一进入大厅，就仔细打量着四周。只见大厅里灯火辉煌，壁炉里的火烧得正旺，大厅里暖洋洋的；壁炉的正上方悬挂着一把大得惊人的斧头，亚瑟王还是第一次见到这么大的斧头，心里不禁一惊，暗自猜想："谁能拿得起这么大的斧头？"这时亚瑟王看到一个膀大腰圆的人正端坐在壁炉旁边，凝视着壁炉中熊熊燃烧的火焰。突然间，他抬起头，亚瑟王这才看到这个人的庐山真面目：面如土色，左脸有一道深深的刀疤，右眼却蒙着一个黑色的眼罩，另一只凶狠的眼睛死死地盯着亚瑟王，嘴角微微朝下一牵，露出一口黄得像上了釉的牙齿。亚瑟王一瞅见这张脸，心一下子就提到了嗓子眼，面前的这张脸是多么的狰狞可怕，令人毛骨悚然。

"这位骑士，我是人称死亡之斧的麦格骑士。"他瓮声瓮气说道，"我老早就想会一会圆桌骑士了，我听说他们是世上最勇敢的骑士！"

听到这话，亚瑟王一阵高兴，他为自己的骑士感到骄傲和自豪。于是他笑着说道："的确如此，我们圆桌骑士个个骁勇善战，是世上最优秀的骑士。”

“那是没有遇到我，遇到我，你们都将是我的手下败将。”麦格傲慢地回答。说着他慢慢站起来，走到亚瑟王的跟前，亚瑟王顿时感到眼前这个人好像巨人一般，而自己却像一个孤零零的孩子面对一头巨大的野兽。

但亚瑟王一点儿也不畏惧，毫不示弱地说道：“那咱们俩比试比试，就知道了。你任选一件武器，剑、矛或其他兵器都行。”

“那就比划比划！”麦格骑士哈哈大笑道，一副不屑一顾的样子。

“你信不信，我一拳就可以送你上西天！不过那样不好玩儿，我们还是先来一场勇气的测试好了。我把我的斧头交给你，它是世界上最大也是最锐利的武器，是我的心爱之物。你先拿它来砍我，如果你砍不死我，然后就由我来砍你，这样公平吧？”

亚瑟王冷冷地注视着那把巨斧，说道：“就这么说定了，谁也不许违背诺言。”

麦格骑士如探囊取物一样，轻而易举就把那斧头从墙上取下，然后交给亚瑟王，但亚瑟王试了几下，好不容易才拿起斧头，自己却趔趄着差点要跌倒。

只见麦格骑士跪下来，伸出头，并将覆在脖子上的头发拨开，很自信地说道：“来，砍吧！”

亚瑟王使出全身的力量终于抡起斧头，向那人的头砍去。就这一下，麦格骑士的头便被砍了下来。被砍下来的头在地上滚来滚去，很是吓人。然而，无头的麦格骑士竟突然又站起来了！摇摇晃晃走到自己的头跟前，在地上摸索一会儿，捡起地上的头，放到脖子上，又变回了一个完整的人，仿佛什么事也没发生过！

“现在，”麦格脸上露出狰狞的笑容说道，“该你了。”

亚瑟王上当了！可是他已经承诺过的事绝不能反悔。亚瑟王心里虽然害怕,但还是跪了下来,伸长脖子,说道:“砍吧!”

只见麦格骑士将斧头高高地抡起。亚瑟王闭上眼睛,心想:“这下可完了。”他等着斧头砍下。但过了好一会儿,他摸摸自己的头,没掉下去。麦格高高举起的斧头并没有落在亚瑟王的脖子上。亚瑟王疑惑地抬头看着麦格骑士说:“你怎么不砍呢?”

“你是一个勇敢的人,我很敬佩你,因此我给你一次机会。”麦格骑士说道,“我们来个君子协定好了。我问你一道谜题,你有七天的时间作答。如果你答对了,可以免死;如果你答错了,就再跪到我面前,等着挨斧头吧。那时候,我不会再手下留情了! 不过你要发誓会再回来。”

“好的。我一定会回来的。”亚瑟王坚定不移地说道。

“好,我的谜题是:女人最想要的是什么? 七天后给我答案。现在,你可以走了!”麦格十分信任地说道。

亚瑟王离开大厅的时候,他的心仍然“怦怦”地跳得厉害,他想起来都感到后怕。亚瑟王快步走出城堡,飞身上马,朝着森林疾驰而去。等赶到森林,他已累得精疲力竭,再也无力继续前行,就索性躺在冰冷的地上,呼呼地睡了起来。一觉醒来,亚瑟王发现英勇的高文骑士竟守护在自己的身旁。

“亚瑟王! 您终于醒来了。”他说道,“您怎么这身打扮? 我差点都认不出您了。您又怎么会来到这里?”高文满脸困惑,一连问了几个问题。

亚瑟王勉强地笑了笑,把自己昨晚可怕的经历给高文讲述了一遍,他话音刚落,高文立即说道:“陛下,我陪您一块儿去,我相信我们总会找出答案的。”

一连七天,亚瑟王和高文马不停蹄,踏遍了不列颠每个角落。他们只要见到女子,不管是头上戴花、天真可爱的小姑娘,还是带着孩子的少妇;不管是穿着衣衫褴褛的贫穷妇女,还是穿金戴银、衣着华贵的夫人,他们见面就问:“在这世界上,你最想要的是什么啊?”有些人说最想要的是美丽的容貌;

有些人则说是最纯洁、最真挚的爱；也有人说是智慧可爱的孩子、荣华富贵、至高无上的权利、冒险或真理。亚瑟王把她们的回答一一记了下来。但他对她们的答案并不十分满意。

约定的时间很快就到了，亚瑟王和高文仍没有找到最佳答案。但承诺不能违背，于是两个人心情沉重地骑着马慢慢地走向麦格骑士的黑色城堡。一路上他们一语未发，突然间，他们听见一阵可怕的怪笑声。只见一位头发花白的老妇人，背对着他们坐在一根木头上。当他们走近时，那位老妇人转过身来又发出一阵怪笑。仔细一看，长相着实让人害怕。干巴巴的皮肤，又皱又黄；一双瘦骨嶙峋的手简直和动物的爪子没什么两样；几颗黑乎乎的牙齿七扭八歪，有两颗还龇(zī)了出来；一只眼睛上戴着一只眼罩，另一只眼睛则像青蛙的眼睛一样鼓了出来，放射着一束凶光，像一个还没完全进化的动物。亚瑟王顿时吓得屏住呼吸，高文脸色也变得煞白，两人都赶忙把眼睛移开，一刻也不敢再正视她。

两个男人一句话也没说，只是惨然地对望了一眼，心里都在想："世间怎么还有这样丑陋不堪的女人？"

"怎么，怕我了？不过，我有一个你们最想要的东西，那就是麦格骑士的答案，"那丑女人继续说道，"能救你一命的唯一的答案。如果你们想知道答案，必须答应我一个要求。"

这时，亚瑟王心中燃起了一丝希望，急切地问道："你有什么要求呢？"

"我是瑞格蕾尔小姐。"她对亚瑟王微笑着说道。不过她笑得比哭还难看，让人目不忍睹。亚瑟王努力克制着厌恶的情绪，尽力让自己表现得沉着冷静。"人们都说你的骑士威猛勇敢，因此我想要你的一名骑士做我的丈夫。"

"这个我不能答应！"亚瑟王厌恶地说道。他心中暗想："真是没有自知之明，任何见到你的男人，他们宁愿死，也不愿娶你为妻。"

高文骑士又看了一眼奇丑无比的瑞格蕾尔小姐，带着试探的语气说道："如果这个答案能救我的国王一命，我愿意和眼前这位'美丽'的小姐结婚。"他还从没见过如此丑陋之人，但是为了亚瑟王的生命，他情非得已。

"我不能让你这么做。"亚瑟王平静而坦然地说道。

"为了不让我们的国家失去一个伟大而英明的国君，我必须这样做。"高文坚定地说。

亚瑟王知道阻止不了高文，就有点不耐烦地对那位老妇人说道："你听到了，你眼前的这位英俊潇洒的年轻骑士主动要求和你成亲，你还不快点告诉我们答案！"

于是，瑞格蕾尔小姐走到亚瑟王跟前，亚瑟王慌忙往后趔了一下，自觉有点失态，又停了下来，瑞格蕾尔小姐在他耳朵旁边低语一番。

一听完她说的话，亚瑟王差点笑出声来。这会是麦格骑士所要的答案吗？他只是笑着不住地摇头。但或许这答案就是女人最想要的东西；而对男人来说也是一样的吧。

"两天后，我会到达坎默洛特城，"瑞格蕾尔小姐说道，"到那时，我要和这位骑士结为夫妻，亚瑟王你可一定要参加我们的婚礼呀！"说完，她又笑了，但这笑声令亚瑟王和高文毛骨悚然。

知道了答案后，亚瑟王和高文骑马返回麦格骑士的城堡，当来到离城堡不远处的森林时，他让高文留在原地等候，自己独自前往去见麦格。

亚瑟王骑着马上了山坡，来到黑色城堡前面。麦格骑士正站在护城河的桥上，磨着他那把闪闪发光的巨斧。

"你果真是个讲信用的人，我还以为你不敢回来了。"他一边对亚瑟王"嘿嘿"地笑着说，一边抡起他的巨斧，在空中晃了几晃，巨斧在阳光照射下发出耀眼的光芒。

"现在告诉我，你的答案是什么？女人最想要的是什么？我绝对会信守承诺的！”麦格爵士粗声粗气地问道。

亚瑟王又往前走了几步，来到麦格跟前，把他一路上听到的答案一股脑地全说了出来。

“不是，都不是！”麦格一直摇着头说，紧接着他抡起斧头，说道，“你的答案都不对，现在把头伸好，是时候了。”

“等一下，”亚瑟王慌忙说道，“我还有一个答案，是森林里的一位老妇人告诉我的。女人最想要的就是拥有自主权！”

麦格气得大吼一声：“是我妹妹！瑞格蕾尔小姐！这个丫头，一定是她告诉你的。嗯……虽然她欺骗了我，我仍会信守承诺。我不杀你了，不过，你以后再也别打这儿经过了！”

亚瑟王骑着马慌忙离开了黑色城堡，他现在自由了。可为了自己的性命，高文付出了可怕的代价，一想到这，他怎么也高兴不起来。

两天后，高文爵士和瑞格蕾尔小姐结婚的日子到了，大喜之日，却丝毫没有喜庆的气氛。高文乐于助人，为人随和，有很多知心朋友。但除了亚瑟王之外，他没有邀请其他任何人来参加他的婚礼。他的朋友都不明白这么重大喜庆的日子，为何高文不请他们参加。一些人心里很纳闷，还有些人怏怏不乐。于是他们就自己在大厅里准备了一个盛大的婚宴，每个人都等着为高文献上祝福。

突然，有人高声叫道：“看，他们来啦！”圆桌骑士和贵妇们开始大声欢呼。而当高文和他的新娘走进大厅时，原本惊天动地的庆贺声立刻沉寂了下来。大家一下子都明白了高文为什么不邀请他们。“怎么能找这样丑的婆娘？”他们个个都感到纳闷，都为高文这么英俊的小伙子竟娶了这样一个奇丑无比的老太婆而感到惋惜。

瑞格蕾尔小姐穿着一袭美丽的结婚礼服，但是却怎样也藏不住她那张可怕的脸。高文走在一旁，他脸色苍白，神情沮丧，不过他的头抬得高高的。

有好一阵儿，四周听不到一丝声音。不过，毕竟这是婚礼，还是要有人去迎接新娘的。兰斯洛特一贯心肠很好，这种场合他不想让自己的好友高文感到很尴尬，于是，他往前走了一步，朗声说道："欢迎你！祝福你和我们亲爱的朋友——高文，永远幸福！"然后大家都装着很快乐的样子，开始高声谈笑。谁都没有表现出对瑞格蕾尔小姐的一丝厌恶，但是他们都尽量不去看她。

宴会终于结束了，高文骑士独自坐在桌前，默默无语。每个人都来道过晚安之后，瑞格蕾尔小姐便起身回房去了。

高文现在倒真希望自己一跃上马，远走高飞，永远都不要回来，永远不要见到这个丑得令人胆战心惊的女人。但他是圆桌骑士，他没有选择，必须信守自己的诺言。所以，他尽力藏起自己的情绪，试着去做一个好丈夫。

高文走上通往房间的阶梯，慢慢地打开房门，看到壁炉里有块熊熊燃烧着的木头。透过房里灰暗的光线，他发现房子里空无一人，静悄悄的。有一度他想着瑞格蕾尔小姐已经走了。他多么希望如此啊！可是，过了一会儿，火光映得房子里明亮了许多。他看到她正端坐在壁炉前面的一张椅子上，样子看起来非常可怕！瑞格蕾尔小姐看到高文回来，笑着说："亲爱的，过来吻我一下吧！"

高文想到自己的承诺，勉强地对妻子笑了笑，然后闭上眼睛，强制着不去想她的容貌，来到瑞格蕾尔身边温柔地吻了她一下。

突然间，一个甜美、温柔的声音说道："谢谢你，我的高文。"

高文睁开眼睛，那个丑陋的老女人不见了。站在眼前的竟是一位美如天仙的女子！高文不禁倒退一步，惊讶地问道："你是谁？瑞格蕾尔小姐在哪里？"

那女子脸上洋溢着幸福的笑容，甜甜地回答道："我是瑞格蕾尔小姐，你的妻子啊！"高文骑士看着她，目瞪口呆，半晌没说出话来。

看着高文吃惊的样子，女子禁不住咯咯地笑出声来，温柔地解释说："这才是真正的我。麦格在我身上下了邪恶的诅咒，把我变得像个怪物，因为你的正直和善良，现在诅咒已经解除掉一半了。可是还有一半儿留在我的身上，从现在起，我每天会有一半的时间是现在的样子，而另一半的时间则会是以前的恐怖样子。"

她握住高文的手，接着说道："所以，你需要马上做出一个抉择：你希望你的妻子在白天是一位美丽的少女，还是晚上呢？我知道这很难决定。如果白天的我是个怪物，你就会在世人面前蒙羞。可是如果晚上的我是个怪物，你在自己的家中就会不快乐。"

高文凝视着她美丽的双眼，认真地回答道："这件事还是由你自己作出决定，不管你做出什么选择，我都会非常高兴；我不干涉你的自由，只要你快乐就行。"

"我亲爱的高文！你真是一个通情达理的人。"瑞格蕾尔小姐的脸上闪现出喜悦的亮光。"你还记得谜题吗？现在，你让我自己做决定。你给了我女人最想要的东西——我的自主权。现在你已经完全破解掉诅咒了！我永远不必再披上怪物的外形了，我可以恢复我的本来面貌了。今后不论是白天或是晚上，我都会是一样的了。"

高文从来不曾如此高兴过。第二天，他把自己所有的亲朋好友都请了过来，和年轻貌美的瑞格蕾尔小姐又举行了一次婚礼，这是坎默洛特城最欢乐的一场婚宴。

第八章 厨房骑士

美丽的凯那尔顿城坐落在威尔士的沙滩上，那儿有一座城堡，雄伟而又异常坚固。每年的圣灵降临节，圆桌骑士们都会赶到这儿，大家聚集在一起，举行一场特别的盛大宴会。在宴会开始的时候，大圆桌上会摆满精心调制的各种各样的诱人美食：散发着香味的面包、热气腾腾的烤肉、香醇的美酒、水汪汪新鲜的水果和令人垂涎的黄澄澄的蜂蜜蛋糕，真是种类繁多，应有尽有。亚瑟王和他的骑士们围着圆桌而坐，大家谈笑风生。但面对芳香四溢的美味佳肴，却没有人喝一口酒或吃一口面包，因为亚瑟王对这个特别的日子有个特别的规定：这顿盛宴必须有陌生人前来，讲一个好听离奇的故事，问一个有趣的问题，或是讲述一段精彩的冒险旅程之后才可以开始。

这一年的圣灵降临节终于到了。节日当天，骑士齐聚一堂，热闹非凡。午饭即将开始，高文爵士站在窗前，不住地往外张望，这时候他终于看到三匹膘肥体壮的大马朝着这个方向疾驰而来，他们在不远处下了马，然后牵着马大步走过来。“我们马上可以吃顿丰盛的饭菜了，因为给我们讲精彩故事的人已经来了。”高文喜不自禁地叫喊道。转而他又神秘兮兮地小声对亚瑟王说道：“这三名骑士，风度翩翩，仪表非凡，你再看那个大个子，身材魁梧高大简直和巨人一般，但又不乏儒雅风度，简直就像童话里的王子一样。他一定会带给我们非同凡响的精彩故事。”

听了高文的一番话，亚瑟王也喜形于色，因为既可以听到一段传奇的故事，又可以吃到美味的饭菜了。于是便摆手招呼所有的圆桌骑士坐下来准备进餐。正在此时，大厅的门被咿咿呀呀地推了开来，紧接着走进来那三个人。走在中间的是一个身材高大的男子，两边是两名衣衫华丽的骑士。只见那男子英俊潇洒，身材魁梧，两肩宽厚，眉清目秀，实属世间难得一见的俊逸洒脱的小伙子。他的一双手大得出奇，称得上举世无双。他的个子高得出奇，站在他身旁的两人本也魁梧高大，可与他一比，顿时相形见绌。不过，对这位美男子来说，这样的身高好像是一种负担或者说是一种耻辱。要是不靠在旁边两人的肩上，他好像根本就站不直、更走不动，似乎随时都会跌倒似的。大厅里所有人的目光都集中到这个高得出奇的年轻人身上，随之便是一阵喧哗。亚瑟王示意大家安静下来，给他们让出了一条道。这三人一言不发径直向亚瑟王走去，等他们来到了亚瑟王跟前，中间这个看起来非常年轻的小伙子弯下腰，很有礼貌地开口说道："令人尊敬的亚瑟王，愿上帝保佑您和您那些优秀的骑士，尤其是各位圆桌骑士。我今天是专门为三个恩赐而来，因为您承诺过：凡是在圣灵降临节这天，骑士可以提出三个要求，这三个要求您是有求必应。我今天要向陛下提出三个恩赐，希望您慷慨地答应我。"

"小伙子，你叫什么名字？"亚瑟王和蔼地问道，"还有，你都想得到什么恩赐？"

那年轻人轻声答道："我现在还不能告诉您我的名字；我现在只是恳求第一个恩赐，至于另外两个，等到您明年的圣灵降临节，我再开口。"

这时，在场的骑士们又开始议论纷纷："这小子太狂妄了，面对陛下，还卖关子，连名字都不肯说。"

亚瑟王并没有生气，连忙摆手让大家停下，然后转向年轻人，面带微笑，问道："你要什么尽管说，只要不伤害他人，而且是我能做到的，我都会答应你。"亚瑟王今天心情格外好，说话也非常慷慨。

"谢谢陛下，我想在您的城堡里享用一年的食物。"那年轻人说道。"食物!”每个人都吓了一跳,心想:“这个年轻人不会是一个乞丐吧？不过看他的穿戴,也不像一个乞丐。”

亚瑟王还以为自己听错了,瞪大眼睛盯着眼前的这个年轻人,问道:“食物,这就是你向我要的恩赐吗?”

“是的,陛下！这就是我前来参加盛宴的请求,至于我身边的这两个人,等一会儿我再向您介绍。”那个英俊的年轻人答道。

“好,我答应你！我将为你提供足够的肉食和饮料,因为我为每个人都提供这些食物,无论是朋友还是敌人。不过你要告诉我你的名字。”亚瑟王和颜悦色地说道。

“非常对不起,我不能告诉您我的名字。”他略带歉意地说道。

“这就有点儿奇怪了,”亚瑟王面带疑惑地问,“这不过是个非常简单的问题,怎么就不能回答呢？既然你不愿意说你的名字,我也不勉为其难了。你看起来像是出身富贵人家,来这儿不会单单为一年的食物吧。不过,我很喜欢你,你是我见过的最优秀的年轻人,我感觉你不会让我失望。现在你先跟着凯伊爵士走,他负责管理我城堡的事务。”说着,亚瑟王转向管事的凯伊骑士,吩咐他准备好酒好肉,好好招待这个年轻人,就像招待一个郡主的儿子一样。要让这个年轻人享受像一个领主的待遇。

“好的,陛下！我一定会把这个懒惰的家伙喂得像猪一样膘肥体壮的!”凯伊大声地笑道,“就让他待在厨房里,负责炖肉好了。不过他连一个名字都没有,这样不好,我需要给他取一个名字。”

高文骑士挺欣赏那个年轻人的,有点看不下去凯伊的做法,便开口道:“凯伊,不要为难他了。”兰斯洛特也在一旁帮着说话:“凯伊,你和这位年轻人素昧平生,犯不着挖苦糟践他,我感觉这个年轻人挺不错的。”

凯伊骑士并没有听从劝说,他从头到脚再次仔细打量了一遍眼前的这个年轻人,带着嘲讽地喊道:“你们看,他这双又白又细的大手,多么与众不同啊！这样一双手如果不用来工作真是太可惜了！另外，既然他不愿意告诉我们他的名字，我就给他起个名字，我们以后就叫他'大手'吧！"后来，大家都默认了这个临时的名称。

在接下来的一年里，大手一直都在又脏又累的厨房里工作。兰斯洛特骑士和高文骑士都对他关怀备至、照顾有加。他们只要见到大手，就笑脸相迎，就像长辈对孩子一样，和蔼可亲，还经常给他一些零用钱接济他。他们相信这个小伙子将来一定能成为一个大有作为的人。但是凯伊却一直在嘲笑和捉弄他，每天对他冷嘲热讽不说，还专挑最脏最累的活让他干，粗劣的食物和繁重的体力劳动虽然一度让大手的日子过得很是艰难，但大手的身体却变得越来越强壮。并且大手对凯伊的做法却不太在乎，一贯保持着言听计从。

按照凯伊骑士的要求，大手在厨房里不但要干那些又脏又累的活，还要和厨房里的孩子们一起吃一起睡。兰斯洛特骑士和高文骑士很是看不惯凯伊的这些做法，每次看到凯伊让年轻人吃难以下咽的粗茶淡饭，就会把他叫进自己的房间，想让他在他们那儿吃些好的。但是年轻人却总是婉言拒绝，并且说他必须服从凯伊骑士，因为这也是亚瑟王的命令。大手对周围的人总是表现得彬彬有礼，温文尔雅，从不用尖酸刻薄的话伤人，总是规规矩矩。但是每当骑士们上马比武时，他就偷偷溜出去观看。这期间兰斯洛特骑士和高文骑士仍然不断地给年轻人一些零花钱，给他买些体面的衣服穿。虽然生活有些苦，但在比武赛场上，无论投杆还是掷石，都没有一个人能超过他的，这让他感到快乐许多。

就这样，日子一天天地过得很快，一年一度的圣灵降临节又要来临了。亚瑟王和他的骑士们再度围坐在大圆桌前举行盛会庆祝节日。如往常一样，他们又在等着陌生人来给他们讲述一番奇遇。这时，一位长得非常甜美的少女慌慌张张地走进大厅。她天生丽质，高贵大方，一看就知道出身名门。她泪流满面地来到亚瑟王面前,深深鞠了一躬。"您一定要帮助我!伟大的亚瑟王陛下!"她用乞求的口吻哭着对亚瑟王说道。

"好的,姑娘,我答应你。可你要告诉我让我帮你做什么啊?"亚瑟王慌忙问道。

"尊敬的陛下,我是林妮特,请您帮忙救救我的姐姐。不久前她被一个凶神恶煞般的骑士围困了起来,直到现在都无法从被围的城堡里脱身。听说您是世界上最伟大英明的国王,您的圆桌骑士是这个世界上最骁勇善战的骑士,总是救民于水火。所以小女子恳请国王伸出援助之手,赐给我一位勇敢的骑士,帮我把姐姐从魔掌中救出来!"

听了眼前这位少女的赞美以及她悲悲切切对她姐姐遭遇的讲述,亚瑟王非常同情这位姑娘,关心地问道:"你姐姐叫什么啊,她被围困在哪儿?还有,把她围困起来的人是谁,他们来自哪儿?"

"我姐姐曾经多次嘱咐我不要随便把她的名字告诉别人,所以,尊敬的国王陛下,现在我还不能告诉您。但她确实是个心地善良的姑娘,对人总是一副菩萨心肠;她长得冰清玉洁,国色天香,是世间少有的漂亮女子。围困我姐姐的具体原因我不清楚,但我知道是红草地的红骑士干的,他是世界上最可怕的骑士之一,在我们那儿一提到他,就会让人有一种毛骨悚然的感觉。"

"可是我对你说的骑士一无所知!"亚瑟王说着环顾了一下四周。

"我对此人颇有了解,"这时高文爵士在一旁嚷道,"他是世界上最强悍也是最危险的骑士之一。据说,红骑士一人可抵七人的力量。他还会妖术,而且,随着太阳愈升愈高,他的力量也就愈来愈强。只有在日落的时候,他的力量才会减退。听说已有许许多多的骑士在和他的打斗中丧失了性命。如果我们和他兵戈相向,估计活着回来的可能性很小。"

"姑娘,"亚瑟王很礼貌地说道,"我们这儿有很多骑士非常乐意为您效劳，但是他们必须征得我的同意。为了保证我骑士的安全，你必须说出你姐姐的名字和关押她的城堡，不然我们就无能为力了。”

“以后我会详细给您介绍这件事，现在……”还没等她说完，大手的声音突然响了起来。他走过来对亚瑟王说：“陛下，我非常感激您，是您让我在厨房干了一年的活，让我每天都能吃到足够的肉和饮料，您看我现在已经变得身强力壮。但今天我向您讨要您承诺的另外两个恩赐。”他说话的语气非常坚定，眼睛放射出灼灼的光亮，说着他挺直了身体。

“回去洗你的锅碗瓢盆去吧，你这个小厨子！”凯伊在一旁戏弄地叫道。四周附和着一阵“哈哈”的嘲笑声。

大手完全不理会周围嘲弄的笑声，他继续说道：“陛下，我的第一个要求是让我和这位姑娘一起去救她的姐姐；第二个要求是让兰斯洛特爵士跟着我，在我证明自己的能力之后，让他授予我成为一名圆桌骑士。”

“好的，我答应你。”亚瑟王爽快地答道。

林妮特小姐一听，当时就气得脸色发白。她满脸愤怒，用手指着大手，嚷道：“你这个自不量力的小厨子，你以为你在厨房里多吃些酒肉，就变得力大无穷了。竟还敢大言不惭地说去救我姐姐。”然后，她转过身不满地对亚瑟王说：“尊敬的陛下，您这里有全世界最英勇的骑士——兰斯洛特爵士！高文爵士！然而您却只派一个无名小辈，一个厨房里的帮工去救我姐姐。真是太没有诚意了！”说完，她就怒气冲冲地离开大厅，跨上马飞奔而去。正在这时，进来一人给大手送来威风凛凛的战马和闪闪发光的盔甲，他就是相伴大手来的两个骑士中的一个。他还带来了大手所需要的衣物，件件都很华贵。全朝的人心里都暗暗称奇，但谁也不知道这些东西究竟是从哪儿来的。大手全副武装之后，更显得威武挺拔，英姿勃发，几乎没有人能比得上他。随后，他向国王和高文骑士等人告了别，并请求国王让兰斯洛特骑士尽早随后赶来。说完，便骑马追赶那位少女去了。

大手离去之后，凯伊骑士在大厅里嚷道："我要去追那个少不更事、年少轻狂的家伙，要让他知道，我的武艺可比他强多了。"说完不顾兰斯洛特和高文骑士的劝阻，一路飞马而去。两人相距还很远的时候，凯伊就在马上大声怒吼。大手一听便知来者是谁，他早就对这个经常挖苦和捉弄自己的势利眼凯伊骑士恨之入骨了。于是他停下来对凯伊说："你这个最粗鲁、最没教养的骑士，你的所作所为已经令我的忍耐达到了极限，今天就让你尝尝我的厉害吧！"

凯伊骑士听罢，高喊道："你这个小子，还敢对我动手，真是无法无天了！”说完立刻举起长矛策马向大手直冲过去，大手手握利剑掉转马头迅速迎了过来，他扬剑只是轻轻一拨，只听得“当啷”一声，凯伊骑士的长矛应声就落在了地上。此时的凯伊才真正意识到，眼前的这位年轻人果真厉害，自己远不是他的对手。于是，他不敢恋战，赶快灰溜溜地逃走了。

看到大手骑马赶了过来，林妮特没好气地说：“走开！厨房里的臭小子！闻闻你身上散发出的是什么味道？一身厨房的油渍味。别以为你打败了那个凯伊骑士，我就会对你另眼看待，快滚回去，你这个不识趣的家伙，回到亚瑟王的厨房去刷锅碗吧，那里才最需要你，那里才是你最好的归宿。”

大手没有生气，只见他笑呵呵地说道：“林妮特小姐，随便您怎么说都行，我既然已经答应了亚瑟王帮忙去救你的姐姐，我说到做到，绝不会半途而废的；除非我死了，否则我一定会坚持到底的。”

林妮特嘲笑道：“你这个洗碗刷盘的小子口气倒不小啊！你是不是觉得救人像洗碗那么容易呀？告诉你吧，走不了多远你就会死掉的，在这条路上杀机重重，危机四伏！”

“姑娘，”大手坚定地回答，“你无论说什么，我都不会和你计较；你无论做什么，我也不会离开你，因为我已向亚瑟王发过誓要帮你救出你的姐姐；我愿意为她战斗而死，但我绝不会就这样离去。”“噢，你说得倒很厉害，”年轻女子的脸上露出一副厌恶的表情，不耐烦地说，“如果你能做出各种各样美味可口的鱼汤，或许还能见见这位凶悍的红衣骑士，否则还没见上他的面，你就先见上帝去了。”

“我会竭尽全力与他战斗到底。”大手仍然用一种平和的口吻对少女讲道。

不久，他们就进入了一个茂密的树林。就在他们面前不远处，有个人正躺在地上。一听到有人来的声音，躺着的那个人立刻从地上跳了起来。“救命啊！救命啊！骑士！”他哭着喊着，“我善良的主人被六个凶神恶煞的强盗绑了起来，现在被困在灌木丛中，我担心他们会把他给杀掉。”

“快领着我去看看!”大手急切地说。随后,便一跃上马,跟着那人飞快地赶到关押的地方,果然看到一名遍体鳞伤的骑士被捆绑在树上,头耷拉着。身边有六个膘肥体壮的人看守。大手一语未发,挺枪便向站在旁边的六人刺去,一眨眼的工夫就有三人死伤在地,剩下的三个一看大手力大无穷而又勇猛无比,不敢恋战,都慌忙逃窜了。大手并未罢手,拨马紧追不舍,直赶到一个海湾,三个强盗眼看无处可逃,无奈之下,只得返身负隅顽抗,大手手执长枪,对着中间那个奋力一刺,长枪刺穿那歹徒的胸膛,由背后穿出约莫两尺长。另外那两名左右夹攻大手,但他们的长矛却像冰柱做成的一般,一碰到大手的盔甲,立即就粉碎了。大手挥剑便向剩下的三个人砍杀,看不见剑的影子,只能听到剑的“嗖嗖”声。一招、两招,左劈、右砍,不多时三人都成了无名之鬼。大手匆匆返回,解开了那骑士身上的绳索,扶着他站起来。被营救的骑士感激涕零,不住地向大手鞠躬,恳请大手在他的城堡留住一宿。看看太阳已经落山,夜色已经降临,大手和姑娘也就答应了下来。

第二天清晨,闪亮的星星已退去它们的光彩,隐身到朝霞之后,树上小草上到处是晶莹透明的小露珠,在阳光的照射下熠熠生辉,空气中弥漫着青草的气息。在这美好的早晨,大手和林妮特小姐便早早起身,向城堡的主人告别之后,骑上马继续前行。他们穿过枝繁叶茂的树林,来到一条大河边,白茫茫的河水上有一座独木桥,桥头上站立着两名骑士,把守着这河上的唯一通道。“你现在做出决定还不迟;如果怕死,就立刻回去;不怕死,你就要和桥上的两位骑士一决高下。如果不幸被他们打死,可别怪我没有提醒你啊!”姑娘带着一副轻蔑的语气对大手说。

“即使他们有再多的人,我也不会回去!”大手平静地答道。说着他径直地向两名骑士冲过去,其中一名守桥的骑士立即就迎上来,两人一来二去,就打到水里,溅起很多水花,一时之间难分高下。由于两个人用力过猛,他们的矛都被折成两段,随即他们又掣出各自的利剑,狠狠地击向对方,阳光、水光、剑光交织在一起，不时发出刺眼的光芒，对手终于被大手狠狠地击下了马背，掉在河里，淹死了。随后大手赶快把湿漉漉的马牵到河边，与另外一名骑士开始搏杀，没多久，大手就把那名骑士的头盔劈成两半，骑士摇摇晃晃倒地而死。大手骑上自己的战马，随着那个姑娘踏上了新的征程。

LINET AND THE BLACK KNIGHT

“哼，一个小厨子哪有这么大的本事能把两名骑士都给杀死，你还真以为是你的本事大啊？实际上你错了！第一名骑士，在你的剑还没有碰着他，他就被马绊倒，跌倒在河里淹死了；另外一名骑士是在他毫无防备的情况下，你从他后面突然把他拉下，击中了他。”姑娘不服气地说。

“随你怎么说，我根本不在乎，我只想救出你的姐姐。”大手用一种不温不火的口吻说道。

他们终于到了一片空旷的地方，与其他地方不同的是，这儿的草全是黑色的。草地上长着一棵高大的黑色山楂树，树的一侧挂着一面黑旗，正随风摆动着；另一侧则挂着一个黑色的盾和一支又大又粗的黑色长矛。旁边一块黑色的石头上正拴一匹带着黑色绸缎的黑马。森林中的空地上走出了一名骑士，身穿黑色的铠甲，手中同样拿着一支黑色的长矛和一面黑色的盾牌。

“他是黑草地的黑骑士，”林妮特说道，“也就是囚禁我姐姐的红骑士的弟弟。黑骑士守在这里不让任何人经过。你就别去送死了，赶快回去拿着扫帚、拖把，守着你的锅碗瓢盆吧！”

大手依然没有生气，说道：“小姐，等着瞧吧。”

这时，只听到黑骑士发出雷鸣一样的吼声：“大个子，过来送死吧！”

大手高声喊道：“我会顺利从你这儿通过的！你是拦不住我的，黑骑士！”

话刚说完，他们各自让马退后，以便有更大的空间攻击对方，接着猛地一拍马向对方猛冲过去。经过一个多小时的激烈厮杀，两人都大汗淋漓，浑身热血沸腾，几乎耗尽力气，最后大手一枪正打在黑骑士的头上，只见黑骑士摇摇晃晃从马上摔下去。还没等他站起来，紧接着大手翻身下马，用手中的利剑迅速指向了黑骑士的心脏，大声地问：“快报上你的名字，让不让我们过去？”

“伟大的骑士，让你们过去。我叫黑骑士，放我一条性命吧！我有三十名骑士，他们可以听候你的派遣。”黑骑士一边呻吟一边求饶。

大手声音洪亮地对黑骑士说：“现在你必须做两件事，否则我一剑杀了你。第一，你必须发誓今后只为正义与公理而战；第二，现在带着你的骑士，前往亚瑟王的宫廷去跟亚瑟王请罪，并接受他的判决。”

黑骑士喘息着回答道：“我会按您的要求去做的。我从来没遇到过对手，今天能够碰上像您这样武艺高强的骑士，我输得心服口服，我以后就听您的了。”说完，他爬起来，带着他手下的三十名骑士，启程前往宫廷去拜见伟大的亚瑟王并请求他的宽恕。

大手又和年轻女子一起接着赶路，一路上林妮特对他仍旧是冷冰冰的，一般不怎么和大手说话，即便说话，不是冷嘲热讽，就是严加斥责。大手刚刚制服了黑骑士，心里美滋滋的。林妮特一看到他得意洋洋的样子，就没有好气地说道：“别以为打败了黑骑士，我就会对你刮目相看。我不是傻瓜，昨天要不是当时阳光照射住黑骑士的眼睛，他一时看不清楚，才不会输给你的；相反，躺在地上的可能就是你了。”

“这次算你幸运，捡了个便宜。”林妮特小姐接着又挖苦说，“你也不要高兴得太早了，前面更可怕的危险还多着呢。”

很快，他们又穿过一片绿油油的草地，来到一条大河边。放眼望去，河面宽阔，河水清澈见底，微风轻轻吹过，泛起层层涟漪。他们环顾四周，发现只有一条狭窄的通道可以过河，但是那条通道却有一名凶巴巴的骑士把守。那人的块头比黑骑士还要高大；不同的是他身上穿着绿色的铠甲，全身发射出令人眼晕的绿光。

“那是绿草地的绿骑士！他比黑骑士更厉害。”林妮特小姐在一旁说道，“快跑吧，小厨子，否则你必死无疑！”

说话间那个全身穿着绿色的骑士向他们赶过来，高声喝道：“你们两个竟然从我的兄弟黑骑士那儿逃出来，算你们幸运，不过我这一关就不那么容易过了。”

少女答道：“你的兄长没打死我们，反倒被这个名不见经传的小厨子给打跑了。”绿骑士一听，气得嗷嗷直叫，用手指着大手大声呵斥道：“你这个不知死活的家伙，我的兄弟伯卡特骑士竟然败在你手里，真是我们的耻辱。还胆敢从我这儿通过，真是愚蠢至极。今天我就要你尝尝我的厉害。”

大手答道："是你的兄弟挡住了我们的去路，不让我们通过，我只能和他比武一决胜负，我是靠我的实力打败他的，可不是做了什么手脚。现在什么都不用说，你和我比试比试就知道了。"

大手话音未落，只见绿骑士纵马来到一棵绿色的荆棘树前，从树上取下一个号角，连吹了三下，随后应声走出来两个翩翩的少女，给他拿来了全身的装备，只见那绿骑士一手拿着一个碧绿的盾牌，另一只手拿着一支碧绿的长矛，浑身上下散发着耀眼的绿光。穿戴整齐之后，两人便策马向对方冲去，厮杀在了一起。只听见"啪"的一声，两支长矛就断在各自的手里。于是他们又抽出利剑，彼此奋力拼杀，没过多久两人的身上都受了重伤。最后，趁着绿骑士转身的瞬间，大手骑马突然冲到他的一侧，把他从马上揪起来，一下子摔在地上。绿骑士倒地之后又一跃而起，弃马仗剑又冲了过来。大手见了，也跳下马，两人又打在一起。两个勇猛的斗士在一起战了很久，鲜血染红了他们的战袍。

这时那少女在旁边说道："勇猛的绿骑士啊，你怎么连一个小厨子都制服不了。你何时见过一个小鬼可以和骑士打得难分上下啊，这就好比野草要压倒五谷一样嘛！这对你来说简直是一种耻辱，天大的耻辱啊！"绿骑士听了，顿觉丢脸，于是使出最大的力气，上前一剑挥去，刺穿了对方的盾牌。大手看见自己的盾牌被砍穿，又听见少女的讥讽，也不由得勃然大怒，于是也使出了浑身的力气朝对方的头盔上重重打去。只听到"当"的一声响，那绿骑士顿时两脚站立不稳，双膝跪倒在地。大手飞步上前，用力把他按倒，挺矛欲刺。绿骑士吓得连忙跪地讨饶，请求大手放他一马。

"只要旁边这位小姐开口，我就放了你。"大手气喘吁吁地答道。

"我才不要向一个小厨子开口求情！有辱我的人格。"林妮特叫道。

后来看到绿骑士在一旁痛苦呻吟的样子，林妮特只好向大手喊道："喔，算了，算了，让这名骑士走吧。不过，我可不欠你的人情。另外刚才他的马一定是被绊了一下，才跌倒的，否则躺在泥巴堆里的就是你了。”

绿骑士跪在地上把剑举过头顶又叩拜了几下，向大手表示敬意，感谢他的不杀之恩。大手要绿骑士发誓效忠亚瑟王，然后就把他扶了起来。绿骑士站起身来皱着眉头对林妮特说道：“小姐，我也曾和许多人交过手，但没有一个人能和你身边的这位骑士相比。你再这么说对他恐怕就不公平了。”

此后，大手接着又打了许多场漂亮仗。然而林妮特仍未对他好言相加。她总是为那些大手的手下败将找借口，像是“他的矛断了”或是“他的马鞍松了”之类的话。林妮特还一直告诫大手，红骑士要比那些人厉害一百倍以上，他永远也赢不了红骑士，对林妮特的做法大手已经习以为常，见怪不怪了。

不久，大手和林妮特来到了一座城堡跟前。城堡的外围还有两道很深的壕沟；城墙四周布满了凸出的凉台，居中的塔门两侧挂着很多块颜色各异的盾牌，塔门来往穿梭着穿着棕色衣服的各种各样的人。塔下面则是一片美丽的草地，草地上是错落有致的凉亭和帐篷，也全都是棕色的。大手还注意到一棵巨大的橡树上挂了好多盾牌。那些盾牌式样不同，颜色也各异。此外，树上还挂着一只银号角。一切显得都很神秘。

“那些盾牌都是被棕骑士所杀的人生前用过的，”林妮特说道，“他把它们挂在树上以示警告，让人不要招惹他，否则他的树上又将多一个盾牌。另外任何想来挑战的人都得吹响那只银号角，他一听到声音就会出来的。”听到这，大手伸手准备去拿那只号角。

“不，起码现在不要拿！”林妮特说道，她的语气似乎比以前好多了，“现在正是棕骑士最强壮的时候。在这儿等着，太阳下山以后，他力气就会变成一天中最弱的。”

大手凝视着她：“你以为我是个懦夫？趁对方最虚弱的时候才发起攻击？我如果那样做就太可耻了！”说着，大手一手扯下号角，吹响了它。

此时，城堡里即将进行一场比武盛会，人们正忙着各种各样的准备工作。城堡的主人正站在塔顶凭窗远眺，突然间看见一个飘逸的少女和一个全副武装的威武的骑士远远走来，不禁说道：“看那个骑马的小伙子，倒像一位勇敢善战的骑士。很长时间没有和人比划了，今天我倒很想和他较量一番呢。”话音未落，他就听到号角的响声，心里一阵欢喜，这小伙子还真不知天高地厚，敢主动登门向我挑战。于是他迅速披挂整齐，骑上战马，来到塔外。只见他的长矛和盾牌、全身的盔甲战袍，还有马和马饰、马具，浑身上下都是棕色的。

大手再度吹响号角，这次他眼前扬起了一片尘土；一个异常高大的骑士正骑着马朝他奔驰而来。他是大手这辈子见过的最高大的人。

“他就是棕骑士，此人厉害至极！”林妮特有点儿夸张地说道。

说话间，棕骑士骑着马以迅雷不及掩耳之势，把林妮特抢在手中。看到这阵势，一时之间，年轻的大手惊呆了，他说不出话来，也走不动道。停了一会儿，他才缓过神来，叫道：“快放了林妮特小姐，否则就等着受死吧！”

棕骑士没有答话，他发出“嘿嘿”一声怪笑，扬手轻轻把林妮特抛到一边，然后放低手中的矛。两个人骑着马向对方冲去，大地因马的奔腾而震颤。没战多久，两人的马都被对方击毙，矛也断了，双方也都倒在地上，一动也不动仿佛死去一般。

看着棕骑士挣扎着要起来，林妮特小姐吓得大气也不敢喘，呆呆地立在一旁。然后大手也用手支撑着，慢慢地爬起来。突然，两人同时站了起来，各自拔出佩剑，再次扑向对方。不久，地面被鲜血染红了。

两人进攻的速度明显慢了下来，大手一条腿跪在地上，用剑支撑着自己，勉强没有倒下去。棕骑士则高举着他的剑，摇摇晃晃地向前冲过来，大手使出全身的力气挡开了棕骑士的攻击，然后瞅准一个机会，一剑刺入棕骑士的心脏，棕骑士立刻倒地死去。

大手转身走向林妮特小姐，但她并没有因为大手救了她，向他致谢，也没有为自己对大手的恶言相加而道歉。她只是冷冷地说了一句：“哈，运气真好！”

大手的英勇表现没有丝毫改变林妮特对他的态度，她总是长别人的志气，灭大手的威风。大手刚刚打败棕骑士，她又以冷嘲热讽的语气对他说道：“别高兴得太早了，更厉害的骑士还在后边呢。他是除了亚瑟王以外，世上最受人尊敬的人。”

大手听了说：“好啊，他越受人尊重，我就越想和他比试比试呢。”

说完，大手和林妮特快马加鞭，风驰电掣般驰过了一望无际、壮丽辽阔的草原，又穿越了一片郁郁葱葱的白杨树林，最后来到了一座美丽的城池前。大手和林妮特向旁边远远望去，竟然有一片绿茵茵的草坪，上面还零星地点缀着一些光彩夺目的东西。两个人急忙骑马赶到跟前，原来是一些富丽堂皇的帐篷。少女林妮特突然高兴而又骄傲地说道：“看到了吗？这就是城池主人居住的地方。只要有阳光明媚的好天气，他就会在这草场搭起帐篷，召集远近闻名的骑士们到这里比武，为那些年轻有为、勇敢善战的骑士们提供一个展示自己武艺的场所。因此凡是你能想到的武艺竞技，在这儿都能看到。当然，在这里你也可以领教领教什么是高超的武艺，这儿的骑士个个身手不凡。”林妮特口吻里明显带有一种对大手的轻视。

大手听了说道：“良马需要伯乐，这个城池的主人真有远见卓识，我一定去拜访拜访他。”

林妮特答道：“有你见的，急什么！”说完她自顾自地牵着马向城主所住的帐篷走去。她指着那个帐篷头也不回地对大手说：“看到前面这个纯蓝色的帐篷，里面所有的东西，骑士的服装，马的饰具啊，包括长矛和盾牌，全部都是蓝色的，所以住在这个帐篷的骑士就叫做蓝骑士波尔桑，我估计他将是你平生见过的最勇猛善战的骑士。”

“也许蓝骑士确实如你所说，是一位很勇敢的骑士。不过不管怎么样，我一定要见识见识，看看他的身手到底如何。”大手说。

林妮特叫道：“你这个傻子，你最好还是赶紧逃吧。我很了解这个人，他要远远比你前面见过的骑士厉害得多。不然的话，你可就没命了。”

大手说道：“为什么要逃？不能仅凭你一面之词，我就灰溜溜地逃跑，传出去，我以后还怎么参加比武大赛，还怎么有脸面去见自己的亲戚朋友。不管是生是死，我今天是比定了，更何况我还不至于像你说的那样，不堪一击吧？”

林妮特看大手仍然一意孤行，无奈而又不耐烦地说道：“好吧好吧，真是狗咬吕洞宾，不识好人心。你这个固执的小厨子。”

大手答道：“小姐，你就别再辱骂我了吧，我宁愿打五场仗也不愿听到你的辱骂；就让他来吧，我只希望他能打得越凶越好。”

林妮特又说道：“你还以为你是什么伟大的骑士呢，你不过是厨房里的一个小厨子，死到临头了，还不知天高地厚。我最后再给你说几句，你一路上打了那么多仗，人困马乏的支撑不了多久啊。你还是早点离开吧，眼前这个蓝骑士波尔桑武艺高强，很是厉害，免得你被他打伤或者打死。毕竟你还年轻，要珍惜自己的生命啊。”

大手听完后，微微一笑，自信地说道：“小姐，不用担心，就让它顺其自然吧。但我既然来到了这里，如果不和他较量较量就逃之夭夭，我会感到很惭愧的。看在上帝的分上，请你相信，在两个小时内，也就是午后，我就可以打败他。然后，我们可以在日落西山前赶到目的地。”

林妮特厌恶地看了大手一眼，心里想：“蚂蚁撼大树，自不量力。”

就在这时，帐篷的主人蓝骑士波尔桑看到了他们，立刻骑马向他们驰来。大手看见他迎面过来，不由分说，也准备迎战。于是双方纵马飞驰，冲向对方；两矛相接，立刻都断成了三段；而两匹马因为用力过猛，也都倒地气绝。两名骑士都知道不能小觑对方，一刻也没迟疑，一跃而起，举起盾牌，抽出宝剑，奋力砍去，一时间两人你来我往纠缠在一起，一直打了两个小时。战斗进行得非常惨烈，两人都受伤严重。战到最后，大手挥剑一下打中了波尔桑的头盔，趁他没有反应过来，大手飞快地横跨在他身上，拉开头盔，做出一副要杀他的样子。

波尔桑慌忙跪地求饶，而林妮特在一旁也看不下去了，也为他求情。大手说道："既然林妮特小姐为你求情，我给她一个面子，放你一条生路；其实，我根本不忍心杀你，毕竟，你也是一位高贵勇敢的骑士。"

蓝骑士说道："善良的骑士和小姐，我现在可以断定，一定是您在黑山楂树旁杀死了我的兄弟黑骑士，名叫伯卡特；也一定是您打败了我的另外两个兄弟伯突莱普，也就是绿骑士，和伯利蒙奈斯，也就是棕骑士。您既然赢了我们这么多次，我愿意带领我的一百名手下一起，从此为您效劳，随时随地听从您的吩咐。"大手脸上露出了微笑，他们进了波尔桑的帐篷饮酒就餐，之后好好休息了一晚。

第二天，蓝骑士陪同林妮特和大手终于来到了围困着她姐姐的城堡，红骑士就在这儿坚守着姑娘的姐姐。这时蓝骑士波尔桑告诉他们说："在这城堡里的骑士，是世间最凶险的骑士，他力大无比，可以抵得上七个骑士的力气。而那个被围困的女子，冰清玉洁，长得貌若天仙，拥有世间绝无仅有的美色，她的名字叫林妮丝。红骑士一看到这姑娘就爱上她了。除了她的侍女和红骑士之外，任何人不能接近她。所以这个女子哭得像个泪人一样，整天站在自己的城堡上盼着有人前来解救她。"

听到这儿，林妮特哭了，眼含着热泪哽咽道："她就是我的姐姐，我唯一的亲人。"

"红骑士围困林妮丝小姐两年了，两年来他早已制定好了围攻计划。"波尔桑接着说，"他本来很容易就可以拿住她，之所以拖到现在，真正的目的是想和兰斯洛特、特里斯坦、兰马洛克以及高文等最著名的骑士决斗。"

妹妹林妮特和亚瑟王派来的骑士前来救自己的消息很快传到了林妮丝那儿。于是，林妮丝派出自己的贴身侍卫矮子前去打探消息。矮子回来后绘声绘色地讲述了亚瑟王派来的骑士如何降服一个个骑士的经过，林妮丝深受感动，立刻命令矮子带着烤好的鹿肉，肥美的鸡，还带上两大银壶佳酿和一个金杯，偷偷地给他们送过去，犒劳他们。

当大手和林妮特靠近被包围的城堡时，他们看到足足有四十名体壮如牛的骑士都被挂在高大的树上，脚上被迫穿着带刺的鞋。虽然手里握着锋利的剑，但样子却很是悲惨。“这些挂着的骑士都是来这里营救我姐姐林妮丝的，如果不能把红骑士打败，你的下场也将和他们一样悲惨。”

“真是惨无人道！我一定好好教训他，让他尝尝我的厉害。”大手自信地答道。然后，他们骑马来到神秘城堡的门前，整个城堡四周被高大围墙和深深的壕沟包围着。他们发现城堡外有一棵无花果树，树上挂着一个喇叭，凡是想和红骑士决一死战的必须把这个喇叭吹得震天响。

于是大手伸手一下子把喇叭抓过来，林妮特慌忙拦住说道："小厨子，千万不要吹这个喇叭，除非到了正午。因为在这之前的三个小时内，红骑士的力量会一直不断地增长，直到增加到相当于七个人的力量；但是到了正午时候，他的力量就会减少到一个人的力量。"

"那不行，真正的骑士是不会这样做的，我现在就要和他决斗。"于是大手不由分说就吹响了喇叭，嘹亮的声音顿时响遍城堡的每个角落。听到喇叭声，红骑士立即穿上盔甲，他也是世间难得一见的英武骑士。只见他朝着大手冲来。大手丝毫也不示弱，手里紧握长枪，猛力踢向马腹，头盔上的羽毛因快马飞奔而被风吹向脑后，对着红骑士冲了过去。接着一场激烈厮杀在两个人之间展开了。只见长枪猛烈互击，发出惊人的巨响，大地都为之震颤。红骑士真的力大无比，十分勇猛，令人赞赏，大手打得越来越感到吃力。比武持续了将近三个小时。突然，大手感到红骑士的力量开始逐渐消退，他不禁精神为之一振，手持长矛迅速击中了红骑士的胸甲，啪的一声，矛断了，矛头却留在了他的腹部。红骑士因腹部受伤疼得他大汗淋漓，强忍疼痛地打了一阵子，最后大败，骑马落荒而逃。

看到大手打败红骑士，那少女现在已经是心悦诚服了："哦，上帝啊！你到底是什么人哪？我真是困惑不解。在遇到无尽的艰险和穷凶极恶的骑士时，你用你那坚忍不拔的意志和过人的胆略以及高超的武艺，把他们一个个降服，你绝不是个普通人，你一定是出身名门望族，否则不会有如此的涵养和品质。我对你一直恶言相加，羞辱你，嘲笑你，而你却一直温文尔雅，对我彬彬有礼。除非你有高贵的血统，否则绝对不会如此有涵养。"

"小姐，一名骑士应该有大海一样宽广的胸襟。如果连羞辱的话都忍受不了，他根本算不上一名真正的骑士。你尖酸刻薄的话只能使我战斗得更加勇猛，你说得越激烈，就越能激励我。至于我的出身，你不久就会知道的。”

林妮特羞愧地低下头，不好意思地说：“伟大的骑士，请原谅我对你的出言不逊，以及不礼貌行为。”

大手毫不在意地说：“哦，小姐，我内心从来就没有责怪过您，您对我所做的一切真的没有伤害到我。而且您这么说我，反而让我觉得挺有趣，挺开心的。况且我也相信，以我的能力，这些骑士我应该都可以对付。”

战败红骑士之后，大家慌忙骑马进入城堡营救林妮特的姐姐。这时，一位美丽的女子正泪流满面地向他们跑过来，她长得简直美若天仙，脸上的泪水更使她楚楚动人，大手禁不住屏住呼吸，他还从来没见过这么娇美的一张脸，不由得使人生出万般怜悯之情。现在大手已被眼前这位楚楚动人的美女征服了。

“姐姐！”林妮特眼里噙着泪水，激动地喊道。两个女人随即伸出双臂亲热地拥抱在一起。

然后林妮丝走过来向营救自己的英雄致谢。当她来到大手跟前时，一下子惊呆了，眼前站着的这位英雄竟是如此的温文尔雅，英俊潇洒，绝非一般的骑士能比。第一次见到一个如此让她倾心的人，顿时爱慕之情油然而生，不知为什么自己倒害羞起来，脸羞得像一朵美丽的红牡丹。最后她终于含情脉脉地对大手说：“伟大而勇敢的骑士先生，我真的无法用言语表达我对您的谢意。”

大手从没见过如此美丽的女子，只顾盯着姑娘看了，周围的一切都忘了，当听到有人跟自己讲话，这才回过神来。他毫不掩饰自己的感情，慌忙对林妮丝说道：“姑娘，恕我直言，我不用你来感谢，今天我一看到你，就爱上你了。只恳求你能做我的妻子，能与你结为百年之好是我今生最大的愿望。”

“我在城堡被困的时候，就曾经发过誓言，将来一定要嫁给来救我、让我重获自由的人。如果能嫁给你，我将感到很骄傲。但是根据我们这儿的婚姻习俗，你还要参加一场比武大赛。”林妮丝微笑着说道。

正当此时，一位骑士骑着马缓缓前来。是兰斯洛特爵士！自从大手离开亚瑟王的宫殿后，他就一直跟在大手后面。

“小伙子，祝贺你，你已经完全有资格成为圆桌的一名骑士了，”兰斯洛特告诉大手，“今天，我正式封你为一名圆桌骑士。然后我们一起回坎默洛特城，大家看到你凯旋，不晓得会多么惊喜呢！”

接着亚瑟王的信也到了，信中命令他们营救了姑娘之后，立即赶回宫廷。于是兰斯洛特和大手，以及两姐妹一起动身，向宫廷疾驰而去。

几天之后，亚瑟王，圆桌骑士们，还有众多衣着华丽的贵妇人，都坐在了坎默洛特城的大厅里。高文爵士站在窗前，朝外不住地张望。突然间，他大声说道：“好奇怪哪！外面有一队骑士，衣着很是特别，分黑绿棕蓝四种颜色，他们全朝这个方向来了！”不一会儿，这队人马走了进来，顿时整个大厅被挤得水泄不通。他们人人都说是一个不知名，但是却非常骁勇善战的骑士打败了他们，并让他们来到宫廷请求亚瑟王的宽恕。接着每个人又都立下誓约，表示要从此效忠亚瑟王。

大家都惊讶不已，都猜不出谁有这么大的神勇之力和号召力，把如此众多、勇猛的骑士聚结在亚瑟王的麾下。正在此时，兰斯洛特爵士大步流星地走了进来，身后跟着一位全副武装的魁伟高大的骑士和两个妙龄俊美的少女。兰斯洛特说道：“我今天把这位立下累累战功，英勇无比的高贵的骑士带回来了。”这时，那位骑士把头盔摘了下来，众人一片哗然，大家开始爆发出阵阵笑声，都不约而同地问：“这不是在开玩笑吧？”他们谁也没想到原来他竟是大手，那个受人百般嘲弄的小厨子，随之大家的赞叹声不绝于耳。

亚瑟王说道：“年轻英俊的小伙子，你干得非常漂亮！现在可以告诉我们你是谁了吧？”大手对着林妮丝深情地微微一笑，用洪亮的声音回答道：

“我是一个王子。”

林妮特听到这句话，顿时满脸羞得通红。如果地上能裂个缝，她就立刻钻进去。那个屡屡被自己羞辱的小厨子竟然是个王子！对大手她第一次感到无言以对。

大手继续说道：“我还有一个哥哥，我非常敬佩和崇拜他的为人。在我还小的时候，他就离开我们国家了，后来成为你们圆桌骑士中的一员。当我来到坎默洛特城时，他并不知道我的真实身份。不过，现在他就会知道了。”他对高文爵士微微笑了笑，说道：“我的名字叫加雷斯。”

一听到是自己的亲弟弟，高文爵士立刻从人群中挤了出来，他热泪盈眶，跑过来紧紧抱住他的弟弟，激动地说：“我亲爱的好兄弟，加雷斯！这一年来你受了多少委屈啊，你为什么要隐瞒自己的真实身份呢？”

“来之前，我就发过誓，无论遇到任何艰难困苦，我都要用自己的双手开创自己的一番事业，靠自己的能力在圆桌上争得一席之地。这就是我要隐姓埋名的原因。”加雷斯骑士笑着说道。

“你确实用你的正直、英勇、果敢，宽广的心胸，高超的武艺赢得了你自己想要的一切。”亚瑟王赞许地说道，“欢迎你加入圆桌骑士的队伍中，伟大的加雷斯爵士！”

加雷斯成为亚瑟王的骑士之后，他很快就离开了亚瑟王的宫廷，从此销声匿迹，一直没人知道他的任何消息。

随后，林妮丝走过来拜见亚瑟王：“我就是那个城堡里被困的姑娘，恳求国王在八月十五那天举行一场盛大的比武大赛，我想和大赛上的冠军且出身名门的骑士结为夫妻，当然这个骑士必须是单身，没有妻室，我愿意带上自己的土地和所有的财产。如果冠军骑士已经结婚，我会赠给他一只白色猎鹰作为鼓励，也会送给他的妻子一个镶有珍贵宝石的金冠，祝他们百年好合。”林妮丝是完全按照加雷斯的安排去做的，并对亚瑟王说她不能告诉他加雷斯在哪儿，但是如果国王举行一次比武大赛，相信加雷斯一定会来参加。

“这个想法不错，一切就按你说的去操办吧。”亚瑟王点头赞同道。

林妮丝告别了亚瑟王，召集了她所有的骑士，把自己的想法告诉了他们，让他们为比武大赛做准备。一切安排妥当，加雷斯又出现了，他恳请林妮丝和那些曾经在危险城堡与他认识的骑士们，在比武的时候，不要把他的名字告诉其他任何人。大家都一致发誓为他保守这个秘密。

“亲爱的加雷斯，”林妮丝把加雷斯拉到一边，含情脉脉地对他说，“我现在借给你一枚戒指，这枚戒指与众不同，它有非凡的魔力，能把绿色变成红色，蓝色变成白色，并且无论受伤的伤口多疼痛，都不会流血，它还能改变你的样子，其他人根本猜不出你的真实身份。同时它也代表着我对你的一片真情，但是你要记住在比武结束时还给我。因为没有了这枚戒指，我美丽的容颜将会逝去，变成一位白发苍苍的老太太。”

“这是真的吗，我亲爱的？”加雷斯微笑着问道，“这枚戒指真如你说的那么神奇吗？有它的帮助，我就不怕世间的任何人会知道我的真实身份了。”这时候林妮丝的兄弟一只手牵着一匹枣红色的马，另一只手里拿着一副坚固结实的盔甲，走了过来。然后他把所有的东西都交给了加雷斯。接着又从身上取下他父亲留给他的一把锋利的宝剑，一并交给加雷斯，让他好好保管。

八月十五，是圣母升天节。在这一天，大家将要举行一场隆重的比武盛会。朝阳初升，红光刚刚弥漫天际之时，那些全国各地的骑士们纷纷赶来参加这个比武盛会，他们个个都身着闪闪发光的盔甲，手里拿着武器，早早来到了比武场。举目望去，那景象真是恢宏壮观：摩肩接踵的人群挤坐在看台上，半圆形的看台犹如落在绿草上的彩虹。亚瑟王身穿红色锦袍，头戴紫红色王冠，威风凛凛地端坐在石椅上。一旁站着的传令官负责记录赛场上比武的骑士们的名字，以及谁是冠军和最差的人选。

不久，号角声响彻云霄，比武大赛正式开始。只看到一名高大威猛的骑士快马来到赛场中间，令大家惊奇的是，他的盔甲一会儿变成绿色，一会儿变成白色，所有在场的人都惊得目瞪口呆。更让人感到不可思议的是这人武艺太高了，凡是和他交过手的，都被他一下子摔倒在地。当然，没有人知道他就是加雷斯。

“那名盔甲不断变换颜色的骑士真是勇敢善斗啊！他是谁啊？”亚瑟王也禁不住喊了起来。他立即叫来兰斯洛特，吩咐他来挑战一下那名骑士。但是兰斯洛特回答道：“虽然这名骑士每战必胜，然而经过很多回合的打拼，现在已经是疲惫不堪了，我可不能乘人之危。另外，今天他是在为他心爱的姑娘而战。他应该得到他应得的荣誉，虽然我能够打败他，但我很不愿意这样做。我要成人之美，不夺君子所爱。”

“你怎么知道他在为自己心爱的姑娘而战？你知道这位骑士是谁？”亚瑟王疑惑不解地问道。

“您一会儿就会明白的，不要着急，慢慢看嘛。”兰斯洛特神秘兮兮地答道。

过了一会儿，骑士们稍作休息之后，比武变得更加激烈了，台下的观众看得也越来越起劲。只见加雷斯越战越勇，他骑着战马一会儿跑到这儿，一会儿跑到那儿，身上的不断变换颜色的盔甲使在座的观众眼花缭乱，而那些和他交手的，也被他不断变换颜色的盔甲搞得头昏眼花，很快一个个被打得丢盔弃甲，狼狈而逃。但最令加雷斯兴奋的是，在比武的赛场上和自己的同胞哥哥高文交手。看到哥哥骑马来到跟前，加雷斯只稍微一用力，就把哥哥的头盔敲掉了。正当高文准备奋力还击时，这时候另外一名骑士前来助战，猛地一下击中了加雷斯的盾，迫使他不得不赶快离开赛场去修复它。

而那个尾随加雷斯之后，并且一直盯着他比赛的矮子，林妮丝的贴身随从，一看到加雷斯离开比赛场地，慌忙拨开围观的群众，去追加雷斯。一边追着一边喊着：“别走，快把戒指留下来。”因为他担心加雷斯把主人的戒指弄丢了。听到喊叫声，加雷斯立刻停了下来，把戒指褪下来，交给矮子。很快加雷斯修补好自己的盾，雄赳赳气昂昂地返回比赛场地，接下来的比武更为精彩。但他却忘了向矮子要回戒指。矮子在一旁看着，暗自发笑，因为他知道这下子加雷斯要暴露他的身份了。在赛场上，现在加雷斯的盔甲不再像刚才那样不断地变换颜色了，只发出一种金子一样的光芒。亚瑟王很是惊奇，今天是人才辈出啊，不过一会儿工夫，他就通过这名骑士的头发判断出，这个穿着金色盔甲的骑士就是刚才那个人。

“快去！”亚瑟王对他的随从说，“靠近那个骑士，看看他究竟是谁，到现在还没有一个人知道他的名字。”于是一个随从拨马走到加雷斯的身边，看到他的盾牌上刻着几个金色的小字“此盾属于加雷斯”。随从顿时惊得差点喊出来，亚瑟王和骑士们一看到侍从的样子，顿时全都明白了。加雷斯也意识到自己的身份暴露了，立刻停止了打拼。这时，林妮丝姐妹和兄弟格林莫尔还有四十名骑士都来到亚瑟王跟前。林妮丝一到场，看场上的那些精心打扮的贵妇人立刻就黯然失色。她就像月中嫦娥，吸引了在座所有人的目光。现在一切都真相大白了，亚瑟王转身郑重地问英俊的加雷斯：“你愿不愿意娶美丽的林妮丝为妻？”

“陛下，”加雷斯慌忙说道，“你知道，在这个世界上，她是我倾慕已久也是我最爱的人。我愿意娶她为妻！”

“那你呢，美丽的姑娘？”亚瑟王又和蔼可亲地问林妮丝。

“尊贵的国王陛下，”林妮丝显得有点儿羞涩，但语气却非常坚定地说，“我愿意嫁给加雷斯，我爱他！”

一切都水到渠成，加雷斯和林妮丝婚礼就定于米迦勒节，在美丽如画的海边之城——坎默洛特城举行。这个消息很快传遍全国各地，许多英勇的骑士纷纷赶来参加他们的婚礼庆典，为这对美丽的夫妇祝福。米迦勒节那天，坎特伯雷主教用最盛大的仪式为加雷斯和林妮丝隆重地举办了婚礼；亚瑟王也送来了一个闪闪发光的金色蜜蜂，作为他们两人的结婚贺礼，祝福他们生活甜甜蜜蜜。而后他们两个为了表示对对方的矢志不移，忠贞不渝，互相赠送一枚贵重的戒指，作为他们来之不易的爱情的见证。从此，幸福的生活伴随着他们的每一天。

第九章 巴林骑士

在亚瑟王生活的时代，海上的岛屿被一个个郡主占领着，他们各自为政，分而治之；不仅如此，他们还都野心勃勃，不断扩张自己的领域，想称霸所有的岛屿。因此，王国之间战事时有发生。终于有一年，大的战争爆发了。瑞恩斯和北威尔士的国王纠集附近的一些王国抢夺亚瑟王的领地，他们一路上滥杀无辜的百姓，搞得民不聊生、民怨沸腾，建立不久的亚瑟王国再次面临着严峻的考验。亚瑟王得知这个消息，勃然大怒，腾地从椅子上站起来，他决定立即召开一次紧急会议来商讨国家大事，命令所有的领主、骑士和拥有武器的绅士们都到坎默洛特城集合，还要举行马上比武大赛，为临近的战争挑选英勇善战的将士。

很快，那些武艺高强的骑士都从全国各地云集到坎默洛特城，他们谁也不想错过这个建功立业的绝好机会。一时之间，坎默洛特城的大街小巷到处可见威武健壮的骑士，他们骑着膘肥体壮的战马，挎着宝剑，手执长矛，跃跃欲试。一切准备就绪，比武就要进行，忽然一个年轻貌美的女子骑着马向亚瑟王的宫廷飞驰而来，到了宫廷，轻捷地从马上一跃而下，很礼貌地告诉宫廷卫士说："我是伟大的玛利亚夫人的侍女，我有一件非常重要的事情要求见你们亚瑟王，而且只能告诉国王本人。"

于是，宫廷侍卫把她带到亚瑟王的跟前。当她快走近亚瑟王时，一阵风把她美丽的披风吹了下来，她腰间佩戴的宝剑立即露了出来。宝剑的剑鞘装饰讲究，雕刻精美，剑柄镶珠嵌玉，也被装饰得光彩夺目，熠熠生辉。在场所有骑士的目光都被宝剑吸引了，大家没想到一个小小女子竟然拥有一把世间稀有的宝剑。一向酷爱宝剑的亚瑟王也看得发呆，愣愣地站在那儿一言不发。一名侍卫走过来提醒了一句，他才回过味来，察觉到自己有点儿失态，立即微笑着问道："这位姑娘，你为什么也随身带把宝剑？毕竟宝剑不是女孩子的装饰品。"

"噢，陛下！"少女毕恭毕敬地答道，"这把宝剑无论白天黑夜，一直在我身上，给我带来无尽的痛苦，都快把我压垮了。我想尽了各种办法，也找了很多力大无穷的骑士，都没能把它从我身上卸掉。前两天我去到瑞恩斯国王的宫廷中，原想着他的骑士们能帮我卸掉痛苦，但他和他国内的所有的骑士都试过了，均以失败告终。听说您这儿有很多优秀的骑士，尤其是圆桌骑士更是神通广大，我特来恳请您为我找一位骑士帮我摆脱这把宝剑的折磨。不过这个人不但要有无穷的力量，而且还要具有高尚的人格，从不背信弃义，总之他的所作所为必须是世间最完美的。只有具备这些条件的骑士才能把剑拔出，而且能拔出这把剑的只有一人。"

"那就让我先来试试吧！"亚瑟王温和地说，"不过，我拔剑并不是因为我是最好的骑士，我清楚地知道很多骑士在各方面远远超过我，我这样做只是为了给他们树立一个榜样，让他们有勇气去做这件事。"说完，亚瑟王用手抓起剑鞘和女孩的腰带，用尽全身的力气去拔剑，但是无论他如何努力，剑却纹丝不动。

"亚瑟王陛下！"女孩慌忙说，"你不用费那么大力气来拔这把宝剑，因为能拔出此剑的人只需把手轻轻地放到剑柄上，不费吹灰之力，剑自然而然就出来了。"

"看来我不是最佳人选了。"亚瑟王失望地说，接着他转身面向所有的骑士，朗声喊道，"现在，我的骑士们，你们都来试试自己的运气。"于是，在座的很多圆桌骑士，他们一个接着一个上前试着拔剑，但无一人成功。

“唉，”那个年轻女子轻轻地摇了摇头，极度痛苦地叹了一口气，神色之中充满着失望。接着就听到她难过地说，“我原以为亚瑟王庭都是贤能之士，圆桌骑士个个无可挑剔，品德近乎完美，一定会有拔出宝剑之人，现在看来这只能是一种奢望了。”

“小姑娘，我相信，我的骑士身上有无穷的力量，他们在战场上勇往直前，骁勇善战。他们的为人也是无可挑剔的，他们救民于水火，扶危于贫困，世上没有比他们更优秀的。对于他们不能拔出你身上的这把宝剑，这也令我有点失望。”亚瑟王说道。

这时，又走来一个骑士，他衣着朴素，神情不振，显得有点落魄。此人名叫巴林，出身名门望族，之前曾因杀害国王的堂兄而被判了一年半徒刑。在遭受了十八个月严酷的牢狱惩罚之后，他重获自由。因不愿待在曾经令他伤心的家乡，就只身一人来到了不列颠，做了一名骑士。当其他骑士们走上前试着拔剑时，他只是孤零零地站在一旁冷漠地看着，看到一个个身强体壮的骑士们拼尽全身的力气，但宝剑依然故我，纹丝不动，他也忍不住想去试试。但是他那寒碜的打扮让他自惭形秽，不敢和其他的骑士进行平等竞争；可他又有些不甘心放弃，毕竟这是一次难得的机会。现在只剩下他了，他有点发慌，感到自己的心“怦怦”地跳得厉害，无论怎么努力都平静不下来，他既想上前拔剑，又想放弃。正当他犹豫不决，心里进行激烈斗争时，他看到那个年轻的女子和亚瑟王以及他的骑士告别，跃上马准备启程回家。情急之下，巴林终于鼓足勇气对那个女子说道：“姑娘，我恳请你让我试一下。虽然我穿着破烂不堪，但是我的心和他们一样高贵。”

听到有人对她讲话，那女子停了下来，转过身来，用怀疑的目光打量着他，然后用略带嘲讽的口气说：“这位骑士，在场那么多优秀的骑士都没能拔出我身上的这把剑，我想你拔出此剑的希望也是非常渺茫的，没有必要再浪费时间了吧！”

“啊，美丽公正的姑娘，勇敢且心灵高尚的人，并不一定要穿着华美的衣服。”巴林接着答道。

“这点，你说的倒是真的，那么你就来试试吧。”年轻女子点点头说。巴林上前一步，左手紧紧抓住姑娘身上的腰带和剑鞘，右手抓住剑柄，几乎没用什么力气就轻而易举地把宝剑拔出来了，容易得连他自己都感觉有点儿意外。看着这把宝剑，巴林内心无比喜悦，这些年来他从未如此开心过。在场所有的人都像哑巴一样一句话也说不出来，只是呆呆地站在院子里。“真是不可思议，太不可思议了！”他们摇着头，叹息着，简直不敢相信竟然是贫穷可怜的巴林战胜了他们。

“谢谢您，您是当今世界上最优秀的骑士！”说着，年轻女子深深地朝巴林鞠了一躬，感谢她为自己摆脱了痛苦。随即，她又神情严肃地说道，“但是高贵的骑士，我恳请您把剑还给我！”

“对不起，姑娘！”巴林回答道，“这把剑我不能还给你了，我将一直把它带在身上，任何人也别想把它从我身边拿走。”

“我要回这把剑是为了你好，”姑娘温和地说道，“因为这把剑会带给你毁灭性的灾难，你会用它杀死你最爱的人。”

“我愿意承受发生在我身上的一切，”巴林坚定地说，“但要我放弃这把剑绝对办不到，我以我的生命保证。”该说的话都说了，无奈巴林就是不听劝告，执意不肯归还宝剑，年轻的姑娘只得离去，心中替巴林感到十分难过。

第二天早晨，朝阳初升，红光染满天际之时，巴林骑士已经起身梳洗，用过早餐，向亚瑟王拜别之后，便携带着宝剑离开了宫廷，开始新的冒险生活。亚瑟王对巴林的离开感到有点遗憾，他清楚地知道巴林将成为一名伟大的骑士，没人能超越他，或者说比他更值得尊重了。

巴林一路骑行，走过很多地方，有过许多冒险的经历；在所有战斗中，他永远是个胜利者。很快大家都知道巴林拥有两把剑，是一名在战场上勇往直前，所向无敌的骑士。一天，正当他骑着马，一边欣赏路边的美景，一边优哉游哉地慢慢前行。突然，他在大路的拐弯处看到一个十字架，上面刻有几个金字："凡骑士者，不能入城。"巴林正纳闷儿，这时一个白胡子老人向他走了过来，对他说："巴林，你是个凶残的人，这条路不是为你准备的，赶快回去另辟蹊径。"话音刚落，白胡子老人就消失得无影无踪。

The Damsel Warns Sir Balin.

这时，远处传来一声号角，这声音听起来非常可怕，就像垂死挣扎的怪兽在哀嚎。"这种可怕的声音是不是在警告我不要靠近城堡。"巴林自言自语地说，"我不能就这样离开，我必须到城堡里看看到底有什么神秘的东西。"于是他壮大胆子，快马加鞭飞驰到城堡门口，那儿早有一大群骑士和女士们在等着迎接他的到来，好像事先就知道他要来一样，并为他准备了丰盛的宴会。

这时，城堡里走来一位衣着讲究、貌美非凡的贵妇人，她来到巴林跟前，微笑着对他说道:“这位勇敢的骑士,一看就知道你英勇善战,胆识过人,非常人所比。按照我们这儿的规矩,凡来此城堡,就必须和我们的一名骑士进行一场决斗,否则必将死无葬身之地。”

“你们这是什么破规矩? 简直就是在残害无辜的性命!”巴林气愤地斥责道。

那女子没有生气,笑了笑说道:“既然来到这里,就只能入乡随俗。”巴林心中生气可又无可奈何,只得接受比武安排。

“这位骑士,”这时城堡里的一名骑士对巴林说,“你的盾看起来太旧了,在打斗的过程中,恐怕对你不利,用我这个新的吧!”说着,那人就把自己的盾撂了过来,巴林虽然非常不情愿,但不好意思拒绝对方的热情,于是他把自己的外套连同武器都留了下来,拿上那名骑士的盾,按照指示只身骑马来到河岸边,上了一条小船。随之,这条小船载着巴林和他的战马穿越波涛汹涌的大河,不一会儿就到达了河的对岸。小船刚刚靠岸,就听到一个年轻女子大声喊道:“巴林骑士,你怎么没把你的盾带过来啊? 唉,你应该知道在关键时刻你的盾能保护你,虽然你有过人的勇气,但你的鲁莽行为,会给你带来无比的痛苦和巨大的不幸。你现在的处境非常危险,我为你即将到来的厄运而感到难过。我劝你还是回去吧,否则你会后悔的!”

“我后悔? 这在我的人生的字典中还没有出现过。我从来不后悔做过的任何事情。”巴林语气坚定地说道,“既然已来到这儿,无论发生什么,我都必须继续下去。如果现在让我返回,我才会终生遗憾。我们骑士天生就有一种好奇心,我们要挑战自己,无论刀山火海,我们都敢于面对。你放心吧,我已经做好承受一切的心理准备。”说完这番话,巴林立刻就认真地检查了一下手中的盾,又仔细地看了看自己的两把宝剑。发现一切完好,于是他自信地跨上了战马,沿着河边的一条偏僻小径继续前行。

正在这时,他看到一名骑士骑马迎面而来,此人身材魁梧,穿着红色服装，手执长枪，腰间佩带一把宝剑，胯下一匹威风凛凛的红色战马。这位年轻人上下仔细打量着巴林，然后目光紧紧盯着巴林的两把宝剑，沉思良久没说一句话。

巴林料定此人一定是城堡里派出来与自己决斗的，遂大声说道："年轻人，让我们开始吧！"于是两人便骑马冲向对方，到了跟前都各自高高举起宝剑，向着对方狠狠地刺去，只听"扑通"一声，两名骑士同时中剑，一头从马上栽下。由于双方都用力过猛，宝剑都直直地插入两人的身体，顿时都失去了知觉；过了很久，他们才慢慢清醒过来，摇摇晃晃地站了起来，又继续战斗。他们打得天昏地暗，难分难舍，各自身上多处受伤，鲜血湿透了衣服，染红了大地。两人的体力渐渐不支，行动也越来越慢，最后只能用剑支撑着勉强站起来，嘴里不停地喘着粗气。巴林吃力地问对方："你是我遇到的最厉害对手，请问——"巴林流血过多，他感觉自己好像要死了，但又不甘心就这样死去，过了好大一会儿，他用尽全身的力气，才勉强地说完后面的话，"请问骑士的尊姓大名？"

"我是巴兰，是伟大骑士巴林的同袍兄弟。"对方用微弱的但又充满骄傲的声音回答道，由于流血过多，这名年轻的骑士已经生命垂危，奄奄一息。

"噢，天哪！"巴林大喊道，"你是我的兄弟，我的好兄弟，我终于见到……"话还没说完，他就晕倒在地。听了巴林的话，巴兰用手和脚艰难地爬到巴林跟前，用血淋淋的双手费尽九牛二虎之力把巴林的头盔脱掉，这才看清这名和自己刀锋相见的骑士，竟然是自己日思夜想的亲哥哥，不禁悲从中来，泪流满面。巴林的头盔一去掉，一阵凉爽而又清新的空气让巴林顿时清醒了过来，他一睁眼就说："噢，巴兰，你怎么样，能不能挺住，我这个哥哥是世间最不负责任的，没想到竟然亲手把自己的同袍兄弟杀死，这将为世间所不齿。"

"唉！"巴兰难过地叹了一口气，"要是我早知道是你，我们亲兄弟就不至于这样自相残杀了。我原本认出了你的两把剑，开始我断定你是我的亲哥哥，但是看到你用的盾时我又犹豫了；当时想你有自己的盾，怎么会用别人的？就觉得一定另有其人；于是不管三七二十一，索性只管打了。”

“祸根在我！”巴林难过地指责自己说，“所有的不幸都是由城堡里的一名可恶的骑士一手造成的，他故意让我使用他的盾。如果我能够活下来，我一定生吞活剥了他，然后把整个城堡都毁掉，让其他的人不再上当受骗。”

The Death of Balin and Balan

“本来我这把宝剑的女主人就劝过我，我当时就是不听，没想到我现在竟用这把剑亲手杀死了自己的亲弟弟。我对不起你。巴兰！”巴林痛哭流涕地说。

巴兰也伤心地说道：“谁也不会想到我们亲兄弟会刀锋相见，自从我杀了守卫这座城堡的骑士，我就一直被他们囚禁在这里，过着暗无天日的生活，本来想这次杀死你之后，我就会获得新生，没想到竟然是自己的亲哥哥。

这是上帝对我们的惩罚。”

不一会儿，城堡里的夫人在众人的陪伴下走过来，听了他们的谈话，看到他们痛苦的表情，心里也十分难过。只见她紧走几步来到他们跟前，问他们最后还有什么要求，她都会尽量满足他们。巴兰用低微的声音恳请那位女士能够大发慈悲，让他们躺在一起死去。城堡夫人使劲地点了点头，答应会满足了他们的遗愿。

巴林和他的弟弟死后，城堡夫人命人把兄弟俩合葬在一起，并为他们建造一个大大的坟墓。由于他们城堡里的人都不认识巴林，因此墓碑上面只刻了巴兰的名字。魔法师梅林知道了这一切，他立刻来到墓前祭奠巴林，并在墓碑上刻下他的名字。城堡夫人随即就把巴林的宝剑交给了梅林，让他妥善保管。梅林顺手交给了身边的骑士，那骑士听说过巴林宝剑的神奇故事，按捺不住自己的好奇之心，就想试试这把神剑。当他握住剑柄，可是宝剑怎么也拔不出来。梅林看到后哈哈大笑起来了。

“您为什么发笑啊？”那名骑士惊讶地问道。

“噢，我忘记告诉你了。除优秀的兰斯洛特和他的圣洁的儿子格拉海德之外，世间将没人能够使得动这把剑。所以你不用再白费力气了。不过这把剑是厄运之剑，它只能使兄弟相煎，朋友相残。”

那名骑士一听，打了一个寒战，赶忙问道：“听起来那么恐怖啊，您不是在吓唬我吧？”

“我一点也没有夸张，因为这把剑，巴林和巴兰同袍兄弟相互残杀致死。至于朋友相残，兰斯洛特会用这把剑亲手杀死自己最忠诚的朋友——高文骑士。将来这一切都会应验的，那时亚瑟王国也已走向衰落。”

那名骑士吓得慌忙又把厄运之剑交给了梅林，梅林接过来把它放进一块有魔力的石头中，然后那石头顺着河水漂流到了坎默洛特城，就是现在的温彻斯特。随后，带着骑士消失了。

第十章 梅林遇险

不久，亚瑟王率领勇敢的骑士平定了瑞恩斯和北威尔士国王挑起的战乱，不列颠人民的生活又恢复了正常，不列颠王国在他的治理下日益强盛，越来越多的骑士凭借他们精湛的武艺、过人的胆略、敢于冒险的精神在亚瑟王的圆桌上赢得了自己的一席之位，这其中就有帕里诺骑士。

一天，帕里诺骑士来到宫廷拜见亚瑟王，身边跟着一位身材颀长苗条，长得清逸脱俗、貌美如花的年轻女子。只见她垂着燕尾形的发簪，身着浅绿色的罗衣长裙，在阳光的照射下熠熠生辉，神态淡然自若，优美的娇躯玉体弥漫着仙气，犹如不食烟火、天界下凡的仙女。

正在这时，梅林来找亚瑟王商量国内的大事，一看到这位姑娘，立刻就被她超凡脱俗的美貌给吸引住了，心想："世间竟有如此绝色女子，若能与她长相厮守，也不枉活此生。"

看到梅林两眼直勾勾地盯着自己，姑娘感到有点儿不好意思，也对他微微一笑。这一下，他更是心里乐开了花。从此梅林整天神情恍惚，少言寡语，不能安心于国事。一心只想着能和那女子日日相伴，形影相随，永不分离。不久，一向勤勤恳恳、兢兢业业的梅林变得心事重重、郁郁寡欢。他感觉自己每天犹如行走在黑暗的梦境里，也预感到那早已注定的厄运就要来临：烟雾中哀鸿遍野的战争，世纪大战所造成的惨无人道的死伤，所有的生命在痛苦中毁灭，圣洁的爱情被卑鄙的谎言所代替，显赫高贵的朝野被卑微下流的小人所统治，而有鸿鹄之志的正义之士却被燕雀之小人所摧毁殆尽……

一天，梅林心情沉重地来拜见亚瑟王："陛下！我的心智已经迷失，不能再为您出谋划策了，因此我现在必须离开你了。"他神色严肃，语气之中没有一丁点儿回旋的余地。一双银色的眼睛直直地盯着亚瑟王。

"怎么那么突然，我还没有一点思想准备，这是为什么呢？"亚瑟王吃惊地问道。他感到非常意外。

"现在，我已经被帕里诺骑士带来的姑娘的美色所迷惑，弄得神魂颠倒，而且根本无法摆脱对她的感情。"

亚瑟王心里一阵慌乱，一时之间不知所措。亚瑟王心里明白，自从自己成为不列颠的国王以来，每每遇到困难时都是梅林及时出现，如果没有梅林……他不敢往下去想了。他离不开梅林，一定要设法把他留住，于是亚瑟王说道："魔法师，年轻的亚瑟王国刚刚有点起色，可是您却要离开，我……"

"我一定要走，我是魔法师，能够预见将来所发生的事情。"梅林打断了亚瑟王的话，说道，"我会把所知道的事情毫无保留地告诉给那女子，并把自己的魔法传授给她。我知道这将会给我带来灭顶之灾，但是以我的功力，我是挡不住她的诱惑的，这也是命运的安排吧。"

"既然你能预见到将来要发生什么，你就一定能够提前预防。"

"我不能，陛下！这是命运的安排，我也难逃此劫。"梅林语气非常平静地回答。

"那会是什么样的灾难呢？我能为你做什么吗？"亚瑟王连忙追问道。

"我和这位姑娘会遇到一片石头，姑娘会让我为她捡一块世间绝无仅有的美丽的宝石，而我对她的话是言听计从，虽然我知道这样做的后果，但我却义无反顾地愿意为她做一切事情。紧接着，这位姑娘就会用我教给她的魔法把我压在石头下面，再也不能出来。"

"你真的会在石头下面一直待下去吗？"亚瑟王有点儿迷惑而又略带怀疑地问道，"你真的无法摆脱吗？"

“或许永远吧；或许当英国再次召唤我的时候，我能够出来，不过可能性很小。”

“我们的国家现在虽然表面上呈现一片和平的新气象，但事实上危机四伏，国内的反动贵族仍不甘心失败，仍在筹划伺机合力反叛；野心勃勃的国外势力也在蠢蠢欲动，试图联合侵略。没有您的支持和帮助，我根本无法应对，生活刚刚好转的人们又会回到水深火热的战火之中。”亚瑟王无奈地说道。

“尊敬的陛下，现在人民生活富足，您麾下的骑士们忠诚英勇，四周的王国都已臣服，国内和国外的形势比较稳定。您只要继续把恩惠、荣耀、财富和保护施予他们，国家定会变得越来越强大。况且，经历了多年战争的历练和困难的磨练，国王您不再是当年石中剑所选出来的乳臭未干、犹豫不决的稚气少年，你早已成为一个公正无私、机智勇敢、沉着冷静、英勇无比、英明神武的一国之君。”梅林说道，“最后，你一定要记住，不要轻易相信别人。虽然美丽的东西看起来非常令人赏心悦目，但并不是所有美丽的东西都是好的。火既然能给我们带来无限的温暖和光明，但同样也能带给我们毁灭。你自己千万要小心。珍重！亲爱的亚瑟王陛下！”梅林一再告诫亚瑟王。说完这些话，梅林就和他心爱的姑娘一起离开了。亚瑟王心里一阵失落，孤零零站在那儿，默默地注视着他们离去的身影，久久不愿离去。就这样这个对他恩重如山的人从此离开了他，以后没有梅林在身边，自己该如何应对周围一切，想到这里，他感到自己孤立无援，好像一个浮萍四处漂荡，没有着落。

自从梅林和自己心爱的姑娘离开了亚瑟王的宫廷，整天过着世外桃源的生活。他们游历了绵延起伏、巍峨雄伟的名山大川；穿越了广袤平坦、苍茫无际的千里草原；感受到了山清水秀、水草丰美的自然美景；领略了烟波浩渺、碧波连天的湖光山色；看到了很多奇闻逸事；了解了许许多多的异国风情。虽然他们整天形影相随，但事实上两个人是貌合神离。梅林只是一厢情愿，并没有赢得那位姑娘的芳心。那位姑娘名叫薇薇安，是一个很有心计的姑娘。她和梅林在一起就是想从这位旷世奇才身上学到魔法。为了彻底地迷倒梅林，她总是装出小鸟依人、楚楚动人的样子；衣着装扮也十分得体，总是给人一种清新飘逸的感觉；她的秀发上围挂着一条金链，身上穿着一件价值不菲的锦袍，突显了她优雅的身段和灵巧的四肢。整个人看起来，有如三月里在微风中飘飘舞动的棕榈叶。每天都给梅林一种全新的感觉，梅林整天为她神魂颠倒。

梅林虽然坠入了情网，被薇薇安的美貌给迷住，可他总是感觉身边的这个女人令人捉摸不定，宛如一颗美丽的灾星，隐身雾气中，叫人一时无法捉摸。终于，梅林喜忧参半地对薇薇安说："噢！薇薇安，你有时候耍些小把戏来戏弄我，有时候又甜言蜜语来迷惑我，让我欢喜让我忧。我不知道你到底有何要求，有何目的，但我知道你不爱我。但无论如何，我都要谢谢你！是你让我享受到人间最快乐的东西。"

薇薇安妩媚地笑着回答："噢！大法师，你那么聪明，难道看不出我非常喜欢你，喜欢你的博学多才，喜欢你的神通广大。我简直是崇拜你！我总是把自己打扮得漂漂亮亮为的就是逗你开心；我每天精心为你准备精美的饭菜，为的是让你天天享受到美味佳肴。而你给我什么了？英俊潇洒，还是荣华富贵？什么也没有！你还竟然怀疑我怀有不良动机。你这样对我太不公平了！"薇薇安说着脸上的笑容不见了，一脸怒容地蹲在地上，一言不发。

梅林一看到薇薇安生气了，赶忙走上前来紧紧握着薇薇安的手，略带歉意地说："噢！是我多疑了。你可曾躺卧在沙滩上，观看那滚滚而来的白浪冲刷着流沙，然后碎成朵朵浪花？同样的浪头，却没有这样令人愉悦的景观。过去三天来，我一直有一个预感：那光芒所隐藏的黑暗即将爆发！所以我远离亚瑟王宫，希望能甩掉这个预感。我应该老实地对你说吗？你仿佛就是那一股巨浪，准备打在我身上，将我从这个立足的世界里连根拔起，让我从此一无是处、一文不名,也无人问津。请你原谅我对你讲这些,我是真心爱你的。现在你无论提出什么要求,我都会答应你。”

薇薇安脸上带着悲伤的微笑,抬起头来,深情地望着梅林答道:“我想先来做一下解释,你三天来所预见的黑暗和不幸根本不是什么预兆,只不过是你生性多疑在作祟。不怕你不高兴,你这人总是疑神疑鬼。说到我的要求,梅林,你教我魔法吧,只有学会了魔法,像你一样有本事,我才能永远跟在您的身边,永远陪伴着你。答应我的请求吧!”薇薇安说着,双眼噙着泪水,可怜巴巴的,宛如一个受了委屈的小姑娘。

梅林看着薇薇安的样子,心不禁为之一动,几乎相信了她的真诚。她的声音如此温柔,她的脸庞如此美丽,她的双眼闪着泪光,楚楚动人,宛如一阵春雨过后阳光照耀下的花朵。当然,梅林对这一切十分清楚,薇薇安不过是在利用自己达到她的目的。然而,经不住美色的诱惑,他最后把自己的魔法全部抖搂了出来。

慢慢地,学会魔法的薇薇安开始讨厌梅林了,并想尽各种各样的办法摆脱他,但一次次地都被梅林击破了。最终两个人一起又回到康沃尔城。一天,梅林发现一块非常漂亮的大石头,在它下面藏着许许多多的奇珍异宝。为了讨她的欢心,他就领着薇薇安一起前去观看。薇薇安一看到大石头,感到摆脱梅林的时机到了。于是她柔情脉脉地说:“梅林,我非常渴望看到石头下面的奇妙无比的东西,你能不能给我拿过来?”

梅林虽然聪慧过人,但经不住姑娘的甜言蜜语和再三请求,他满口答应:“好的,我这就把那些五彩斑斓的宝石给你取过来,我亲爱的姑娘!”

于是梅林听从了薇薇安的话,慢慢地爬到石头的下面去取下面神奇的东西。正当他在石头的下面,弓着身子小心翼翼地为薇薇安去捡各种各样奇妙漂亮的石头时,薇薇安抓住时机,运用梅林教给她的法术,把大石头一下子推落到了梅林的身上,活活地把他压在了巨石下面。梅林在石头下面动弹不得，只能痛苦地呻吟着。这时天空忽然暗下来，狂风大作，大雨倾盆，闪电夹着雷鸣忽明忽暗，震耳欲聋。薇薇安吓得胆战心惊，赶忙跪下来乞求上天的原谅。过了很久，狂风暴雨宣泄完自己的能量，一切又归于平静，天空也变得明亮起来。狂风暴雨的肆虐夺去了薇薇安已往的飘逸洒脱，她变得面无表情，无动于衷地跪在原地。经过一番狂风暴雨的洗礼，此时的梅林已经奄奄一息，从此了无生机，亚瑟王足智多谋的军师就这样结束了自己的一生。

第十一章 格拉海德降生

又是一个圣灵降临节，亚瑟王和他的骑士们像往年一样举行了盛大的圆桌宴会。正当大家喝到尽兴处，一位白发苍苍的老者悄然而至，径直走到亚瑟王对面一个无人的席位。看到这一情景，亚瑟王慌忙起身拦住，和蔼地说道："老人家，您不能坐这儿。这个席位非常尊贵，但也十分危险。拥有此席位之人必须道德高尚、英勇无畏、不怕牺牲，否则将必死无疑。"

这时，全体骑士异口同声地说道："直到现在，这个神勇无比、道德高尚的骑士还没出现，大家都盼望着他加入我们的队伍中来。"

"我知道自己没有资格坐这个席位。我来是告诉你们，你们盼望的这个人现在不可能出现，更不可能加入你们的队伍中，他还没有降临人间呢。"老者笑了笑，指着眼前的危险席位说，"不过，他很快就会出生。日后他不仅会坐上这个危险席位，还将获得耶稣的圣杯。"说完，便飘然离去。

宴会结束之后，圆桌骑士们各自散去，兰斯洛特又开始了自己的历险之旅。他一路上行侠仗义，除暴安良。一天，他经过科尔宾桥，桥头矗立着一座高塔，此塔的设计精致绝伦，古香古色，具有民族风情，而且巧夺天工，真是难得一见。宝塔下有一座繁荣的城镇，镇子的货摊上摆满了五花八门的商品，有刀、剪、杂货等。粗略一看，人头攒动，杂乱无章；细细一瞧，这些人来自不同的行业，从事着各种活动。各种各样的吆喝声随处可闻，中间的过道车水马龙、熙熙攘攘，有坐轿的，有骑马的，有挑担的，有赶毛驴运货的，有推独轮车的……真是热闹非凡。当高大威武的兰斯洛特骑着马威风凛凛地从街道中间穿过时，大家立刻就认出了这位心目中的英雄。城中的男女老少齐声高呼："欢迎你啊，勇敢的兰斯洛特骑士，你是骑士之花；你是我们的英雄；你的到来让我们看到了希望和光明；我们无尽的苦难也即将结束。"

"此话怎讲？"兰斯洛特骑士感到万分诧异，慌忙向街上的百姓问道，"你们为什么这样说啊？"

众人说道："唉，宽厚仁慈的骑士啊，就在这座塔中，有一位受苦受难的女子，她是一位公主。她心地善良，品行高尚，总爱帮助穷苦之人，我们都接受过她的恩惠。她被浸泡在滚烫的水中已有数月之久，饱受了折磨。佩莱斯国王曾派很多人来救自己的女儿，但无一成功，我们更是无能为力。前些日子曾来了一位名叫高文的骑士，但他也爱莫能助。"

兰斯洛特骑士说道："既然如此，估计我只能像那位高文骑士一样，爱莫能助了。"

众人恳求道："伟大的兰斯洛特骑士，我们都知道您是圆桌骑士中武艺最高强也是最高尚的。我们深信您一定会伸出救援之手，也一定能救出这个可怜的女子。"

"那好吧，我尽力而为。"兰斯洛特骑士应允道。

众人领着兰斯洛特骑士走进塔中，来到这位女子的卧室门前。房门并未上锁，兰斯洛特骑士刚一走进来，顿时感到一股热气扑面而来，只见房内热气腾腾，如同蒸笼一般。一位世间罕见的娇美女子全身赤裸，浸泡在水中，表情痛苦，极力挣扎着。看到有人过来，那女子就不顾羞涩地喊道："救命啊，救命！"

看到国色天香的女子竟遭受如此苦不堪言的折磨，兰斯洛特快步飞奔到她的身边，抓住双手，使出全身的力气，把她从滚烫的热水中拉了出来。突然间蒸腾滚烫的水不见了，再看那女子，光洁娇美的躯体更加诱人，美丽的脸颊在雾气腾腾中更是熠熠生辉，一双含情脉脉的双眸深情地注视着兰斯洛特，乌黑的头发如同瀑布一般披在身后，在水雾的笼罩下，如同雾中花、水中月。看到这一情景，兰斯洛特也顿时忘记了疲劳。

那女子被救后，来到兰斯洛特跟前深施一礼，谢过眼前的这位大英雄，然后一五一十地讲述了事情的经过。她讲道："伟大的骑士，我是佩莱斯国王的女儿——伊莱恩，因为我的美貌远近闻名，堪称国中的绝色女子，招致了美更·拉·费王后和北威尔士王后的妒忌。后来，两人便合计密谋给我施了魔法，投入这滚烫的水中，把我折磨得苦不堪言。多亏了一位手捧杯子的少女给我服下一粒药丸，不然我早就烫死了。"说着，女子已是泪流满面。

随后人们赶快为伊莱恩公主取来衣物，待她装扮整齐，更是美貌非凡。兰斯洛特骑士顿时深深喜欢上了这位美丽的女子，除了格妮薇儿，他还从来没有这样喜欢过一个女子。

随后伊莱恩公主万分感谢地说道："骑士先生，不知您是否愿意同我一起去敬拜上帝，感谢上帝对我的仁慈之心？"

兰斯洛特骑士非常爽快地答应了，他笑着答道："美丽的姑娘，我非常愿意与您一同前往。"于是二人一同骑马来到教堂，恭恭敬敬地叩拜之后，虔诚地祷告起来。

城里的人听说美丽绝伦的公主已被救出，都聚集到教堂门口观看。顿时，教堂门口人山人海。不论高雅、低俗，也不论年老、年少，人们都鞠躬向上帝表达了谢意，感谢其宽厚仁慈。他们又向兰斯洛特骑士参拜致谢，而后众人又苦苦地恳求道："骑士先生，此处有一坟冢（zh ǒ ng），冢中藏有一条恶龙，整日里为非作歹，兴风作浪，祸害乡里，使我们惶惶不可终日。既然您能救出公主，一定也能打败恶龙。请您帮帮大家，把它除去吧。"

一向嫉恶如仇的兰斯洛特一听此言，顿时火冒三丈，怒气冲天，说了一声"快带我到坟冢那里去"。他拿起盾牌，在众人的带领下，直奔坟冢而来。来到了坟冢旁，只见墓碑上铭刻着几行金色大字："此处将有王族之豹来到，他将斩杀此龙。此后该豹将在此异国生育一头雄师，雄师之勇猛将超越所有骑士。”读完碑文，兰斯洛特骑士用剑把坟墓猛地掀开，一条魔鬼般可怕的恶龙口喷火焰从墓中腾空蹿出。兰斯洛特骑士慌忙拔出宝剑，奔向前来，同那恶龙展开了激烈的交战。他们只杀得天昏地暗，日月无光。最后兰斯洛特耗尽了气力，才把那凶猛可怕的恶龙斩杀。

随即，温文尔雅的佩莱斯国王也来到墓前，向伟大勇敢的兰斯洛特施礼，致以深深的敬意。兰斯洛特还礼完毕，国王问道：“英勇无比的骑士，请问尊姓大名？”

兰斯洛特礼貌地答道：“国王陛下，我是亚瑟王王庭的圆桌骑士兰斯洛特。”

俩人谈话甚感投机，便兴高采烈一同回到城堡进餐。兰斯洛特优雅地步入佩莱斯国王的王庭。面对国王和一群地位显赫的爵士，他态度从容客气、彬彬有礼，如同平时与自己的同僚为伍一样。

佩莱斯国王命人摆上最好的盛宴，来招待这位大英雄和女儿的救命恩人。宴席上，国王频频举杯，大家交谈得非常愉快，还有美妙的音乐助兴，整个气氛热闹异常。他们问了许多有关圆桌骑士的事迹，兰斯洛特毫无隐瞒地侃侃而谈。这时，佩莱斯国王座下的一个名叫罗凡的骑士，忽然热情洋溢，充满着对伟人无限向往的神情站了起来，对兰斯洛特说道："噢！伟大的骑士，毋庸置疑，您一定上过战场，请您给我们讲讲亚瑟王的诸多战绩。"

兰斯洛特一五一十地详细讲述：在白浪滔滔、水流湍急的葛兰河口，他曾与亚瑟王并肩奋战了整整一天。在道格拉斯海岸，他们也曾有过四次惊天动地的浴血之战。还有巴萨战役，接着是塞利登森林外围的攻防。在格尼昂古堡外也有过一场殊死之战，那一回国王的胸甲中央别着圣母的头像，镌刻在一块翡翠上，四周镶着太阳发出的金色光芒，整个头像随着国王的呼吸闪闪发光。在卡里昂，他也曾助国王一臂之力，抵挡入侵的白马野人，当时的厮杀异常惨烈。当然，往北有埃内卡斯瑞吉尼昂之役，往南有催哥特之役。在这两地，他们都曾宰杀无数的异教徒。

"巴登山一役，我亲眼看见国王身先士卒，率领他的圆桌骑士冲锋陷阵。他的部下口里呐喊着他和基督的圣名，个个英勇无比，彻底挫败了敌军。我看见国王踩在一堆尸体上，浑身上下染满了敌人的鲜血，好像初升的太阳。国王看见了我，张口大喊，声音响彻云霄：'他们已溃不成军！溃不成军！'"

"你们可知，我们的国王平时是个十分温和的人，也从来不在乎比武场上的输赢。他的骑士如将他击下马来，他会笑着说他麾(huī)下的骑士比他厉害。但在这场对抗异教徒的战争中，他浑身上下燃烧着一股天火般的能量。我从未见过像他这样的灵魂，普天之下找不到比他更伟大的领袖！"

不久，他又开始谈起轻松的话题。他的举止轻松愉悦，但不失教养与矜持。然而只要稍微留意就会发现，只要微笑从他的嘴边隐去，总有一丝深沉的忧郁闪过他的眼角眉梢。

宴会结束以后，一只鸽子飞临窗口，口衔（xián）一只金制的小香炉。顿时屋内香气弥漫，仿佛世界上所有的香料都集中于此。随即餐桌上突然摆满了美味佳肴，香醇可口，芳香四溢的美酒品种繁多，令人垂涎欲滴。这时一位美丽的少女迈着轻盈的步子走来，双手端着一只金光闪闪的杯子。佩莱斯国王慌忙走到那女子面前，跪拜在地，虔诚地祷告起来，在场的众人跟着一起跪下祈祷。之后兰斯洛特骑士惊奇地问道："这是什么意思？"

佩莱斯国王慢慢说道："这是人世间最珍贵的宝物，当此物出现后，有一个稀世的圆桌将毁坏。这宝物就是你刚才所见的圣杯。不过这个宝物人们很少见到它。"佩莱斯国王和兰斯洛特骑士两人成了忘年之交，当晚一直畅谈到深夜。

佩莱斯国王有一个愿望，那就是让兰斯洛特骑士能和自己的女儿——美丽的伊莱恩公主结为百年之好。因为，就在几天前，一位隐士曾来到他的王宫对他说，最近将有一位伟大的骑士来到此地，此人将把公主从苦难中救出，并与公主生下一子，这孩子日后将成为一名优秀勇敢的骑士，能使整个国家脱离险境，而且将寻得伟大的圣杯。

兰斯洛特非常喜欢刚才所救的女子，但说到与她成亲，却感到非常意外，他不曾想过这个问题。他也是个有情有义的人，感到这样做在感情上对不住格妮薇儿王后，于是就婉言谢绝了。

此时，一位叫布瑞森的夫人走进来，在国王耳边小声说道："陛下，虽然小公主是世间的美女，但您知道，在这世界上，兰斯洛特骑士只钟情于格妮薇儿王后一人，因此我有一计献上，能使他与公主结为百年之好。"

这位布瑞森夫人是一位法术高明的巫婆，她找来一位同兰斯洛特骑士非常熟悉的人，前去见他并带去一枚格妮薇儿王后心爱的戒指。兰斯洛特骑士一见到这信物，满脸欢喜，忙问王后在哪儿。当得知王后就在附近的卡斯城堡，兰斯洛特立即决定连夜前往。随即，布瑞森夫人找来25位骑士，护送伊莱恩公主先行来到了卡斯城堡。

兰斯洛特到了城堡，翻身下马。这时布瑞森夫人迎上前来，端来满满一盏美酒，向他奉上。兰斯洛特骑士以为是格妮薇儿王后安排的，心里格外高兴，把酒一饮而尽，顿时觉得神志模糊，跟随布瑞森夫人来到伊莱恩公主跟前，把她当成了格妮薇儿王后。此时兰斯洛特骑士的激动和欢喜可想而知；伊莱恩公主也喜不自胜，因为能够拥有世上最伟大最勇敢的骑士正是她的梦想。而且，他们二人将来会生下一子，会成为世上最伟大的骑士。

第二天早晨，公鸡报晓，太阳升起，蒸发掉草地上的露珠。阳光射进屋内，兰斯洛特在晨曦（xī）中醒来，立刻发现身边的这位女子并不是自己朝思暮想的王后，知道自己受了骗，心中一下子生出一种对王后的负罪感。

娇艳的伊莱恩公主抬起眼来仔细观赏着这个眼前的英雄。他的脸颊上有一道多年的伤疤和许多作战时所留下的伤痕；他的皮肤被晒成褐色，年岁会比她大一倍。兰斯洛特对王后不可告人的爱和对国王心无二意的忠诚，早在他脸上刻下不属于他这个年龄的痕迹；能与西方世界最尊贵最美丽的女人发生私情，使他变得更加自信潇洒、意气风发。他脸色虽然带着沧桑，但显然是一位懂得对女人殷勤照顾，心性高贵的好人。当伊莱恩公主看他第一眼时，就深深地爱上他了。但对兰斯洛特来说，此时此刻他的痛苦却像恶魔一样，在张牙舞爪地折磨着他。

兰斯洛特匆匆出了卡斯城堡，快马加鞭，飞奔而去，心里一直饱受煎熬。他不想在路上遇到任何熟人，于是避开繁华的街道，驰向杳无人迹的荒野，去咀嚼内心深沉的悲哀。

兰斯洛特走后，伊莱恩公主生下了一个漂亮可爱的婴儿，施洗命名为格拉海德。因为他的父亲兰斯洛特骑士是在泉石边出生，他就以此命名。这孩子出生后，皇宫里的人对他精心抚养，宠爱有加。

伊莱恩公主生下孩子之后到教堂去做礼拜，这时一位名叫布罗梅尔·拉·普来奇的骑士走了过来。此人是一位出身名门望族的富家子弟，对伊莱恩公主倾慕已久，并一直想娶她为妻，伊莱恩公主也一直无法拒绝他的要求。到了今天，她便对布罗梅尔骑士说："尊敬的骑士先生，您应该知道，我是不会爱您的，因为我的爱已经给了一位世界上最优秀的骑士。"

"那他是何人？"布罗梅尔骑士伤心地问道。

她回答说："骑士先生，我爱的是亚瑟王的圆桌骑士兰斯洛特骑士，并和他生有一子，除他之外我再也不会爱上别人，因此请您不要再纠缠我了。"

布罗梅尔骑士说道："您说得很好，虽然您告诉我这么多，但是您将永远不会从兰斯洛特骑士那里得到多少快乐，因为无论在何处，只要我碰到他，我定要把他杀死。"

伊莱恩公主劝说道："布罗梅尔骑士，请千万不要这样做啊。世间有很多俊美的女子，况且我已经有了自己的丈夫，不值得你这样做的。此外，兰斯洛特武艺高强，你绝不是他的对手。"

布罗梅尔骑士并没有理会伊莱恩公主的话，而是固执地说道："公主，我说到做到，为了您，我将会在这一年之内守住科尔宾桥，决不让兰斯洛特穿越此桥来与你相会，即使是搭上性命，我也会和他一决高下。"

第十二章 鲍斯骑士

鲍斯是亚瑟王麾下一名英勇的骑士，出身于亚瑟王国的附属城邦加尼斯。他既贵为王子，又是最优秀的圆桌骑士之一，还是第一骑士兰斯洛特骑士的侄子。鲍斯身强力壮，高大威猛，气宇轩昂，仪表不凡，站在人群中他那高贵的气质就给人一种鹤立鸡群的感觉。

一日，鲍斯骑士正在骑马寻找叔叔兰斯洛特，碰巧在科尔宾桥上与布罗梅尔骑士相遇，两人不分青红皂白就打斗起来。双方几度冲杀，手上的长枪也几度折断，接着都跃下马来，拔出宝剑近身搏击。此时两人的剑锋上都透着寒光和杀气，力量就是速度，速度就是力量，生死胜负全在刹那之间。那些围观的群众也看得触目惊心，大气都不敢喘；他们提着心吊着胆又不敢眨眼，唯恐一眨眼的工夫精彩的打斗就错过了。

双方大战十几个回合，中间没有任何喘息的机会，结果都大汗淋漓，浑身热血沸腾，几近精疲力竭。然而双方势均力敌，一时难分胜负。突然间，鲍斯看准时机，猛地聚起一股力气，说时迟那时快，将手中的宝剑高高举起，对准布罗梅尔的头部奋力砍去。只听到“当”的一声，对方的头盔砍裂，头骨被击中。布罗梅尔当即滚倒在地。鲍斯迅速上前，一脚踩住他的胸膛，举剑就要砍下他的头颅。这时布罗梅尔大声求饶，表示愿投降归顺。

鲍斯骑士对他说道：“在下一个圣灵降临节时，你要找到亚瑟王，然后作为我的手下败将向他投降，只要你答应这件事，我便饶你不死。”

“我愿意听从您的安排。”布罗梅尔骑士急忙答道，并对着剑柄的十字发了誓。于是鲍斯放他一条生路，自己上马朝着佩莱斯国王的住处——科尔宾城堡奔去。

国王和他的女儿伊莱恩公主得知来者就是兰斯洛特骑士的侄子鲍斯骑士，非常热情地款待了他。鲍斯问及自己的叔叔兰斯洛特骑士，得知他已经离去。

这时，鲍斯骑士看到伊莱恩公主怀中抱着一个婴儿，长得洁白如玉，非常可爱，忍不住走过去，用手逗了逗，这孩子不时发出天使般纯真的笑声。鲍斯越看越喜欢，越看越觉得这孩子长得很像自己的叔叔兰斯洛特骑士。正当他想到这时，伊莱恩公主在一旁告诉他，这正是兰斯洛特的孩子，但他在孩子出生前就不辞而别了。得知伟大而勇敢的叔叔有了后代，鲍斯骑士喜极而泣，立即跪下来向上帝祈祷，希望这孩子能像他父亲一样，成为一名伟大而勇敢的骑士。这时一只白鸽飞了进来，嘴里衔着一只金制的小香炉，顿时桌子上摆满了各种美酒佳肴。一位仙女手捧着金光闪闪的圣杯说道："鲍斯骑士，你还不知道，这个孩子就是格拉海德，他会远远超越他的父亲，成为举世无双的英勇的骑士；他的德行最圣洁也最高尚，亚瑟王圆桌上危险而高贵的席位是专门为他而设；耶稣的圣杯也只有他有资格看到和得到。"在场的人听了仙女的这番话，立即跪拜在地，祈祷祝福这个婴儿健康地成长。屋内不知什么时候香气弥漫，这种香气好像世上所有的香料全都汇集于此，沁(qìn)人心脾，令人神清气爽。随后白鸽轻轻拍了拍翅膀，在孩子的头上绕了三圈，缓缓飞了出去。随之，那仙女和圣杯也消失不见了。

"陛下，"鲍斯骑士对佩莱斯国王说道，"我感觉这个城堡与众不同，最伟大的骑士在这儿诞生，举世闻名的圣杯在这儿出现。这些奇怪的事情为什么都发生在这个城堡呢？"

佩莱斯国王说道："是的！还有更令人奇怪的事情呢。凡是来这儿的骑士，几乎没有人能大获全胜。要是有谁想了解自己有多么强大和多么勇敢，就可以来这个地方证明一下。最近来了一位名叫高文的骑士，据说此人非常了不起，是亚瑟王的一名出色的圆桌骑士。他来时雄心勃勃，听说我的女儿受难，发誓一定要把她救出来，但最后空手而归，还差点命丧城堡。”国王接着说道：“曾流传着这样一个说法：凡是到这儿的骑士，他必须是正人君子，做事光明磊落，行为上洁身自好，胸怀宽广，仁慈为怀，敬爱上帝。如果他行为上有一点瑕疵（xiácī），无论多么勇敢，都不会在这里获得胜利。”

“是谁有这么神奇的力量！真让人感到万分奇怪。”鲍斯骑士说道，“尊敬的陛下！我想今晚在这城堡中过夜，看个究竟。”

“鲍斯骑士，我知道你像你叔叔兰斯洛特一样英勇果敢，你的品行也是世人称颂的。但如果你不想自己蒙羞，让大家耻笑的话，我还是奉劝你最好不要这样做。”

鲍斯骑士却坚决地说：“作为亚瑟王的一个圆桌骑士，我的职责就是救民于水火，历天下之奇险。既然危险要降临，我甘愿冒生命危险去承受一切。”

国王说道：“最后我提醒一句，你有没有什么过错？如果有的话，最好现在去彻底忏悔一番。”

鲍斯骑士道：“我愿意为做错的事情诚心忏悔。”说完他就开始忏悔道：“在这世界上，只有一个人我感到对不住，那就是我深爱的妻子，她是布兰高瑞斯国王的女儿。人常说，爱一个人，就意味着为自己所爱的人服务，但我很惭愧，作为一个圆桌骑士，我只能为国尽忠，不能守护在她的身边，为她分忧解愁。我们两个生有一女，名叫爱兰，她聪明活泼，非常讨人喜爱，一直都是我的妻子在抚养照看。我深爱着自己的妻子，为了她，我洁身自好，从没有和其他女子来往过，清清白白做人，堂堂正正做事。”

忏悔之后，鲍斯骑士被领到一间宽敞的卧房内，房中所有的门窗却被严密关闭，密不透风，漆黑一片，给人一种恐怖的感觉。鲍斯骑士非常清楚，众人已经离开，今夜就自己一个人在这儿过夜，面对未知的危险。他一想到这，心里感到有点紧张，在黑暗中又摸摸自己的盔甲和武器，发现没有什么问题，这才全副武装地躺在了床上，准备睡觉。他刚刚躺下，这时不知从哪儿冒出一道强光，随之一支粗大的长矛径直向鲍斯飞过来，那长矛闪着寒光，就像锥子一般，向鲍斯逼近。一瞬间，还未等鲍斯骑士反应过来，那矛尖已刺中了他的臂膀，伤口宛如手掌之宽。顿时鲍斯鲜血直流，疼痛难忍，只得又躺了下来。

随即又出现了一位高大彪悍的身影，肩扛盾牌，手持宝剑。来到鲍斯跟前，大声喝道："真是个软豆腐，一枪就倒下了，快点儿站起来，和我一决高下！"

鲍斯骑士高声应道："我虽身受重伤，但绝不会轻易服输的。"言罢，他强忍剧痛，翻身而起，拿起盾牌，向那人冲去。两人在黑暗中激战良久，最后鲍斯骑士步步紧逼，将那人逼到另一间卧房的门口，只见他一闪身，躲进了卧房，过了良久，又抖擞精神，重新出来，又与鲍斯展开了新一轮的激烈争斗。

没过多久，那个骑士体力不支，又想回房喘息，这次鲍斯不再给他喘息的机会，便把他挡在了卧房门外，挥剑将他击倒在地。那骑士投降认输，原来他名叫贝德维尔。鲍斯骑士又让那人以骑士的身份和上帝的名誉起誓，在下一个圣灵降临节时去亚瑟王的宫殿，到亚瑟王那儿听从他的调遣。贝德维尔答应一切照做，于是鲍斯才让他离去。

鲍斯又和衣躺下，正要休息，随即又听得卧房外嘈杂声四起。接着就听到"啪啪，啪啪"的声响。他慌忙起身，凭多年打仗的直觉，知道是一簇簇弩箭向他射来。还没来得及躲闪，已中了数只。那弩箭如此之稠密，令鲍斯骑士顿时惊骇万状，只得又立刻趴在地上。不一会儿，射箭停止了。鲍斯这才长长地舒了一口气。

还没等鲍斯缓过神来，又察觉到一头可怕的狮子走了进来，身负重伤的鲍斯又艰难地爬起来与它搏斗。在打斗之中,他的盾牌被凶猛的狮子抓落在地上,身上也被抓得伤痕累累。恼羞成怒的鲍斯挥舞宝剑,用尽全身的力气,把那狮子的头颅斩落了。旋即,他又看到一条令人恐怖的巨龙从院中冲进卧室,那龙的额头上似乎写有一行金字。鲍斯骑士心想,这些金字便是亚瑟王的象征,是来帮助自己的。此时又蹿进来一头吓人的豹子,在黑暗中,豹子的两只眼睛冒着蓝色恐怖的光。豹子同那条龙恶战了一场,厮斗许久。最后那条龙从嘴里喷出股股烈焰,如同百条小龙一般在空中飞舞;这群小龙把豹子围困了起来,最后把它的身体撕成了碎片。

就在此时,狂风大作,大雨倾盆,一位白发苍苍的老者坐在一张精巧别致的椅子上,由几个侍从抬着走了进来。老者的脖子上缠绕着两条剧毒无比的小蛇,吐着红色的芯子,但这位老人却镇定自若,从侍从手里接过一把竖琴,边弹奏边用他那浑厚的声音轻轻地唱起了一首歌曲。这是一首古老的曲子,是关于阿利马太约瑟如何来到此地的。歌声悠扬古朴,令人振奋。唱罢,老者便对鲍斯说道:“勇敢而正直的骑士,你已经在此获得了无上的荣耀,你在此地不会再有什么奇遇了,赶快离开这里吧,有更重要的事情等着你去做。以你的勇敢和人品,今后还会获得更大的荣耀。”

随即,鲍斯骑士又看到那只白鸽轻轻地飞了进来,嘴里依旧衔着一只小金炉。先前那听起来十分奇异的暴风雨声旋即停止,外面变得寂静无声。紧接着鲍斯骑士看到四位手持精致蜡烛的孩童,一位鹤发童颜的仙翁站立在孩童的中间;仙翁一手拿香炉,一手持矛,来到鲍斯跟前,用手指着矛,开口缓缓地对鲍斯骑士说道:“这支矛被称为‘复仇之矛’,今天把它送给你作为纪念。到你的叔叔兰斯洛特骑士那里去吧,告诉他你在这里的奇遇,他一定会感慨万千。在世间所有的骑士中,没有一个人的武功能和他相提并论,他本可以轻而易举地在这儿打败所有的人。但是他罪恶深重,行为不够检点,最后只能落荒而逃。”

随后，鲍斯骑士看到四位高贵的美丽的女子从自己身旁走过。她们步履(lǚ)轻盈地走入一个小房间，那房间立刻发出灿烂的光芒，宛如夏日的光辉，整个房间亮如白昼。房间的摆设立刻映入眼帘，有四根粗大的台柱，上面有一个银制的圣台，四位美丽的姑娘轻轻地在圣台前屈膝跪下。和她们一起下跪的似乎还有一位主教，他们的样子非常虔诚。鲍斯骑士抬头好奇地向上看去，一把银制宝剑，未带剑鞘，正悬于他的头顶之上，那宝剑发出的光芒直射入他的眼睛，鲍斯骑士立即什么也看不见。

他只听得一个厚重的声音说道："离开此地，鲍斯骑士，你还没有够资格来此处。离开这里，你的眼睛就自然恢复光明。"

在一个侍从的引领下，他便回到自己的床上，一直睡到天亮。第二天，鲍斯的眼睛又恢复了正常。佩莱斯国王看到鲍斯骑士平安无事地活着，心里替他感到高兴。

鲍斯在科尔宾城待了几天后，便向国王父女辞别，策马向坎默洛特城而去，在那里他找到了叔叔兰斯洛特，并讲述了他在科尔宾城堡与佩莱斯国王共睹的奇遇。兰斯洛特听后既为自己的侄子感到高兴，同时又为自己罪恶深重而感到遗憾。

第十三章 苦涩的爱

兰斯洛特同佩莱斯国王之女伊莱恩生育一子之事，很快在亚瑟王的宫殿里传开了，众说纷纭，莫衷一是。格妮薇儿王后得知后，怒火中烧，气愤不已，对兰斯洛特是由爱生恨，暗自骂他虚伪；见到兰斯洛特时再也没了往日的热情和喜笑颜开，而是阴沉着脸，一副冷冰冰的面孔。兰斯洛特感到很委屈，总想找个时机当面向王后作一解释。

一天，兰斯洛特来到宫廷，想见格妮薇儿王后一面。他要送给她一件价值连城的礼物——一颗大钻石，这礼物是他九年比武，浑身是伤的辛苦代价。比武时，许多人命丧在他的剑下。最后一次，他自己也几乎送命。

王后与兰斯洛特在一扇向阳临河的壁窗前会面，窗架上爬满了葡萄藤。兰斯洛特跪下对王后说："尊贵的王后，我幸福快乐的源泉，请收下我为你赢得的这块钻石吧！我多么希望看到你把它们镶成手环，戴在你浑圆的手臂上；或做成项链，挂在你比天鹅还雪白的颈项上。请容许我用言辞来表达我崇敬的爱意，虽然言辞对你来说只是多余的赞美。因为你的美丽浑然天成，用言语只会冒犯亵(xiè)渎。"

格妮薇儿王后冷冷地答道："请你拿走这钻石，去为她的珍珠添色吧！用这钻石装扮她吧！你去告诉她，她的光彩比我夺目！她的手臂戴上钻石手环会更好看！她的颈项围着钻石项链也更好看，因为我的颈项没有她的雪白！这些钻石是属于她的，不属于我！"

无奈之下，兰斯洛特骑士只得把事情的原委一五一十地告知了王后，讲述了他是如何被施了魔法，把伊莱恩当成了王后的始末。讲完之后，兰斯洛特两眼深情地望着王后，神情中带着一种恳切的期盼，希望得到她的谅解。终于，格妮薇儿被兰斯洛特动情的话语和挚爱的神情给深深地打动了，轻轻地叹了一口气，说道："兰斯洛特，我的兰斯洛特，你是我今生今世最爱的人！你在战场上的骁勇善战，你在比武场上的英勇无敌，你的潇洒英俊，还有你的体贴有礼和温文尔雅，这些都为你赢得了美名和荣耀，同时也赢得了女人的芳心。好了，我不怪你，你天生是受女人喜爱的。"

兰斯洛特和格妮薇儿王后和好之后不久，法兰西国王为了扩张领土，挑起了战争。亚瑟王为了尽快征服对手，早日平息战争，率领大军出征。他们一路势如破竹，大败强大的克劳达斯王，收复了失地。当凯旋时，亚瑟王下令举行一场盛大的宴会，举国同庆。并通告全国上下，除了那些叛徒，不列颠所有的领主、骑士和贵妇都要出席。

听说亚瑟王要举行宴会庆功，伊莱恩公主喜不自胜，立即来到父亲面前，请求前往参加。佩莱斯国王非常清楚女儿的心思，当时就满口答应了，并提醒女儿穿上最华丽的服装，带上威严的随从，显示出自己的富有和美丽。

本已冰清玉洁、雍容华贵的伊莱恩公主，经过魔法师布瑞森夫人精心打扮之后，更是国色天香、倾国倾城，所有的美女在她跟前都自惭形秽、自愧不如。随后，她带着二十名骑士，十名漂亮的少女，几百匹高头大马动身出发。当伊莱恩公主来到坎默洛特城，亚瑟王、格妮薇儿王后，连同所有的骑士们都啧啧称赞，一致评论说伊莱恩公主是这宫殿里最漂亮的绝色佳人。亚瑟王还特地会见了她，王庭的圆桌骑士们也一一向这位世间美女致意。

听到大家都在谈论一位公主的美貌，兰斯洛特非常好奇，心想是谁竟有如此花容月貌，让大家赞不绝口。于是他也走到伊莱恩跟前一睹她的芳容，一眼看到是伊莱恩公主，顿时感到羞愧难当，赶忙低下了头。这时，伊莱恩公主也看到了自己朝思暮想的丈夫，心里欣喜万分，准备走过来和他诉说离愁别绪，却发现兰斯洛特把头低下，并不愿意和自己交谈，心里顿时感到无比的悲凉。

一时之间，坎默洛特城的街头巷尾都在谈论着伊莱恩公主的美貌和她巨大的财富。格妮薇儿王后听了感觉很不舒服，只有在心里盼着宴会结束后伊莱恩公主早点儿回去。但出于礼貌，她还是把伊莱恩公主邀请到她的王宫住下，并特意吩咐女仆把伊莱恩公主安顿在她卧室的旁边，以表示自己对她的亲近。

盛宴前的一个晚上，王后派人告知兰斯洛特到自己的宫里见面，布瑞森夫人使用法术得知了此事。为了成全伊莱恩公主，她假装成是王后的侍女，来到兰斯洛特骑士那里，对他说道："尊敬的兰斯洛特骑士，格妮薇儿王后正在王宫里期待着您的到来。"

兰斯洛特听后一阵欢喜，立即拿起宝剑，跟着布瑞森夫人来到伊莱恩公主那里。见到兰斯洛特，伊莱恩公主的心里甭提有多高兴。自从分别之后，她无时无刻不在思念着他。他的脸庞以及尽在不言中的表情，在公主的眼前挥之不去，让她彻夜辗转难眠。看到夫妻两个人团聚在一起，布瑞森夫人悄悄地离开了。

再说格妮薇儿王后派了一个侍女去传唤兰斯洛特骑士，到了那里，却发现兰斯洛特不在屋内，于是便急匆匆地回去禀告。王后一听，怒气如大海的波涛般汹涌澎湃，完全没了往日雍容华贵的姿态。她无法忍受兰斯洛特对自己的不忠。

不久，兰斯洛特就察觉出了事情有点不对劲儿。他再次来见王后，行过礼仪之后说道："王后，现在你的宫廷里谣言满天飞，我今天前来就是想说，别理会那些谣言吧！既是谣言，岂有不满天飞的道理？我相信高贵如你，对我一定有信心。我想你绝对不会怀疑我对你的感情。"

王后侧着身，一边听兰斯洛特讲话，一边从枝叶茂密的葡萄藤上扯下叶子来丢在地上，直到她站的地方铺满了一片绿色。等兰斯洛特讲完，她冷冷地回答说：“伟大的兰斯洛特骑士，也许我比你想象的更容易相信谣言。这些年来为了你，我一直在伤害着那位在内心深处我认为更高贵的人，现在我不想这么做了。我只请求你一点，拜托你行行好，低调地享受你的新欢，别到处招摇！我相信不管你变得多么不同，至少应该还会保留你的风度翩翩吧。至于我自己，我也会努力遵行身为王后所应有的规则，不会不顾尊严到处去诉苦。我们的关系到此为止！”

兰斯洛特没有说话，默默依窗而立，心里思索着爱情和生命。“爱的嫉妒？恐怕是濒死的爱情结晶——衍生自傲慢的嫉妒吧！”兰斯洛特咀嚼着爱的痛苦，凄然悲鸣。突然他感觉一阵神志不清，接着就摇摇晃晃地跑出了宫廷，不知去向。

伊莱恩公主听到了王后对兰斯洛特无情的斥责，亲眼看到了他痛苦的情形，心里如同刀割，就想冲向前去把自己心爱的人带走。但是布瑞森夫人阻止了她，告诉她这里不是自己的家，而是王后的宫廷。伊莱恩公主只能眼睁睁地看着这一切发生，自己却无能为力。

等到天亮之后，伊莱恩公主便心情沉重地向亚瑟王辞行，即刻动身离开令她伤心的宫廷，她也一刻都不愿在此停留。亚瑟王对宫廷发生的事情一无所知，很高兴地派了一百多名骑士，护送着伊莱恩公主回去。一路上，伊莱恩公主伤心欲绝，柔肠寸断，痛哭流涕。耳边仿佛仍听得见兰斯洛特难过的叹息声，眼前时时浮现出他悲痛离去时的身影。由于伤心过度，伊莱恩公主差点昏死过去。

鲍斯很是纳闷，便来到她跟前询问原因。于是伊莱恩公主把事情的前前后后讲述了一遍，说话间一直悲悲切切，哭哭啼啼。鲍斯虽然心中着急，担心叔叔的安危，但也只能安慰对方说：“好吧，伊莱恩公主，你也不要太担心了,我叔叔吉人自有天相。相信你一定还会见到他的。”鲍斯说完,决定立刻返回格妮薇儿王后那里去了解事情的究竟,以便尽快找到兰斯洛特。

“我同你们一样深深地爱着他,”美丽的伊莱恩公主对鲍斯骑士悲伤地说道,“只要能够找到兰斯洛特,我愿意做出一切努力。您是知道的,我宁愿为他而死也不愿他遭受任何伤害。哎,可是我想我永远不会再见到他了!”说着说着,伊莱恩公主哽咽着说不下去了,泪水顺着她的脸颊流了下来。一直心情沉重的鲍斯也禁不住落泪了,想到伟大的兰斯洛特竟落到如此田地,心中一阵说不出的难过。这时,布瑞森夫人走过来对伊莱恩公主说道:“公主,我现在恳请您,让鲍斯骑士速速离开吧,让他用尽所有力量去尽快寻找兰斯洛特骑士。他已经神志不清了,只有尽快找到他,再用奇术才能将他挽救。”

伊莱恩公主忍住悲泣,送别了鲍斯。随后鲍斯骑马径直向格妮薇儿王后住处飞奔而去。格妮薇儿王后看到鲍斯,早已是泪流满面。一想到兰斯洛特,她心如刀割,万分后悔,差点儿要昏厥过去。最后,格妮薇儿轻声叹息道:“请原谅我!我是被嫉妒冲昏了头。现在,兰斯洛特已经神志不清,一个人流落街头,不知要遭受多少磨难,我只希望能尽快找到他,我愿意为此付出一切代价。”

鲍斯决定马上动身,一刻也不再停留。于是他和爱克托骑士、莱昂内尔骑士一起辞别了王后,穿戴好盔甲,骑上战马,踏上了寻找兰斯洛特骑士的征程。他们穿过广袤的郁郁葱葱的原始森林,爬过巍峨的高山,蹚过奔流不息的河流,越过渺无人烟的荒野,走过一个又一个国家。一路上,他们处处小心翼翼,不敢有半点闪失;他们逢人就问,一路打听,寻找着那个疯疯癫癫、神志不清的兰斯洛特。他们就这样寻访了将近三个月,无论是深山老林,还是空旷无垠的荒野,他们都跑遍了。他们常常风餐露宿,食不果腹。他们历经艰难万险,费尽各种周折,兰斯洛特仍然杳无音信。

一天，鲍斯一行穿过一片草原后，已近黄昏，这时感觉一丝风也没有，乌云密布，大雨马上就要来临。他们连忙骑马来到附近的一片树林里，林中有一棵中空巨大的老橡树，树身枝叶蔓生，宛如一座爬满了常春藤的高塔。他们遂骑马来到这棵树下，刚刚站定，一名骑士骑马而来，想必也是打算躲避雨的。鲍斯仔细一看，原来是梅里昂骑士，他们二人以前就已经结识。

“梅里昂骑士，”鲍斯骑士疲惫不堪地问道，“请问您前往何处啊？”

这时，梅里昂骑士也认出了鲍斯，就回答说：“鲍斯爵士，我正前去亚瑟王的朝廷。看你满头大汗，精神疲倦的样子，这是在干什么？”

鲍斯骑士道：“我们正在找我的叔叔兰斯洛特，已经连续三个月了，仍然没有他的任何消息。在你见到亚瑟王、王后和圆桌的所有骑士时，恳请您告知我们的亚瑟王、王后以及所有的圆桌骑士，我们已经用尽了各种办法，也没有找到兰斯洛特骑士的下落。”

梅里昂骑士很爽快地答应了，随后便策马而去。梅里昂骑士来到亚瑟王的朝廷后，便把鲍斯骑士的话传达给了亚瑟王、王后和骑士们，大家都非常担心兰斯洛特的安危。于是高文骑士、乌文骑士、莎各瑞茂骑士、阿各娄发骑士和珀西瓦尔骑士主动请求前去寻找，随行的骑士还有十八名之多。这些高尚的勇敢的骑士们共同商定分头寻访，并且约好碰头的时间和地点。于是便三人一团、四人或者五人一伙各自离去。

第十四章 神奇圣杯

兰斯洛特疯疯癫癫地离开宫廷之后，在外面颠沛流离，历尽磨难。在荒山野外漫无目的地狂奔，在茂密的丛林中疯跑，脚下磨泡流脓，身上伤痕累累；饿了就采野果充饥，渴了就地取水解渴；身上衣服已被树枝刮得破烂不堪，像一个乞丐一样狼狈不堪。不知不觉，兰斯洛特已经在外面流浪数日。这一日，兰斯洛特骑士来到了一片一望无际的大草原，远远望去，小草青青的，嫩嫩的，青翠欲滴，充满生机。就在这美丽的大草原上，搭着一顶白色的帐篷，旁边的一棵树上悬挂着一面白色的盾牌和两把宝剑，还有两支长矛斜靠在树边。兰斯洛特骑士一见那宝剑，心花怒放，立刻跃上前去，摘得一把在手，拔剑而出。然后他举剑猛击那盾牌，顿时整个草原上回响起“砰砰”的敲击的音，犹如几十个骑士在一起厮杀。

这时跑来一个侏儒，他跳着向兰斯洛特骑士扑过来，欲将他手中的宝剑夺下。兰斯洛特骑士顿时怒目圆睁，双手抓住他的双肩，将他头朝地狠狠地摔了下去，差点儿就摔断了他的脖子，随后，兰斯洛特又举剑便刺。那侏儒吓得抱着头，口中不住地大喊：“伟大的骑士，饶了我这条小命吧！”

正在这危急的时刻，一名骑士骑着一匹高大的骏马沿路而来。此人的块头很大，身上穿着一件镶有白鼬(yòu)皮的华丽红衣，满脸横肉，还留着一把像铲子一般的红胡子，双眼犹如铜铃，虎视眈眈地环顾着四周。当他看见兰斯洛特正要举剑杀侏儒时，便大声喝住。随之，快马来到跟前。兰斯洛特本来就神志不清，精神恍惚，还以为这人是前来帮助那侏儒。他凭着本能，急忙握紧长剑，接着忽地跃起，一个箭步上前，长剑一抡，对着那骑士的头盔用力一击。兰斯洛特力气太大了，只打得那骑士两眼直冒金星，紧接着就听到“扑通”一声，晕倒在地上。那骑士过了好久才缓缓地睁开眼睛，用微弱的声音说道：“我还从来没见过如此出手敏捷、力大无穷之人，一霎那就把我打倒在地。”

兰斯洛特目光呆滞地站在一旁，不停地把玩着手中握着的宝剑，嘴里嘟嘟囔囔不知在说些什么。这时，侏儒说道：“从身手和力气来看，这人很像勇敢善战的兰斯洛特骑士，我曾在洛纳泽的比武大会上看到过他。不过他现在看起来精神有些失常，他怎会落到这步田地呢？”

被震晕的那名骑士名叫比利安特，是伯兰克城堡的主人。他对侏儒说道：“如果真如你说的那样，这人是伟大的兰斯洛特骑士，我非但不会动他一根毫毛，还要好好善待他。”于是，比利安特和侏儒设法把精神失常的兰斯洛特接进了自己的城堡。从此之后，兰斯洛特每天吃的是美味佳肴，喝的是醇香美酒，就这样，在那里锦衣玉食地舒舒服服地住了一年半。

一天清晨，兰斯洛特走出城堡，一阵清新、幽香、淡雅湿润的泥土气息扑面而来，他顿时感到神清气爽。他抬头朝野外望去，欢噪的鸟雀已经退让到另外一些角落去；一些爱在晨风中飞来飞去的小甲虫便更不安地四方乱闯；浓密的树叶在伸展开去的枝条上微微蠕动，却隐藏不住那累累的硕果。看得见在那树丛里，在嫩绿的小草上还有偶尔闪光的露珠，就像在雾夜中耀眼的星星一样。兰斯洛特品味着这美景，如痴如醉。忽然一阵嘈杂声打断了他的雅兴。原来是一阵狗的叫声由远而近，这才发现不知从何处跑来一群猎犬，正在追赶一只丑陋无比的巨大野猪，转眼间已经到了自己的跟前。那野猪身体巨大，样子又凶巴巴的，没有一只猎犬敢跑上前去撕咬，只是在旁边恶狠狠地瞪着眼睛，“汪汪”地大声叫着。这时猎人们吹着号角随后赶到，跑在前面的是两个骑马的年轻人，紧随其后的是一些已经累得气喘吁吁徒步跑来的人。其中一个年轻人腾地一下从马上跳下来，迅速将马拴在树上，然后把长矛斜靠在树干上。

兰斯洛特骑士一看到马和兵器，情不自禁地飞步跑到马前，一跃跳上马背，嗖地一下抓起长矛，猛地一拍马屁股，风驰电掣般地向那野猪冲去。野猪一看又有人向自己追过来，气势之猛，速度之快，又慌忙扭头逃窜，最后跑到一个用木头和茅草搭起的简陋的房舍旁，后背抵在一棵树上，黑黑的小眼睛恶狠狠地盯着兰斯洛特。看到野猪停下来，兰斯洛特便举起长矛向野猪猛地一下掷去，野猪敏捷地将身子一闪，用嘴接住了矛，又径直地扑向兰斯洛特，用它锋利的长牙一下子咬住了马脖子，只听得马惨叫一声，倒地而死。兰斯洛特骑士也随之摔倒在地。还没等他从地上爬起来，那野猪就又猛地一口咬住他的大腿，狠狠地撕扯着，疼得他龇牙咧嘴。兰斯洛特勃然大怒，忍着剧痛，“嗖”地一下抽出宝剑，猛地朝那野猪的头颅砍过去。野猪只“哼哼”一声，就摔倒在地上死了。

这时走来一位善良的隐士，看到兰斯洛特伤势严重，虚弱不堪，便将他带回了自己的家里，给他疗伤。在隐士的精心照顾之下，兰斯洛特的伤口慢慢痊愈，心情也渐渐好起来。

就在兰斯洛特住的附近，有一位佩莱斯国王的侄子，名为卡斯特。他是一个智勇双全、勇敢善战的年轻人，佩莱斯国王准备在举国同庆的圣烛节那天封他为骑士。在圣烛节的宴会上，来自全国各地的达官贵人，以及宫廷的皇亲国戚都聚集一堂，大家脸上都洋溢着节日的笑容，焕发节日的光彩。在这重大的场合，隆重的加封仪式开始了，只见国王面带微笑，信步走到卡斯特跟前，在众人羡慕的目光中，年轻的卡斯特光荣地成为一名骑士。受封当天，卡斯特骑士非常激动和兴奋，决定送给手下的人和周围的乡亲许多袍子和精美的食物作为礼品犒劳他们，兰斯洛特骑士也收到一份好吃的食物。卡斯特还让人为他梳洗更衣。穿戴一新的兰斯洛特，个子威武潇洒，模样俊美，像换个人似的，顿显骑士风采。在场的无人能比，人们都啧啧称赞。卡斯特还请大家到他的家里举杯畅饮，大家酒酣之际，兰斯洛特不知怎么离开了大家，一个人醉醺醺（xūnxūn）来到了花园里，在水井旁躺下，酣然入睡，鼾声如雷。

没过多久，闲着无事的伊莱恩公主和侍女们也来到花园玩耍。当她们在园中一边走，一边又说又笑，四处闲逛时，一位侍女突然看到一个人睡在井边，吓得“啊”的一声，大家都应声前来，一看睡在井旁的竟是一位英俊的男子。伊莱恩公主也走了过来，她一眼便认出是自己日思夜想的兰斯洛特。心中顿时心潮澎湃，百感交集，趁人不注意便匆匆走出了花园，径直去见自己的父亲——佩莱斯国王。佩莱斯国王在女儿和布瑞森夫人的陪同下，来到井旁，井边躺着的确实是兰斯洛特。这时，布瑞森夫人说道：“我听说兰斯洛特已神志不清，我们不能贸然行事，现在必须谨慎对待。所以请陛下和公主耐心等候，我将施法术于他，一个小时之内他便不会醒来，然后再把他抬走。”

布瑞森夫人对兰斯洛特施过法术之后，便命人把兰斯洛特骑士抬走，送到王宫后的高塔之内。众人刚刚把兰斯洛特送进塔中，这时一只洁白的鸽子飞了进来，嘴里衔着一只金制的小香炉。一位少女手捧着圣杯，飘然而至，只见她轻轻打开了圣杯的盖子，塔中顿时香气弥漫。突然，奇迹出现了——兰斯洛特骑士慢慢地睁开双眼，呻吟着，抱怨自己全身疼痛无比。过了一会儿，屋内变得非常安静，神志不清的兰斯洛特一下子恢复了正常，他痊愈了！随后白鸽轻轻拍翅离开，那少女也手捧圣杯消失不见了。

神志清醒的兰斯洛特幡然悔悟，他觉得他应该将余生奉献给天主，以弥补前半生的罪行。于是，他发誓要挥剑斩断情丝，结束与王后羞耻的关系。

在佩莱斯国王的安排下，兰斯洛特骑士便和伊莱恩公主住进了伯来恩城堡，佩莱斯国王率领着十名骑士和二十名侍女亲自护送。城堡建在一座岛屿之上，放眼望去，海面辽阔、烟波浩渺。岛上有各种各样的树枝枝相抱。有的树不矮不高，树身挺拔，苗条秀丽；有的树还挂满了黑绿色的叶子，开着一串串白中透黄的花朵，散着幽香，像是一个天然的大帐篷，遮住了阳光；有的树绿叶铺天盖地，像是从空中飘下了半天绿色的云雾，走进这云雾中，空气特别的清凉芬芳，沁人心脾；有的小树顶芽绽出了嫩叶，褐色成了鹅黄，不久转成翠绿，小手掌般的嫩叶，在迎风抖动；有的树叶油亮油亮的，阳光一照，闪闪烁烁，像是许多绿色的宝石挂在树枝上。而地上绿油油的小草上挂满了一粒粒亮晶晶的水珠，看上去好像缀满了无数光灿灿的珍珠。花儿竞相开放，鸟儿在枝头歌唱，鸟语花香。岛的周围鱼成群结队地往来穿梭，好看极了。有的全身布满彩色的条纹；有的头上长着一簇红缨；有的周身像插着好些扇子，游动的时候飘飘摇摇；有的眼睛圆溜溜的，身上长满了刺，鼓起气来像皮球一样圆。

就在这人间仙境中，兰斯洛特骑士和伊莱恩公主度过了一段快乐而又美好的日子，后来这个岛屿就被命名为快乐岛。

岛上的日子虽美好平静，但对于一个习武之人来说，却感到有点枯燥。一天，兰斯洛特决定举行一场比武大会，来会会天下的英雄豪杰。于是，他便吩咐下去，通告四方英勇的骑士："快乐岛上的伯来恩城堡里有一位骑士，他愿同来此的所有骑士比武。谁若能打败他，就将获得美女一名和雄鹰一只。"

消息很快传出以后，没过多久，来到快乐岛参加比武的骑士竟多达五百名。比武开始之后，兰斯洛特一连三天场场出战，而且每战必胜，不列颠有史以来还从未曾有一名骑士能像他那样勇猛善战。最后前来参加比武的五百名骑士全被打败，但兰斯洛特没有伤及一个人的性命。比武结束之后，兰斯洛特骑士大设宴席，盛情招待各位骑士。

就在此时，珀西瓦尔骑士和爱克托骑士也听说了比武大赛，便来到快乐岛的城堡。两人看到城堡富丽堂皇，里面灯火辉煌，便欲进城去，无奈那护城河又宽又深，河上又无桥能过。忽然，他们看到河对岸有一个手托苍鹰的少女，珀西瓦尔骑士便招呼她，询问住在这城堡中的是何人。

“善良的骑士们，”那女子说道，“住在这城堡中的是此地最美丽的夫人，她的名字叫做伊莱恩。这城堡里还有一位骑士，我敢说他是这世上最英俊、最勇武的骑士了，因为他的命运比较坎坷而又多灾多难，他就自称厄运骑士。”

“我们怎么没听说过此人，他是本地人还是外地来的？”珀西瓦尔骑士问道。

那女子道：“不瞒您说，他是从外地跑到这儿的，初到科尔宾城时，神志不清，如同疯人一般，在城中一路被狗和孩子们尾随追赶，后来凭借圣杯的力量才得以恢复神志。除了早晨和中午，他是不愿和任何骑士交手。若你们想进城去，就必须到城堡的另一边，在那里你们会看到一条船，可以把你们和马匹载入城堡。”

于是二人辞别那女子，来到船旁。珀西瓦尔骑士下了马，对爱克托骑士说道：“您在这里等我吧，我先去探探那骑士是何人。他只有一人，我们若两人一起对付他，岂不有失体面。”

“照您的意思办吧！”爱克托骑士说道，“我就在此等候您的消息了。”

于是珀西瓦尔骑士渡过护城河，来到城堡门前，对守门人讲道：“请您禀告这城堡中的骑士，有一位游侠前来与他比武。”

“骑士先生，”那守门人说道，“请您骑马进城，城中有一处广场，专为比武之用。在那儿，爵士和夫人们都能看到您的表演。”

再说兰斯洛特骑士，一听到又有人要和他比武较量，非常高兴，他便立刻准备停当，骑马赶到比武场。看到一名全副武装的骑士立马横枪站在场地中央，兰斯洛特二话没说便冲杀过去，与那人展开了激烈的打斗。两人的长矛拼刺得如此猛烈凶狠，以致他们连人带马摔倒在地。而后，两人下得马来，拔出宝剑互击，直砍得彼此的盾牌片片飞落。两人猛烈对撞，如同两头野猪一般。激战了两个小时之久，都身负重伤，无力再战。最后珀西瓦尔骑士率先开口讲道："善良的骑士，请告知在下您的尊姓大名，我还从未遇见过像您这般的骑士。"

"骑士先生，"兰斯洛特骑士说道，"鄙人叫做厄运骑士。"他接着也问道："那么，勇武的骑士，请您也告知您的尊姓大名。"

"不瞒您说，"珀西瓦尔骑士说道，"我是加里斯的珀西瓦尔骑士，高尚的加里斯的拉莫拉克骑士是我的兄弟，我们的父亲就是派力诺国王，阿各娄发骑士也是我的同胞兄弟。"

"哎呀，"兰斯洛特骑士说道，"原来您是珀西瓦尔骑士！我的好朋友。"兰斯洛特骑士慌忙翻身下马，将手中的盾牌和宝剑扔到一旁。

珀西瓦尔骑士见他如此，顿感万分惊奇，不解这是何意。于是他说道："骑士先生，无论您是何人，我请求您以骑士的高尚礼规，将真名告诉我。"

兰斯洛特骑士说道："我是兰斯洛特！"说着，他脱去了身上的盔甲。

看到眼前的骑士确实是兰斯洛特，珀西瓦尔激动地流下了眼泪。他连忙下马，紧紧握住兰斯洛特的双手动情地说道："我们历经千辛万苦，终于找到你了。"接着他把兰斯洛特离开王宫后的情况细细地讲述了一遍。兰斯洛特听后深受感动，没想到自己的出走竟给如此多的人带来麻烦，心里感觉非常难过。随后，兰斯洛特和珀西瓦尔一起把爱克托骑士接到城内。当晚，兰斯洛特为他们大摆宴席，痛饮狂欢。

爱克托和珀西瓦尔在快乐岛待了两天，三人久别重逢，自然有说不完的话，谈不完的事。最后爱克托和珀西瓦尔对兰斯洛特说，自从他神志不清地离开了宫廷，亚瑟王放心不下便派众骑士到处寻找他。恳请他赶快一同回去。考虑再三，兰斯洛特点头答应。一切准备停当，兰斯洛特前来向佩莱斯国王和伊莱恩公主告辞。在兰斯洛特骑士即将离开之际，伊莱恩公主不禁潸然泪下，恋恋不舍地柔声对兰斯洛特说道："在今年圣灵降临节的宴会上，我们的儿子格拉海德将受封为骑士，他已年满十五岁了。"

"一切都依您的意思办吧，"兰斯洛特骑士说道，"愿上帝赐他恩典，让他成为一名优秀的骑士。"

三名骑士离开了快乐岛，经历了五天的行程，终于抵达了坎默洛特城。看到兰斯洛特骑士平安地归来，亚瑟王和所有的骑士以及所有了解兰斯洛特的贵族爵士和夫人们感到无比喜悦。随后在宫廷设下盛宴，一同狂欢。

第十五章 寻求圣杯

在亚瑟王的精心治理之下，不列颠远离了战事，秩序井然，国富民强，四海臣服。又有了更多威猛勇敢的骑士们被他的声威吸引而来，聚在了他的周围，亚瑟王庭出现了前所未有的盛世局面。圣灵降临节的前夕，所有的圆桌骑士都赶到坎默洛特城参加礼拜仪式，亚瑟王决定要把这次圆桌宴会举行得更加隆重，来庆祝不列颠王国所取得的伟大成就。在盛宴开始之前，依照规矩，大家一边交谈，一边等待着奇迹的发生。

正当他们交谈之际，一位侍从跑了进来，对亚瑟王禀告道："启奏陛下，我看见河中有一块巨石漂浮了上来，那石上还插有一把宝剑。"

亚瑟王感到十分惊奇，说道："我倒想看看这奇异之事。"

于是，在众骑士的陪同下亚瑟王来到河边。他们果然看到了一块漂浮的巨石，好似红色的大理石一般，石上插有一柄精致华美的宝剑，那剑柄的一端镶有珍贵的宝石，还镌刻有精细的金字。骑士们走近前去细看，金字写道："能拔出此剑者即佩带此剑之人，此人乃是世上最优秀之骑士。"

亚瑟王看过此言，即对兰斯洛特骑士道："英勇的兰斯洛特，此剑非你莫属，我确信你就是这世上最优秀的骑士。"

兰斯洛特骑士站着没动，沉吟片刻，摇头答道："陛下，这绝非我的宝剑。我拔不出来！"

"那么，年轻有为的外甥呢？"亚瑟王转过头对高文骑士说道，"你骁勇善战，为王国今天的成就立下了赫赫战功，你应该有资格拥有这把剑，试一试吧，小伙子！”

高文心里早想一试，听到亚瑟王的吩咐，立即走上前去，握住剑柄，用力向上拔剑。但无论他使出多大的力气，那宝剑却是纹丝不动。这时，珀西瓦尔骑士走过来伸手握住宝剑，奋力拉拔，也未能拔出。接着又有人试过，也无一人成功。

“现在可以用膳了，”凯伊骑士对亚瑟王说道，“因为您已经看到了一件绝妙的奇事。”于是亚瑟王和众人回到宫廷，来到圆桌旁，正当准备就座时，突然看到眼前的座位上都呈现出自己的名字，是用金字书写而成，闪闪发光。一百四十九名神勇忠诚的骑士个个都有。众人来到危险席位旁边时，发现也有一行新写上不久的金字，上面写道：“我主耶稣受难之后四百五十四年，此席位才得以有人就座。”众人说道：“此事真乃一件奇迹，让人不可思议啊。”

突然，宫廷所有的门窗竟自动关闭了。就在此时，一位老者出现在大厅之中。他慈眉善目，面色红润，胡须飘飘，身着白衣，手拿拂尘，给人一种仙风道骨之感。无人能判断出他的年龄，也无人能说出他是从何处而来。他身边站着一名年轻的骑士，身着赤色盔甲，未带盾牌和宝剑。那老者朗声说道：“英勇忠诚的骑士们，愿你们安宁快乐！”接着他又对亚瑟王说道：“陛下，我给你带来一位年轻的骑士，他出身于王室血统，是阿利马太约瑟的亲属。从此，这宫廷中和异国里的奇迹将要全部实现了。”

说完，老者吩咐那年轻人卸去盔甲。只见他身穿一件红色绸缎的外衣，肩上搭一件镶有白鼬皮的披风；高贵的线条，黑亮的皮肤，仪表堂堂，英武洒脱，无可挑剔。老者对那年轻骑士说道：“随我来！”旋即，便将他领到了那危险席位跟前。突然间，座位上出现几个闪闪发光的金字：“此乃高贵王子格拉海德之席位。”那骑士接着稳稳当当地坐在了那个位置上。大家再看那老者，不知何时已经消失得无影无踪。

圆桌骑士们看到格拉海德骑士如此年纪轻轻就坐上了那危险席位，无不惊讶不已，不禁议论纷纷：此人必将成就非凡，除了他，从未有人坐上那席位；除他之外，别人都会为那席位所伤。兰斯洛特骑士看着自己的儿子，感到无比欣喜。鲍斯骑士对他的同伴们讲道："我愿以性命为证，这位年轻骑士将成为声名显赫之人。"

高谈阔论之声响彻了整个宫廷，也传到了王后那里。她不禁好奇起来，心想："是何骑士竟能够坐在那危险席位之上？想他定是一位高贵之人。"

用膳完毕，亚瑟王和众人站起身来，而后，亚瑟王走到危险席位跟前，用手拍着格拉海德的肩膀，对着所有的圆桌骑士说道："现在我们之中又多了一位伟大的骑士，我愿意相信老者的话，他将为王庭和我们的国家创造奇迹，将使我们大家都得到荣耀。"随后，亚瑟王又面向格拉海德，高兴地说道："格拉海德骑士，我们一直盼望着一个伟大的骑士来坐上这个一直空缺的席位。今天，你的到来圆了我们多年的愿望；你也将完成其他骑士从未完成之事。"说罢，国王牵着他的手走出宫殿，来到河边，指着河面上漂浮的那块巨石说道："骑士，你看巨石上插着的那把宝剑，剑鞘雕刻精美，剑柄镶珠嵌玉，让人一见生爱。可是一些至上的优秀骑士曾尝试拔剑，但均以失败告终。这确实是一件绝为奇异之事，我生平未见。想必这宝剑绝非寻常之物，实是稀世之宝。"

"陛下，"格拉海德骑士说道，"他们拔不出宝剑，并不是因为他们不够忠勇，而是因为此事与他们无关，而是我要做之事。一位隐士曾对我说过，我来到王庭坐上危险之位之后，还会得到一把宝剑，这宝剑一般人不能拥有。"说完，他来到宝剑跟前，伸手握住那剑柄，轻而易举地就将它从巨石中拔了出来。而后收剑入鞘，对国王说道："我现在得到的这把剑原本属于陛下您麾下的巴林骑士，您也知道他是一位优秀的骑士，武艺超群。他曾用这把剑杀害了他的兄弟巴兰，也是一位优秀的骑士，此事真是非常不幸。巴林还伤了我的外祖父佩莱斯国王，那伤口至今未愈，除非我去医治他，否则伤口永不会愈合。”

随后不久，亚瑟王和众人看到一位骑着白色骏马的优雅端庄的女子，从远处沿河向他们慢慢走过来。她来到近前，下马向亚瑟王及王后施礼致意，然后步履轻盈地走到兰斯洛特跟前，说道：“在这之前您是世上最优秀的骑士，但现在有一人比您更强，他就是你的儿子格拉海德，他武艺超群，又不恃强凌弱；他为人正直，但又爱憎分明；他胸怀大志，有知难而进的精神；他虚怀若谷，拥有大海一样的胸怀；他心地善良，扶危救贫；那把神奇的宝剑已清楚地证明这一点。而您却甚至不敢伸手去碰那宝剑；您的英名将被你的儿子所取代。为此，我请您记住，一个伟大的骑士不但要具有身强力壮的体魄，还要有高尚的人格。”那女子的一番话，说得兰斯洛特无地自容，低下了头。接着，那女子对着亚瑟王说道：“国王陛下，南显隐士还让我捎口信给您，你是一个仁慈、英明而又勇敢的国君，将获得历代不列颠王都未得到的荣耀。因此，我向您宣告，今日伟大的圣杯将出现在您的宫廷之中，并且将赐圣餐予您及您的圆桌骑士们。”话毕，她起身告辞，沿来时之路而回。

在场的骑士们听了那女子的一席话，都笑逐颜开，慌忙各就各位，准备一睹伟大的圣杯，尝一尝圣餐的味道。众人刚刚坐定，忽然听得雷声大作，只觉得整个宫殿都要被震塌似的，骑士一下子都惊呆了，刚才那美好的心情，一下子荡然无存，一个个吓得面如死灰。只有格拉海德泰然自若。紧接着，在雷声轰鸣之后，一束阳光直射进来，那光线之耀眼，比白日还要亮上七倍，所有人都沐浴在了上帝的恩泽之中。骑士们互相对望，这才又粲(càn)然一笑，都觉得彼此的容颜都焕然一新，精神百倍。大厅内未有一人发出片语只言，大家都怀着一颗虔诚的心静静地等候着圣杯的出现。这时，只见一只圣杯悬在了大厅的上空，由一块白色锦缎遮盖着，是那么的庄严肃穆，令人不禁肃然起敬。接着在场的骑士们闻到一股淡淡的花香，接着花香越来越浓，芳香四溢，沁人心脾。骑士们正在享受这难得的花香，忽然发现美味佳肴、醇香美酒又跃然桌上。只见那圣杯又在大厅巡行了一周之后，就蓦然消失不见了。直到此时，众人才缓过神来，轻轻地舒了口气。而后，亚瑟王泪流满面地感谢上帝赐予他和他的骑士们无上的荣耀和恩典，动情地说道："我们今日应深深地感谢我主耶稣，在这圣灵降临节的盛宴上，让我们目睹圣杯的神采，感受它无穷的威力。"

说完，亚瑟王这才坐了下来，高文赶忙走上前来，屈膝向亚瑟王请求说："圣杯虽已出现，给我们的国家和臣民送来了祝福，但它被包裹得严严密密，在场我们每一个人都没有看到它的庐山真面目。因此，我现在恳请陛下，允许我明天一早动身，去寻找圣杯，找不到它，我绝不返回宫廷。"说完，高文回到自己的座位上，又有一些骑士觉得高文说得很有道理，都想看看神奇的圣杯到底是什么样子，也纷纷站起来恳请亚瑟王答应他们的请求。亚瑟王见得此景，心中一阵难过。他明白，刚刚齐聚，强大的圆桌骑士因为寻找圣杯，马上就要四分五裂，各奔东西。"哎呀，"亚瑟王对骑士们说道，"你们不要立下誓言，大家想亲眼看看圣杯心情我可以理解，但我难过的是格拉海德刚刚加入我们的队伍中，我们的队伍才刚刚完整，现在却——"亚瑟王欲言又止，过了良久才又说道："寻找圣杯，绝非易事，路途中也是危机四伏，随时都有牺牲生命的危险；同为圆桌骑士，为了圣杯可能自相残杀。因此我怕你们一旦离开这里，大家恐怕将永无再见之日了。与圣杯相比，你们的生命更重要。"说着，亚瑟王哽咽得说不出话来，神情悲痛，满眼噙着泪水。

"快别伤心啦！"兰斯洛特安慰道，"此去寻找圣杯，我们是为自己也是为我们的国家赢得伟大的荣誉，要是不幸死了也值得。"但是，兰斯洛特骑士的话并没有让亚瑟王感到一丝安慰，王后和整个王庭的人也都很难过。正是这些骑士使宫廷整日充满了朝气和活力，使这个国家日渐强盛，他们也深深爱着这些骑士们。这时英俊、高贵、圣洁的格拉海德吸引了王后的注意，格尼薇儿王后走到格拉海德跟前仔细打量着他，发现眼前的这个人还是个孩子，一脸的稚气，却透出一种高贵的气质，让人喜爱，就拉着他的手问道："你什么时候来的？来自哪个国家？父母亲是哪儿的人？"

格拉海德恭敬地一一回答了王后，当王后得知他是兰斯洛特和伊莱恩公主的儿子时，心里不免产生出一种说不出的嫉妒，最后悻悻地离去了。

亚瑟王给了格拉海德很高的荣誉，他让年轻的格拉海德睡在自己的床上休息。第二天国王和王后一起去教堂，骑士们身着盔甲，手拿盾牌威风凛凛地陪同前往。礼拜结束之后，亚瑟王知道圆桌骑士之间的友谊和当初的誓言，在寻找圣杯面前面临着空前的考验；昔日辛苦建立起来的骑士团体，也面临着一种严峻的考验。

于是，亚瑟王说道："现在，我知道为了寻求圣杯，诸位圆桌骑士将要离去,我不知道我们何时才能相见,还能不能相见。因此,我请你们全体到坎默洛特城的草场上进行角斗比武,大家最后欢聚一次。”

对于亚瑟王的这个要求,大家都欣然同意。于是众人披挂好盔甲,等待比武。其实,国王如此安排,还有一个目的,就是想看看稚气未脱的格拉海德的武艺究竟如何,因为能坐上危险之位的人应该是不同寻常的。在亚瑟王和王后的要求之下,格拉海德骑士披上一件贵重的铠甲,又戴上了头盔,准备空手搏斗。国王一看,还以为格拉海德不知道怎么比武,慌忙命他拿起盾牌时,他却断然拒绝了。后来又经高文骑士和其他骑士的劝说,他这才拿起了一支长矛。王后和侍女们登上了高塔,前来观看。格拉海德骑士在草场中央披挂整齐,威风凛凛地走上比武赛场。刚刚开始比武,许多骑士的长矛纷纷被格拉海德给打断了,他们一个个落荒而逃,使得众人都为之惊诧不已。在草场之上,片刻之间,他战胜了其他所有的骑士。

最后,众骑士都和亚瑟王、王后道别,一个个飞身上马,挥鞭策马,头也不回地穿过城堡的街道,不久便消失在视线中。城堡里无论穷人还是富人都哭泣着目送骑士们远去,亚瑟王也早已泣不成声。日出时分,圆桌骑士们离开城堡,也各自分手,相互道别,开始了寻找圣杯之旅。就这样,亚瑟王的圆桌骑士们大都有去无回,圆桌上的骑士越来越少。同时,由于圆桌骑士们不顾自己的职责四散寻找圣杯,一时之间,不列颠的道德秩序无人维持,正义得不到伸张,人们怨声载道,王国开始走向没落。

骑士们离去之后,宫廷里一下子变得冷冷清清,看着圆桌旁一个个的空位,亚瑟王心中空落落的,他最后也下定决心前去寻找圣杯。亚瑟王和王后商定后,决定首先前往怀特森林中的奥古斯丁教堂。亚瑟王本想一人独自前往,但是由于王后知道寻找圣杯的途中危险重重,担心他会遭遇不测,坚持派一名随从与他一同前往。经过精心挑选,最后决定派高文的儿子乔斯陪同。

于是命人传唤乔斯，片刻工夫，一位年轻人走近宫殿。他高高的个子，身材魁伟，英俊潇洒，气宇轩昂，此人便是乔斯。

乔斯来到亚瑟王跟前，深深鞠了一躬，恭恭敬敬地问道：“陛下，您有什么吩咐？”

“我决定去寻找圣杯，由你陪同，你回去准备一下，我们明天拂晓时分动身。”亚瑟王说道。

“是，陛下！我这就去准备！”乔斯按捺不住心中的喜悦，高声答道。说完，他一溜烟地跑出宫廷，因为这是他第一次要单独和国王一起外出，这是何等的荣耀啊！他做梦都不曾想到。

一切准备停当之后，激动不已的乔斯又回到了宫廷。夜深了，所有的骑士都离去了，大厅里空荡荡的，只有乔斯一人。他不想回去睡觉，想一直在这儿守到拂晓。于是和衣坐在大厅的炉火旁边儿，一直在那儿等着。大厅里寂静无声，睡意慢慢向他袭来，终于他抵制不住困倦，进入了甜美的梦乡。

朦朦胧胧中，乔斯恍恍惚惚看见国王把他留在了城堡，独自一人前去寻宝。乔斯十分恐慌，匆忙拿起佩剑，骑上战马，飞奔驶出城堡，前去追赶亚瑟王。

他策马一路狂奔，一直跑了很远，来到一片茂密的森林跟前。这时，他看到了国王马蹄的痕迹，就顺着马蹄印跟了过去。走着走着，眼前呈现一片空地，马蹄印突然不见了。他想国王可能是在这儿停下来了。

这时，他看到空地的右边有一座小教堂，教堂的旁边是一片墓地，墓地里摆放着许多棺材。突然有一个身影走进了教堂，他感觉很像国王，因此也跟了进去。走进教堂，那个身影不知去了何处，只看见一个死去的骑士躺在小教堂中间的棺材上，身上穿着厚厚的衣服，周围有四支细长的蜡烛在烛台里燃烧着。

乔斯感到十分惊奇，心想：“为什么会有一个人的尸体孤零零地在这儿躺着？国王去了何处呢？”他走到跟前，仔细看了看那烛台，发现是金子制的。于是，他把一支长蜡烛从烛台里拿出，把一个烛台藏在了披风下面，转身走出教堂，骑马继续寻找国王。

他在森林里漫无目的地走着，这时一个人拦住了他。此人长得面如锅铁，一脸凶相，手持一把大刀。

“喂！你一直站在这儿吗？可否见到有一人从这儿经过？”乔斯问道。

“除你之外，我没有见到别的什么人。我在这儿好久了，专门是等你的。你的披风下面藏着一个金制的烛台，那是用来纪念在小教堂里死去的骑士的。把它给我，我把它拿回去，如若不然，今天就是你的死期。”那人怒气冲冲地说道。

“小子，我是不会被你吓唬住的。烛台我偏不给你，相反，我要拿走作为礼物献给亚瑟王。”乔斯毫无畏惧地答道。

“快把烛台给我，不然你会付出巨大代价的。”那人威胁道。

乔斯并不理会，策马向前，想从那人旁边穿过。但这时，那人拿起手中的宝剑朝他狠狠刺来，乔斯躲闪不及，整个剑身全部刺入他的身体。这时，他大声叫道：“救命！救命！我快要死了！”

乔斯的喊叫声把亚瑟王和王后惊醒了，睡眼蒙眬中他们一时听不出叫声是从哪儿传来的。正在这时，乔斯又叫道：“快把神父找来，我就要死了！”

亚瑟王慌忙起身，穿上衣服，蹬上靴子，快步跑进大厅。王后举着火把和蜡烛紧跟在身后。

“你这是怎么了？有什么烦恼的事吗？”亚瑟王来到乔斯身旁，关切地问道。于是，乔斯就把梦中发生的事情一五一十地讲给了亚瑟王。

“哈，原来是个梦！”亚瑟王问。

“是的，陛下！”乔斯回答道，“但对我来说这是个糟糕透顶的梦，因为梦中的事情都已变成了事实。”接着，乔斯抬起左臂说，“陛下，您看这儿！这就是那把从我身体的一侧直插至剑柄的剑。”

说着，他取出烛台，恭敬地递给亚瑟王说：“陛下，为了拿来这个烛台，把它呈送给您，我几乎丢了性命。”

亚瑟王接过烛台，双手捧着看了又看，感到自己从来没见过这么宝贵的东西，他看后把烛台递给王后。这时，乔斯接着说道：“陛下，只有我在神父面前忏悔之后，这把剑才能从我身上拔出，不然我必死无疑。”

于是国王命人赶快把神父请来，乔斯当面忏悔了自己的罪过。一切完毕之后，亚瑟王便从他的身体里拔出了剑，谁知剑刚一离开身体，乔斯就立刻断了气。亚瑟王心里十分悲痛，为失去这么一个智慧而又忠诚的年轻人感到惋惜。于是命人厚葬了他，同时派人把金烛台送往新建的伦敦伯尔大教堂。

乔斯死后，亚瑟王孤身一人前去寻找金杯，一路上他历经了许多奇怪的冒险。一天，亚瑟王来到奥古斯丁教堂小教堂，教堂就坐落在怀特森林的中央。教堂里传出悠扬的歌声，犹如一种仙乐，让人忘却世间所有污浊尘秽。亚瑟王听后为之振奋，赶忙飞身下马，想进去看看。可是转了一圈却找不到入口，教堂既没有门也没有窗，封闭得严严实实，根本无法进去。就在这时，一道强光照射过来，光线的强度之大亚瑟王平生未曾见过，他简直不敢用眼去看。他赶忙离开奥古斯丁教堂，方才意识到此教堂是圣洁的领地，非凡夫俗子和污浊之身能够靠近。

亚瑟王下定决心弥补自己的过错，把自己的王国治理得井然有序，让人们安居乐业，享受美好生活。因此，他即刻动身，历经重重艰险之后回到了王庭。

第十六章 格拉海德历险

格拉海德骑士只身离开宫廷，没有携带盾牌。一路鞍马劳顿，连续奔波了四天，年幼的他早已累得筋疲力尽。天色已晚，他终于来到一个前不着村、后不着店的一个白色修道院。在那里，他得到极为盛情的款待，酒足饭饱之后，被带到一间卧房，卸去了一身盔甲，顿感一身轻松。这时他注意到卧房里还有两位圆桌骑士，一位是巴吉马伽斯骑士，另一位是乌文骑士。他们这时也看到了格拉海德，便走上前来，彼此都感到无比快慰，而后三人深夜畅谈别后的经历。

“两位骑士，”格拉海德骑士问道，“你们怎么也来到此处？”

“小伙子，”乌文骑士笑着说道，“我们听说此地有一面神奇的盾牌，来了很多人，不是根本就动不了它，就是靠近之后厄运立刻就降临了；还有的人戴上它之后，三天之内不是死伤，就是终生残疾。”

“我们很好奇，也想去试试，看看能不能戴上。若我不能完成这盾牌的奇迹，您不妨也来试试，相信您是不会失败的。”巴吉马伽斯骑士说道。

格拉海德骑士说道：“两位大哥，我就听你们的，明天也去试试。而且，我正缺一面盾牌呢。”

次日清晨，朝阳初升，小鸟在窗外叽叽喳喳欢快地叫着，三位骑士早早起了床，又望过弥撒。巴吉马伽斯骑士便询问那奇异的盾牌在什么地方。随后，一位修道士将他领到一座祭坛之后，那里悬挂着一面盾牌，那盾似雪一般白，中间还画着一个红色的十字，十分醒目。

“三位小伙子！”那修道士说道，“你们一定要慎重，不要轻易去触摸这个盾牌，很多骑士因为这个盾牌，不是死去，就是身体残疾，还有的身遭厄运。除非他是这世上最杰出之人，才能免遭此劫啊！”

巴吉马伽斯骑士道：“我知道自己不是这世上最优秀的骑士，但我还是想试戴一下，领我去看看吧。”来到白色盾牌跟前，他成功地取了下来，顿时心中一阵欢喜，高兴地把它戴在了身上。而后，对格拉海德自信地说道：“麻烦您在这儿等着，看看我如何成功吧。”

“我非常乐意在此等您凯旋。”格拉海德说道。

于是巴吉马伽斯骑士带上一名可靠的侍从，以便让他将成功的消息带给格拉海德骑士。两人行走了大约两英里，来到一片美丽的山谷，只见山道弯弯，山上树木层峦叠嶂，山下绿水长流，鸟儿在山林间欢快地唱着歌。那山谷旁边还有一间简陋的隐舍。这时，他们看见远远来了一名骑士，那骑士身穿一副白色盔甲，骑着一匹白色骏马，所有装备通通都是白色，给人一种清淡高雅的感觉。他持着长矛，策马飞奔而来，巴吉马伽斯立即警惕起来，挺起长矛上前迎击，不料长矛还没戳在那白衣骑士身上就折为两截。然后对方又猛地一击，竟穿破了巴吉马伽斯的铠甲，刺伤了他的右肩，以致他被打落马下。于是，那白衣骑士跳下马来，从他手中拿过白色盾牌，说道：“您这个自以为是的家伙，你以为这面盾牌轻易就可得到吗？我今天念在你是高尚的骑士格拉海德的朋友，饶你不死。”而后，他又走到巴吉马伽斯的侍从面前，吩咐他道：“将此盾牌交予高尚的格拉海德骑士，就是在修道院等你们的那个年轻人，世间只有他有资格佩戴这个盾牌。回去代我好好问候他。”

“爵士，”那侍从问道，“请问您尊姓大名？”

“不必知道我的姓名，”那骑士说道，“我也不会告诉给你，世间任何人都不配知道。按照我说的去做就可以了。”

“那么，高贵的骑士，”那侍从又问道，“凭着上帝的名义，请您告诉我，为什么凡是佩戴了这盾牌的人都要受到伤害呢?”

那骑士说道:“既然你态度如此恳切,那就告诉你吧,这面盾牌只属于格拉海德,其他人无缘也没有资格佩戴它。”

那侍从又回到巴吉马伽斯跟前,轻声地询问他的伤情。巴吉马伽斯说道:“我怕是难逃一死。”侍从将马牵来,费了九牛二虎之力才把他带回了修道院。把他放置在床上,悉心照料。后来,巴吉马伽斯卧床静心休养了数月,才勉强逃过一死。

“格拉海德骑士,”那侍从见到格拉海德说道,“打伤巴吉马伽斯的那位骑士让我转达他对您的问候,并且说只有您有资格佩戴这个盾牌,有了它,您才能创造更多伟大的奇迹。”

“谢谢你们,愿上帝保佑巴吉马伽斯尽快康复,并赐予我好运。”格拉海德骑士说道。说罢,他便取来自己的盔甲,跃上战马,又将那白色盾牌戴在了自己的脖子上。让乌文骑士留下来一起照顾巴吉马伽斯,自己则带着那个侍从,来到了那座隐舍前。看到那个赠予自己盾牌的白衣骑士,立即下马,深深鞠了一躬。

“骑士,”格拉海德说道,“想必这盾牌就是大家议论的那个神奇的盾牌吧?听说它带给很多骑士无尽的痛苦和灾难。”

“确实如您所说,小伙子。”那白衣骑士答道,“因为这个盾牌非同一般,在我主耶稣基督受难后的第三十二年,阿利马太的约瑟,这位曾将我主的遗体从十字架上取下来的勇武骑士,携带着大批的亲族离开了耶路撒冷。他一路艰难跋涉,终于来到了一座名为撒拉斯的城市。此时,一位名叫艾弗拉克的国王正在同托勒默·拉·凡代领导的撒拉逊人展开大战,他是艾弗拉克王的表亲,也是一位强大富有的国王。约瑟径直来到艾弗拉克王的面前,对他说,若他不废除旧法而立新法,将被战败身死。接着约瑟指引给他基督教三位一体的正确信仰。艾弗拉克王听后,心悦诚服地接受了。于是,约瑟便以殉难在十字架上的基督之名，为他做了这面盾牌。后来，凭借着这面神奇的盾牌，艾弗拉克王战胜了托勒默王。每逢在战场上打斗时，艾弗拉克王总将盾牌用布蒙上，只有在最危险的时刻才将布揭去，当敌人看到那十字架上的人像时，便纷纷退败，溃不成军。有一次，一位部下被斩断了一只手，艾弗拉克王让他拿起被砍断的手，来到盾牌跟前，虔诚地摸一摸那十字架。那人的手刚碰到十字架，便痊愈得完好如初了。不久，一件非常奇异的事发生了，盾牌上的十字架突然消失不见，无人知道它去了哪里。随后，国王和城中大部分居民都接受了洗礼。之后，约瑟要离开了，而不管他是否同意，艾弗拉克王都坚持要与他同行。偶然之中，他们来到了此地，那时叫做大不列颠。在这里他们遇上了一个凶恶的异教徒，把约瑟投进了监牢。恰巧这消息传到了一位名为蒙德拉默的大人物的耳朵里，他曾听说过约瑟的鼎鼎大名，于是召集了全体人马，来到大不列颠，将那凶恶的异教徒赶下了台，并将其消灭了，随后将约瑟救出了监牢。从此之后，众人就改信了基督教。

从监牢里出来不久，约瑟就一病不起，奄奄一息。艾弗拉克王见他这般状况，不禁非常悲伤，对约瑟说道：‘为了跟随您，我离开了我的国家，而现在您要离开这个世界，请您给我留下某样东西作为纪念吧。’

约瑟说道：‘我非常高兴这样做。我在你和托勒默王交战的时候，曾交给你一面盾牌，现在你把它拿给我吧。’艾弗拉克王连忙取来盾牌，双手举过头顶，跪在约瑟的床前。接着，约瑟刺破自己的鼻子，让鲜血流淌不止。然后，他用自己的鲜血在那盾牌上画了一个大大的十字，对艾弗拉克王说道：‘现在你可以看见，这就是我爱你的纪念之物，你一看到此盾，就会想起我来，而且它将永远新鲜如此。无论何人都不可将此盾戴在颈上，否则必将追悔莫及，直到有一位名叫格拉海德的善良骑士出现，到时他自会佩戴此盾，成就许多丰功伟绩。’

艾弗拉克王随即问道：‘那么，我应将此盾放在何处，才能让这高贵的骑

士得到它呢?'

'你可把它放在南显隐士之处,不过要等他死后再放置此牌。因为那位善良的骑士在受封骑士后的第十五天才能到达那里。'今天就是他们所安排的日子,你们所去的修道院就是南显隐士安眠之处;你能得到这面神奇的盾牌,乃是耶稣基督的安排。从今天开始,它就属于你了,佩戴着它去成就你的丰功伟绩吧。"那白衣骑士说到这里便消失不见了。

之后,格拉海德骑士又带着护卫回到了修道院。看到格拉海德骑士再次归来,主管修道士非常高兴,连忙走上前去,对格拉海德说道:"伟大的骑士,我正担心您不回来呢。我们寺院里有一个坟墓,它日夜发出一种噪声,听到这种噪声的人不是变疯就是浑身失去力量。我们认为这是魔鬼在作怪,想请您为我们降服这魔鬼!"

格拉海德骑士点头答应,在修道士的带领下,朝着坟墓走去,除了没戴头盔,他是全副武装。来到坟墓跟前,那位修道士对格拉海德说道:"举起那块石头!"格拉海德骑士照着他的话把石头高高地举了起来。这时突然听到一个声音传来:"不要走近我,格拉海德骑士,因为那将会毁了我。"格拉海德环顾四周,没有发现有人说话,于是确信声音来自墓地。格拉海德非但没有理会,相反把石头举得更高了。正当石头快要出手的一刹那,从坟墓里冒出一团难闻的烟雾,随之烟雾里跳出一个身形,模样十分像人,似曾在哪儿见过。

"格拉海德,我观察你是个品行高洁的人,以我的法力无法碰你。"那个身形说道。这时,格拉海德弯下腰朝坟墓里细看,他发现一个全副武装的人在地上躺着,身旁佩带着一把宝剑。

"弟兄们,让我们一起把这个尸体搬走,他没有资格躺在这里,他不是个真正的基督教徒。"格拉海德大声地说。这一切完成后,大家都离开坟墓回到了修道院。

SIR GALAHAD OPENS THE TOMB

第二天一早，格拉海德便带着侍卫离开了那里，一路上他又前前后后经历了许多冒险之事。最后来到一座雄伟的大山前，发现那里有一座小教堂，但那教堂已经破烂不堪，里面空无一人。他跪在祭坛面前，请求上帝给予指示。正当祈祷之际，他听到一个声音说道："敢于冒险的骑士，你现在到少女堡去吧，把那里的邪风恶俗废除，这是你神圣的职责。"

格拉海德骑士听到此话，谢过了上帝。行走了不到半里的路程，就看到前方山谷里有一座坚固的城堡，城堡周围是深深的沟渠，旁边还流淌着一条大河，名为塞文河。这时，迎面走来一位慈祥的长者，两人互致问候，格拉海德便向他询问这座城堡的名字。长者说道："这是少女堡，这座城堡受到了诅咒，凡是了解这城堡的人都知道，这里毫无同情和怜悯可言，有的只是冷酷和伤害。因此,年轻人,我劝你还是返回吧。”

“老人家,”格拉海德说道,“我不能就这么回去,我要进入城堡看个究竟。”说完,格拉海德谢过那位长者,将自己的兵器检查了一遍,发现一切都无恙,而后拿起盾牌,护在自己胸前,骑马朝着少女堡飞驰而去。

走了没多久,格拉海德又遇到七位美丽的少女。还没等他开口讲话,就听到其中一人对他说道:“骑士先生,您来到这里真是愚蠢至极,前面那条河您如何能过得去呢?”语气中完全是一副嘲弄的口吻。

“为什么我不能过那条河呢?”格拉海德没有计较,反问道。

说完,他没再理会她们,继续向少女堡前行。

来到少女堡门前,一个看门人对他说道:“年轻的骑士,我劝你请不要再继续前行了,此堡非一般人能进,这里面住着的人绝非等闲之辈,你如果不想惹上杀身之祸,就请赶快离开。”

“谢谢您,看来您是一个非常善良的人。”格拉海德说道,“我也听说此堡中的女子作恶多端,杀害很多无辜的百姓,是可忍孰不可忍,我来此,就是为了摧毁这城堡。”

“骑士,若您非坚持要这么做,我就不再阻拦你了,不过你会给自己招惹很多麻烦的。”那人无奈地摇摇头说道。

“我知道了。”格拉海德说道,“既然来了,我就不会轻易离开。”

于是,那人走进了城堡。不一会儿,从城中出来七位女子,她们个个貌美如花,但人人心狠手辣。她们一见格拉海德,便大声喊道:“骑士,站住别动,我们明确地告诉你,来到此堡,必死无疑。”

“那么自信啊,今天倒看看是谁必死无疑。”格拉海德冷冷地说道,“我早听说你们恶贯满盈,今天我要替那些被你们杀害的人报仇雪恨。你们几个要一起上,还是一个个地来?”

“你说呢?”说着她们便一哄而上,把格拉海德团团围住。

格拉海德立刻也手执长矛，一记重击便将那领头的女子掀翻在地，差点儿摔断了她的脖子。随即，其他几个女子一看一个同伴倒下了，几个像疯子一样一起拿着矛向他猛击，正打在他的盾牌之上，长矛全部应声而断。格拉海德骑士拔出宝剑，挥舞着向她们砍去，力量之大，让人叹为观止。凭借着超强的武力，格拉海德打得她们全部弃械而逃。随后格拉海德紧追不舍，直把她们都赶进了城内，然后从另一城门进入了城堡。

在城门处，格拉海德骑士遇到一位身穿法衣的长者，对他说道："骑士，我这里有城堡的钥匙。快去解救城堡里被关押的百姓。"于是格拉海德骑士打开了城门。只见街道上人来人往，他们见到格拉海德，全部跪下，齐声说道："伟大的骑士，太感谢您了！我们已被关押很长时间了，整天在这里为她们做苦力，她们稍不如意，就给我们一顿毒打；如果在逃跑时被她们抓住，就被生吞活剥。我们早盼有人能解救我们啊！"

随后，一位贵妇走到格拉海德的面前，说道："那几个女子虽然已经逃走，但她们不会善罢甘休。"

"那我还能为你们做些什么呢？"格拉海德问道。

"高尚的骑士，"那贵妇说道，"请您派人将那几个占据城堡的骑士找来，让他们发誓，不再帮助那些心狠手辣的女人助纣为虐。没有他们的帮助，那些恶毒的女子就不会那么张狂了。"

格拉海德答应道："我很乐意这么做。"

于是那妇人交给他一只镶有许多金子的象牙号角，并对他说道："骑士，请您吹响这号角，那么城堡周围两英里之内都能听到这个声音。"格拉海德骑士便吹响了号角，而后就卧床休息了。

随后，一位牧师来到格拉海德的床前，对他说道："骑士，在七年前，这七位女子来到了这个城堡。当时的堡主叫做莱昂诺公爵，也是这个国家的君主，是个乐善好施的人，不忍心让她们流落街头，就让她们居住在城堡主人的家中。事实上这几个女子都身怀绝技，看到公爵英俊潇洒的儿子，就开始互相欺诈，争吵不休。后来，善良的公爵想要她们离开，不料这七个女子竟杀害了他和他的长子，强行和公爵的儿子成亲并霸占了他们的所有的财宝，又以暴力迫使城中所有的骑士向她们屈服和效忠，甚至还将平民的财物掳掠一空，偶有不同意的，格杀勿论。一日，那公爵的儿子说道：'你们杀害了我的父亲和兄长，又强占了我们的土地，你们犯下了极大的罪行。'他接着说道，'可是，你们不要得意得过早，不久就有一位英勇的骑士来到这里，你们都是他的手下败将。'这是公爵儿子七年之前的预言。'那好啊，'那七位女子说道，'既然你这么说，那么在那位能令我们让出此城的骑士到来之前，城里的任何人不准外出，城堡外的人也不准进入，否则格杀勿论。'从此这七个女子在城堡里胡作非为，百姓是敢怒不敢言。"

格拉海德问道："公爵的儿子现在身在何处？"

"不在了！"牧师难过地答道，"他忍受不了这种屈辱，最后忧郁而死。"

号角吹响后，全国的骑士都赶来了，于是格拉海德让他们都臣服和效忠于君王的儿子，并使他们安心放松下来。第二天清早，一名骑士来到格拉海德面前，告诉他那七名骑士已被高文、加雷思和乌文杀死。格拉海德说道："我想这样不错。"于是他披上盔甲，跨上坐骑，而后将一切托付给上帝，继续寻求冒险去了。

格拉海德骑士离开了少女堡之后，一日，驰马来到一片荒凉干枯的小树林，在林中遇到了兰斯洛特骑士和珀西瓦尔骑士。由于格拉海德已乔装改扮，他们两个根本没有认出他来。三个人在一位隐士的房舍之前打了起来，兰斯洛特骑士举起长矛向格拉海德刺来，不料刚一碰到他的身体，那长矛就折断了。格拉海德随即向他发出一击，将他连人带马打倒在地。随后拔出宝剑，向珀西瓦尔骑士砍来，这一剑砍在了他的头盔之上，竟将那头盔劈裂，直砍到了头盔内的贴头帽，将他打得滚落鞍下。若不是格拉海德手下留情，珀西瓦尔骑士早已死于非命了。但这一切都被房舍里的女隐士看到了，便说道："愿上帝与您同在，您是这世上最优秀的骑士。啊，当然了，如果那边的两位骑士和我一样知道您是谁，他们是不会同您打斗的。"那声音大得足以让兰斯洛特和珀西瓦尔都听见，格拉海德骑士听她如此一说，生怕自己被认出，于是立即策马飞奔而去。等两人也认出了他就是格拉海德，准备翻身上马前去追赶时，他已经跑得无影无踪了。

第十七章 珀西瓦尔历险

兰斯洛特和珀西瓦尔骑马前去追赶格拉海德骑士，不久他们就走散了。珀西瓦尔走着走着，抬头看到一座庭院，房子是高墙厚壁，周围还挖有深深的沟壑。天色已晚，他便敲门借宿，开门的是房屋的主人。得知是圆桌骑士，便热情地把他迎进大厅，命人备上饭菜，盛情款待。饱餐一顿之后，珀西瓦尔谢过主人，卸去兵器，在那里好好休息一个晚上。次日清早，他来到修道院内去做弥撒。看到一位牧师正在祭台旁等候，那祭台的右侧有一条长凳，四周围着铁栏，祭台后面安放着一张华美的床，上面铺着用金丝银线织成的床单。

珀西瓦尔骑士注意到床上躺着一人，由于面部被遮掩着，看不清面目。他赶忙收回目光，安心地做弥撒。等到进行圣别仪式的时候，躺在床上的那个人竟然慢慢地站起身。原来是一位年岁极高的老叟，足有三百多岁，头戴一顶金王冠，赤身裸体，浑身上下伤痕累累，就连满脸沧桑的脸上也都是伤疤。他向圣像伸出双手，大声喊道："仁慈的我主耶稣基督，请您不要忘记我。"话说完毕，他又躺了下去，但口中却不停地祈祷。弥撒完毕，牧师取下耶稣的圣像，并将它捧到那个老叟跟前。当仪式结束之后，那老叟这才取下王冠，并吩咐将那王冠放在祭台之上。

珀西瓦尔好奇地向牧师询问那老叟是何人。牧师说道："你应该听说过阿利马太的约瑟吧？他曾受耶稣的差遣来到此地，宣扬神圣的基督教义，因此遭到基督仇敌的诸多迫害。在撒拉斯城，他感化了一位名叫艾弗拉克的国王，于是他便跟约瑟一同来到了此地，而后就一直紧随圣杯。有一次，这位国王太接近那圣杯了，致使我主对他不悦。但他依然越跟越紧，最终我主惩罚了他，差点儿让他失明。后来他大声哀求宽恕道：'仁慈的上帝，请让我等到我血脉的第九代骑士前来，亲眼看他寻得圣杯，亲吻他之后再取我的性命吧。'"

"当那国王祷告完之后，随之就听得一个声音说道：'你的祷告将会实现，在那骑士亲吻你之前，你是不会死去的。那骑士到来之时，你的眼睛将会复明，你可以睁开眼睛看他，而且你的伤口也会痊愈。'结果，这话就应验在了艾弗拉克国王身上，他度过了三百年的圣洁生活。有人说，那位将会治愈他的骑士现在正在寻找圣杯的途中。"

后来，珀西瓦尔骑士离开了那里，又继续前行。中午时分，在一座山谷之中，他遇到了一大群人，共有二十人之多。这些人身上佩带着兵器，抬着一具棺材，一见珀西瓦尔骑士，便问他从何而来。当得知是来自亚瑟王的朝廷，立刻齐声喊道："杀了他。"喊完，便放下棺材，拿起武器冲向珀西瓦尔。珀西瓦尔只得迎战，只见他抡起长枪只一下就将那领头之人击倒在地。看到他如此骁勇，对方七人一齐向他的盾牌猛击，同时，余下的那些人则刺杀他的坐骑。最后，珀西瓦尔终于招架不住，滚落在地上。

正在这时，突然冲过来一人，举起长矛，轻轻一挑，就将最前面的骑士连人带马掀翻在地。接着，他又伸手拔出宝剑，一路左劈右砍。他每出一击，不是有人立刻被砍死，就是有人受伤倒下。于是众人不敢再战，向密林方向逃走，后面这人便紧追而去。

珀西瓦尔骑士没有了马，心中很是伤心，无奈只得坐在地上等着。不久，一名骑士骑着一匹黑马从他身旁走过。过了一会儿，又来了一名骑士，马骑得很急，刚走到珀西瓦尔跟前，就迫不及待地问他是否见到一名骑着黑色战马的骑士。

“我见到了，千真万确。”珀西瓦尔回答道，“你为什么问这些？”

“唉，尊敬的骑士，他骑的战马是从我手里抢去的，如果让我的君主知道，无论我走到哪儿，都难逃一死。”

“可是，你看我是步行的，如果我有一匹好马，就好了。”珀西瓦尔做了一个无奈的手势说道。

“你骑上我的马，”那人说，“一定要追上他，我在此等你。”

于是，珀西瓦尔一刻也不耽搁地飞身上马，一路狂奔，终于看到了那名骑士。他快马追上那名骑士，刚要上前和他热情地打招呼。突然，那名骑士转过身来，二话不说，拿枪朝他便刺，珀西瓦尔侧身躲过，那人顺势拿枪朝他胯下的那匹马扎去，“扑哧”一声扎入马腹部之中，那马当即倒地身亡，珀西瓦尔也被重重地摔倒在地。那名骑士并未停下，拨马就走。珀西瓦尔非常恼火，高喊那名骑士回来，要与他一战，分个高低。那名骑士头也不回，骑马而去。看到那名骑士不愿回来，珀西瓦尔一头倒在地上，把头盔和宝剑扔到了一边，哀叹自己是所有骑士中最不快活的一个。他原地待了一整天，什么东西都没吃，又累又饿，四肢无力，昏昏沉沉地睡去。午夜时分，珀西瓦尔在饥饿中醒来，发现眼前站着一个女子。这女子对他说话的语气很不礼貌，只听她问道：“珀西瓦尔骑士，你在这儿做什么？”

“我没了马匹，哪儿也去不了，只得在原地待着。”珀西瓦尔答道。

“如果你答应我想让你做事的时候，你能按我说的做，我就把我自己的马借给你，它能把你驮到你想去的任何地方。”那女子接着说道。

珀西瓦尔高兴地答应了，女子转身离开，不一会儿骑回来一匹黑色的马。只见这匹马高大无比，马的全身毛发油光锃亮。珀西瓦尔喜出望外，兴冲冲地骑上了马。这匹马撒开两腿，跑起来风驰电掣一般，不到一个时辰就走了几百里的路程，但就是不见那名抢马的骑士。这时迎面来到一条大河跟前，要不是珀西瓦尔及时控制住，那马就冲进轰鸣的水中了。他骑在马上，听着轰鸣作响的水声，有些迟疑地站在原地，他担心自己的马不能穿过去。但他仍不甘心，非常想尝试一下。于是，他做好充分准备，然后在马的耳边发出来冲的信号。听到信号，那马一下子把珀西瓦尔掀翻在地，奔跑着向水里冲去，嘴里还不时发出刺耳可怕的喊叫声。这时珀西瓦尔才知道原来不是马而是一个魔鬼，它原本想要害死自己的。于是，珀西瓦尔跪下来感谢万能的上帝，使自己逃过一劫。

天亮时分，他环顾四周，这才发现自己原来是在一座凄凉的荒山上。山的四周被茫茫的大海环绕着，山上到处奔跑的都是小动物。他站起身，朝向下面的峡谷走去，这时他看到一条蛇盘在一只幼狮的脖子上，这时身后冲过来一只大狮子，咆哮着扑向这条蛇，接着一场恶战展开了。那狮子估计是在救自己的孩子，出于对幼狮的同情和怜悯，珀西瓦尔想要去帮狮子，想到这儿，他一边扬起盾牌护着自己，一边拔出宝剑，朝着毒蛇狠命地刺去，蛇当即被刺死。这时大狮子立即跑上去，用爪子轻轻挠挠小狮子，小狮子由于受到惊吓，一动不动躺在地上。珀西瓦尔赶快走上去把小狮子放在大狮子背上，让它驮着离开了。只剩下珀西瓦尔一个人孤零零地待在原地。日落时，那头大狮子又回来了，像个小狗一样跳到他跟前，用爪子轻轻地蹭了蹭他的身体，依偎在珀西瓦尔的身旁，陪伴着他。

过了一会儿，珀西瓦尔离开了大狮子，来到波浪汹涌的海边，这时他看到海上有一艘小船顺风漂来，不一会儿，便到了一处悬崖之下。珀西瓦尔便连忙赶了过去，看到船上有一位极为美艳的贵妇，穿着华丽，举止高贵大方，身后还站着一个侍女。她一见到珀西瓦尔骑士便说道："你是怎么来到这蛮荒之地的？既然来到这里，估计逃出去的可能性是非常渺茫，你将死于饥饿和厄运，然后你的尸体再被凶恶的野兽吃掉。但从你的举止来看，你一定是一位优秀的骑士，我会设法帮助你的。"

"请问您是何人？"珀西瓦尔骑士问道，"竟给我如此恩惠？"

SIR PERCIVALE SLAYS THE SERPENT

她回答道:“我原本是这世上最富有的女子,而现在却被剥夺了继承权,变得一无所有。”

“小姐,”珀西瓦尔骑士说道,“是何人竟如此地残忍和贪婪,让你变得一无所有?我非常同情你的遭遇。”

“骑士,”那女子叹口气说道,“我曾与这世界上最伟大,也是最富有的人住在一起,但他也是一个非常小性之人。他使我变得异常美丽。就是因为那超人的美貌,让我心里无比地骄傲,在行为上就有点放纵,就说了一句让他不快的话,他便不能容忍,把我从他的住处赶了出来,还剥夺了我的继承权。后来,我在他那里拉拢了一些人过来,他们对我非常忠诚,愿意为我卖力。我知道您是一位优秀的骑士,如果一位被剥夺了继承权的可怜女子向您请求帮助时,您是不会拒绝的。”

“夫人，我以上帝的名义起誓，将全力帮助你。”珀西瓦尔答道。

日头升得越来越高，天气也变得越来越炎热，那贵妇便吩咐侍女在砾石之上支起一个帐篷，请珀西瓦尔在那儿休息。珀西瓦尔取下了头盔和盾牌，海风轻轻地吹着，一会儿就进入甜美的梦乡。黄昏时分，珀西瓦尔醒来，只听到肚子咕咕作响，这时他感到饥饿难忍，就站起身问贵妇人有没有吃的。那女子答应了一声，便命侍女去准备。一会儿，那侍女就把桌子摆得满满的，各种各样的饭菜，散发出诱人的香味。此外，桌旁还有一坛醇香的美酒。早已饥肠辘辘的珀西瓦尔迫不及待地来到桌前，狼吞虎咽地吃起来，一会儿工夫桌上就一扫而光。珀西瓦尔心情很好，顺手打开坛子，品尝了一下坛中美酒。他好久不曾喝到如此浓烈的好酒，不知不觉间多贪了几杯，顿觉有些燥热，再看那贵妇，不禁觉得她是从未见过的绝色佳人。挡不住美色诱惑的珀西瓦尔，立即向她表白了爱意。

那贵妇说道：“珀西瓦尔骑士，您现在必须发誓从此以后只忠于我一个人，按我的命令行事，否则我是什么都不会答应你的。”

珀西瓦尔当即满心欢喜地应允，答道：“当然，美丽的夫人，我愿意听从你的安排。”

这时珀西瓦尔骑士不经意间看到自己的宝剑放在地上，剑柄上的红色十字架，使他忽然想起了骑士的规矩，于是他慌忙在自己的额头上画了一个十字，表示自己的内心的忏悔。就在这时，帐篷好像被人忽然向上掀起，又“当”一声落下来，接着，它变成了一缕烟雾，转而又成了一片黑云。珀西瓦尔当即被吓得大叫起来：“仁慈的上帝啊，耶稣基督，我刚才贪饮几杯，一时糊涂，做错了事，宽恕我吧，今后我一定谨遵骑士的规矩。”

珀西瓦尔刚忏悔过，抬头向船舱望去，只见那贵妇正匆匆忙忙地进入船舱，然后回过头来，怒气冲冲对珀西瓦尔说道：“珀西瓦尔，你这个家伙刚才还在我面前信誓旦旦，一会儿就背叛了我。”说完，那船便随着狂啸的风浪疾驶而去，一转眼的工夫就消失在茫茫大海中。

珀西瓦尔骑士心中无比懊悔，他拔出宝剑指向自己，说道："既然我不能战胜肉体，经得起美色的考验，那我就要惩罚它。"说罢，他举剑向自己的大腿刺去，立刻鲜血直流，一会儿的工夫就淌满了全身。他说道："噢，仁慈的主啊，我违背了您的意愿，就让我用我的鲜血作为补偿的代价，由于我一时的冲动和糊涂，我差点儿就失去了我最珍贵的东西，那就是我的童贞，多亏您的提醒，我以后绝不做这样的蠢事了。"就在他痛苦呻吟之时，他看到从东方驶来一艘船，那船用白色的锦缎蒙着，片刻之间就到了自己的跟前。珀西瓦尔骑士拿起兵器，一瘸一拐地登上了船，终于离开了那个孤岛。

第十八章 鲍斯历险

鲍斯骑士离开坎默洛特城后，一路骑马飞奔，来到小树林旁边的一个三岔口，他遇到两个嘴里骂骂咧咧的彪形大汉，正推推搡搡地把一个赤身裸体、双手被绑、遍体鳞伤、呻吟不止的人捆在一匹膘肥体壮的马的背上，鲍斯仔细一看，原来是自己多日不见的好兄弟莱昂内尔。两个大汉还不依不饶，用手里的荆条边走边狠狠地抽莱昂内尔，一会儿工夫，莱昂内尔又增加几条深深的血印，血流不止，惨不忍睹。任凭他们怎么对他，莱昂内尔强忍住疼痛，一言不发。

鲍斯骑士看到自己的兄弟竟受到如此苦不堪言的折磨，早就忍无可忍，抽出身上的宝剑，就去营救他的兄弟。正在此时，他身边忽然走过一个骑士，正押着一位年轻美丽的女子向树林深处走去，看来是要把这女子藏到林中最隐蔽的地方，对她再行不轨之事。那女子绝望之中高声喊道："圣母玛利亚，救救您的女儿吧。"善良的鲍斯骑士一看到此情此景，非常同情这位女子的遭遇，如果自己不出手相救，她很可能就会遭受那个骑士的凌辱。但如果自己要出手相救，自己那遭受着痛苦的折磨的兄弟怎么办？凭自己一人的力量能不能打过折磨自己兄弟的两名骑士和绑架女子的骑士，他心里没底。

鲍斯骑士心里正犹豫不决，那姑娘看到了他，就立即向他求救，大喊道："善良而伟大的骑士，看在上帝的分上，请你伸出手救救我吧。"听她的一番话，鲍斯骑士更是感到惭愧。"假若我现在不去救我的兄弟，那他定会被杀死，这是我无论如何都不愿看到的，也是我不能做的。但如果我不帮那女子，她就会受到玷污，失去她永不能复得的贞洁，甚至生命，我一辈子良心都会受到谴责的。”他抬起头，哭着说道：“仁慈的我主耶稣基督啊，我是您忠实的臣仆，请保佑莱昂内尔，我的兄弟，不要被那两名骑士杀掉，为了您的怜悯和圣母玛利亚的慈悲，我会先去营救那位柔弱的小姐的。”

于是他拿起武器立即奔向那挟持女子的骑士，对他高声喝道：“你这个卑鄙小人，竟然欺负一个弱女子，快把你的脏手从那小姐身上拿开，否则我就对你不客气了，让你死无葬身之地。”

只听那骑士嘿嘿一声冷笑，不慌不忙地将那女子放下了。只见他浑身被武装得严严实实，他拿起盾牌，抽出宝剑，嘴里喝道：“你这个多管闲事的家伙，今天让你尝尝老子的厉害。”说着向鲍斯猛击过来，而鲍斯骑士也不甘示弱，奋力迎了上去，竟刺穿了他的盾牌和左肩的铠甲，接着又使出浑身的力量将他打倒在地。当鲍斯从自己身上拔出长矛，准备再刺一下时，发现他已经昏厥了过去。而后，鲍斯走到那女子面前，说道：“姑娘，现在那坏蛋已经被我打昏，躺在地上一动不动，你赶快离开这里，回家吧。我还要救我的兄弟。”

女子悲悲切切地恳求鲍斯道：“善良的骑士，刚才那个家伙把我带到这儿，我人生地不熟，你好人做到底，把我送回去吧。不然刚才那个骑士再醒过来，我还是难逃此劫。”

“那好吧，姑娘，我把你送回家吧。”鲍斯无奈地说道，他只得牵来那受伤骑士的马，将那女子扶上马背，而后将她送到家里，女子的家人对鲍斯是千恩万谢。

之后，鲍斯骑士便心急火燎赶回来，沿着马蹄的印迹一路寻找着自己的兄弟莱昂内尔。他追寻了颇久，后来到了一片树林的入口处，发现那里有一所隐舍，便走过去想打探一下。

他跳下马来，他慢慢地走近那房舍，竟发现他的兄弟莱昂内尔骑士平平安安地坐在那房舍里，原先打他的两名骑士也没有了踪迹。鲍斯骑士一看到他，不禁欣喜万分，其高兴之情无法言表，说道："亲爱的兄弟，我刚才还一直担心你的安全，现在看到你平安无事，我也就放心了。"

莱昂内尔看到鲍斯，气不打一处来，说道："哼，好一个鲍斯，你真是假仁假义，在我受难之际，你竟然舍我而去，去救一位素不相识的女子，你以为我不知道，你对我是不管不问，任由那两个穷凶极恶的家伙摆布。我还从来没见过这样只重美色却轻视兄弟之情的人。就为你这一点，我们就没有兄弟的情分，我现在只想把你一刀杀死，方解我心头之恨。"鲍斯骑士明白，莱昂内尔是误解了自己，在生自己的气。而且这次对自己是动真格的了，鲍斯愧疚地跪倒在地，高举起双手，哭喊着请求他的兄弟能够原谅自己，并说自己也是情非得已。

"不可能，"莱昂内尔说道，"我绝对不会原谅你的，在我生命遇到危险之时，你竟然抛我而去。你不仁我不义，我向上帝发誓，我们比拼，如果我占上风，我一定把你杀死。这事是没有回旋的余地。"

说罢，他立刻进去取出了马具，而后翻身上马，来到鲍斯面前，说道："鲍斯，今天我们兄弟两个要决一死战，因为你是我们家的罪人或者可以说是我们家的叛徒，我们的伟大的父亲加尼斯的鲍斯王，他怎么就有你这样虚伪的骑士儿子，你真是有损我们高贵的门庭。放马过来吧，我让你先行一步。但假若你不肯决斗，我也会纵马向你冲去，虽然我们同袍兄弟对打不是什么光彩的事情，但我现在是没有丝毫顾虑的。你的所作所为让我感到我们是陌路之人，根本没什么亲情。"

鲍斯骑士意识到现在这阵势是必须决斗了，否则自己就是死路一条，但他又确实不忍心拿起武器去伤害自己的兄弟。他的心里一再告诫自己无论怎样，不能伤害到自己的兄弟，毕竟是同袍兄弟，因此无论他说什么和做什么,自己都不能在意。于是他跪在莱昂内尔的马蹄之前,说道:“亲爱的兄弟,不要冲动,我不是不救你,当时我也是非常为难,那女子不住地恳求我,在救那女子同时,我心里一直恳求万能的上帝保佑你,救过那女子之后,我就急匆匆赶回来救你。请您一定要理解我尴尬的处境。”然而莱昂内尔对鲍斯骑士的话根本无动于衷,他的意志和思想好像已经被魔鬼支配了,使他丧心病狂,非要杀死自己的同袍兄弟鲍斯不可。莱昂内尔看到鲍斯并无站起来与他决斗之意,便放马向他猛冲过去,直把鲍斯撞得仰面朝天,翻倒在地上。由于受伤太重,鲍斯随即痛苦地昏厥了过去。莱昂内尔见此情景,像一只发怒的恶熊一般,跳下马来,疯一样地跑到鲍斯跟前,一把抓住鲍斯的头盔,把它从他的头上拽下来,拔剑意欲砍下鲍斯的头颅。就在这时,忽然跑来一位慈善的老者,他看到凶残的莱昂内尔正欲举剑杀害善良的鲍斯,便扑在了鲍斯骑士的身上,护住了鲍斯。

那老者对莱昂内尔恳求道:“高贵的骑士啊,看在上帝的分上,原谅你兄弟这一次吧。那种处境下,他也是情非得已,假若您将他杀害,您也会给自己增加一条罪孽,况且你这样残忍地杀害自己的亲兄弟,真是太令人痛心。他是这世上最受人尊敬也是最高贵的骑士之一啊,你怎么下得去手啊。如果你这样做了,不怕上帝会降罪于你吗?”

“你这个老家伙,你以为你是谁啊,救世主吗?”说着,莱昂内尔冷冷一笑道,“无论是谁,我都不会放过他的,他的行为让我根本无法原谅。你若一意孤行,还不离开的话,我就先杀了你,接着再轮到他。”

“你的心胸真是狭窄,你的兄弟是那么爱你,看到你受伤时,他心里都在流血,他是一个善良之人,因为救那女子,只不过让你多受点苦而已,为此你的兄弟一直在内心深处谴责自己。”那老者说道,“你怎么不能站到鲍斯的立场考虑考虑。”

“你这个不知好歹的老家伙,怎么那么多话,我今天就先成全你。”莱昂内尔恼羞成怒地说道。随即，他伸手抽出宝剑，向那老者恶狠狠地砍去，那老者的头颅便立即滚落在地。已经穷凶极恶的莱昂内尔控制不住自己的邪念，又伸手抓住他兄弟的头盔，将它拉开后便要砍下他的头颅。就在这千钧一发的时刻，一位名为高奎凡的圆桌骑士依照上帝的旨意来到了这里。他目睹了那位没有缚鸡之力的老者被莱昂内尔残忍地杀害了，不禁愕然，心想一个年轻人怎么如此心狠手辣，连一个兮兮老者都不放过。随后，他又看到莱昂内尔举剑要杀自己的同袍兄弟鲍斯，他认得鲍斯骑士，也很欣赏鲍斯的为人。于是他立刻跳下马来，抓住莱昂内尔的肩膀，用力将他从鲍斯的身边拉开，并且对他说道："莱昂内尔，你要杀害你的亲兄弟吗？他是这世上最受人尊敬的骑士之一，凡是善良的人都不会容忍你这样做的。"

莱昂内尔说道："你凭什么不让我杀他？你若要阻拦此事，我便先杀了你，就像杀刚才那个不知天高地厚的老家伙一样，然后再杀鲍斯。"

高奎凡又问道："你怎么这样残忍啊，连你的亲兄弟都不放过。"

他说道："少废话，今天我无论如何都要将他杀死，因为他在我最需要他的时候，竟然弃我于不顾，是他先背叛我们的兄弟之情的，所以他是死有余辜。"说罢，他又跑到鲍斯的跟前，意欲向他的头颅砍去。就在那一瞬间高奎凡骑士奔到两人的中间，说道："你若如此惨无人道，非杀自己亲兄弟的话，那我们二人就要比试比试了。你赢了，你可以杀死他。"

莱昂内尔明白他的意思，于是便拿出盾牌遮在自己的身前。随后，莱昂内尔与高奎凡打斗起来，他向高奎凡发出猛烈一击，直将他的头盔都劈裂了。高奎凡乃是一名武艺超群的骑士，他立即拔出宝剑，非常英勇地抵抗莱昂内尔的进攻。战斗持续了颇久，而鲍斯骑士只能痛苦地坐在一旁看着这一切，当看到善良的高奎凡骑士为了他的缘故，正与他的兄弟决斗之时，心情沉痛无比。他不想让任何一方受伤，假若高奎凡杀死了自己的兄弟，自己将永远失去一个至爱的兄弟，那么他就不会再有快乐；而假若自己的兄弟杀死了为人正直的高奎凡，那么他的良心也永远不得安宁，他不想让高奎凡为自己而死。他宁愿自己去死，也不愿看着自己亲人和朋友在自己眼前死去。于是他几次试图想站起，去将他们分开，但都由于体力不济，只能眼睁睁看着，他非常无奈，只得等待。两人又打了许久，慢慢地高奎凡落了下风，因为莱昂内尔不但武艺了得，而且凶恶无比，再加上他已杀红了眼。只见他“刷刷刷”朝着高奎凡一口气连刺三枪，已经累得气喘吁吁的高奎凡反应有点慢，一时躲闪不及，最后一枪刺穿了他的锁甲和头盔。只见高奎凡顿时浑身鲜血直流，接着就听到“扑通”一声，他从马上摔落在地。鲍斯一看到此景，心中万分着急，便挣扎着站立起来，刚刚戴上头盔，便又重重地摔倒在地。

这时，高奎凡已从地上爬起来，正要上马逃走，莱昂内尔又飞奔过来，飞起一脚将他踢倒在地。高奎凡眼见自己已无法逃脱，便祈祷道：“仁慈的上帝啊，请您保佑保佑我吧！我本是要在这里行侠仗义的，可我的仁慈善良却使我的身心都遭受了无尽的痛苦。如果我被穷凶极恶的莱昂内尔杀死的话，万能的上帝，你就救救可怜善良的鲍斯。”话音刚落，只见莱昂内尔手起剑落，将他砍死。

莱昂内尔杀死高奎凡之后，又恶魔一般地奔向鲍斯，高高扬起宝剑准备取他性命。鲍斯满怀谦恭，抬头看着自己亲爱的弟弟，恳求道：“我的兄弟，无论是你杀了我还是我杀了你，我们都会因这罪恶而死啊。”

“我们已经不是兄弟，我今天就是要你死！”

鲍斯拔出剑来，泪流不止，悲声说道：“亲爱的兄弟，上帝是知晓我的心意的。唉，因为我，今日你已经杀害了一位无辜的圣洁老人，犯下了滔天大罪啊。接着你又杀害了一位无辜善良的骑士。你应该知道，我并不是畏惧你，而是害怕上帝的愤怒。这是一场无情之战，恳请上帝能够宽恕于我。”说罢，鲍斯就要爬起来，打算同自己的兄弟一决高下。

就在这时，他听见一个声音讲道："鲍斯，你逃走吧，不要碰他，否则你将被他杀死。"立时，一朵云彩从天而降，落在他们之间，就像一团火焰一般，把二人的盾牌都烧着了。他们不禁大为惊恐，吓得跌倒在了地上，好久都昏迷不醒。当二人苏醒过来，鲍斯看到他的兄弟并没受到伤害，于是他高举起双手，唯恐上帝惩罚他的兄弟。这时，他又听到一个声音说道："鲍斯，你要离开这里，不要再和你兄弟在一起了，你立时赶往海边，珀西瓦尔骑士正在那里等你。"

随后鲍斯对他的兄弟说道："亲爱的兄弟，请您看在上帝的情面上，原谅我对您的冒犯吧。"

莱昂内尔答道："既然上帝原谅了你，你就走吧。"

于是，鲍斯骑士辞别了莱昂内尔，骑马向海边驰去。黄昏时分，他来到离海边不远的一座修道院，当夜便留宿在了那里。正在睡梦之中，忽然传来一个声音，吩咐他即刻赶到海边去。于是他翻身坐起，在额头中间画了一个十字，而后拿出马具，准备停当之后便翻身上马，从院墙的残破之处策马而出。骑行了颇久，终于来到了海边。在海滩之上，有一艘遮有白色锦缎的船，于是他听凭耶稣的指引，登上船来。当他一进入船内，那船就驶入了大海，速度之快，如飞一般。天色很快黑了下来，鲍斯感觉有些困倦，便睡了下来，谁知一觉睡到天明。醒来之后，他看到船的中央睡着一名骑士，那人全副武装，唯独没有佩戴头盔。他认出此人就是珀西瓦尔骑士，心中不禁欣喜万分。随后两人彼此倾诉了各自所经历的冒险之事，就这样，他们一起向大海的深处驶去。珀西瓦尔骑士说道："我们一切圆满，只缺少优秀的格拉海德骑士同行了。"

第十九章 找到圣杯

格拉海德骑士从二十名骑士手中救出了珀西瓦尔之后，又遇到了许多艰险的事情，他都迎刃而解。这一日，他正骑马朝着无边无际的大海奔跑着，这时看到一座古老的城堡。城堡里人山人海，热闹非凡，好奇的格拉海德便骑马过去，原来这里正在举行一场气势恢宏的比武大会。比武是在城外的骑士和城内的骑士之间展开的。城外一方战绩颇丰，而城内一方的骑士虽说也很优秀，但和城外的骑士一比，明显处于下风，很多骑士在打斗的过程中，死的死，伤的伤，地上到处都是死伤战士的血和在地上躺着痛苦呻吟的骑士们。善良的格拉海德看到城内这方凄惨的情景，心里非常难过。路见不平，拔刀相助，这是骑士的精神，自己绝对不能袖手旁观，于是就打算立即出手相助。只见他举起长矛，朝一个为首的膘肥体健的人打去，那人躲闪不及一下子被挑翻在地，由于格拉海德用力过猛，他的长矛也断作数段。艺高人胆大，随后他又拔出宝剑，单枪匹马向城外骑士们聚集的地方奔去，以迅雷不及掩耳之势，横扫城外骑士们于马下，使得众人都惊叹不已。此时碰巧高文骑士和爱克托骑士正在帮城外一方战斗。当他们看到那面绘有红色十字的白色盾牌之时，便说道："那人就是高贵的王子，优秀的格拉海德骑士。谁要是上前和他比斗，那就是愚蠢至极。"但高文还没来得及撤走，格拉海德手疾眼快，已经杀到他的身边，向高文骑士用力猛击，只听得"咔嚓"一声，竟将其头盔劈裂开来，而且防护帽的铁片都插入了头内，于是高文立即滚落马下。

爱克托看到高文被打落马下,赶快跑到跟前,将他拉到了一旁。心想去和格拉海德交手绝非明智之举,再说自己是他的亲叔叔,还有血脉之情,于是他乘人不备,驮着高文偷偷溜走了。就这样,格拉海德凭借自己的强大威力击退了所有的城外骑士。于是城内的骑士又都高兴地跑出城来,从四面八方将格拉海德团团围住,对他是千恩万谢,并邀他一定到城堡一坐。格拉海德婉言谢绝,然后匆匆辞别城堡中的骑士们,骑马继续自己的旅程。

爱克托救出高文之后,一边骑马驮着他,一边谈论着格拉海德。高文声音微弱地说道:“格拉海德这孩子的武功真是了得,以前曾有传言说他从石头中得到一把宝剑,他会用这把剑给我沉痛一击,没想到今天应验了。”说着,高文又摸了摸至今还疼痛的头,“没想到,自己差点死在一个乳臭未干的孩子手里,惭愧啊。”

爱克托却高兴地说道:“青出于蓝而胜于蓝,没想到他比他爹更厉害,才十五六岁,就锋芒毕露了。真是将门无犬子啊。”

“高文啊,”爱克托又安慰道,“你已经有了如此惊险的经历,我认为您已经完成了您的圣杯之寻,该回去好好歇歇了。”

高文说道:“既然我的任务已经结束,我也就不再追寻了。”随后,爱克托又命人将高文抬进城内,为他卸去武装,又将他安置在一张华贵的床上,并请来当地的名医为他治疗,医生说他并无大碍,几个月之内就可以痊愈。爱克托不忍心在朋友受伤的时候离开,就决定留下来陪着高文。

格拉海德骑行了颇久,也已累得满头大汗,很想找一个地方歇一歇,但直到天黑的时候,才到了一处地方。他走到一个非常简陋的房舍前,并恳请房主让他留宿一夜。房主是一个善良的隐士,看到格拉海德是如此年轻英俊而又彬彬有礼,打内心里喜欢他,就很爽快地答应了。正当他们睡得正香,忽然有人敲门,听声音是一个女子的声音。她一边敲门一边还呼喊着格拉海德的名字,于是那隐士走到门口,问她有何事。她对那隐士恳求道:“这位善良的爵士，这么晚打扰你的休息，我心里非常过意不去，但我有非常重要的事，情非得已，还请您见谅。我有几句重要的话想与同您在一起的骑士说一下。”说着，她便急步走到格拉海德面前。

“小伙子，你是格拉海德，我早就听说你的威名，”她说道，“如果你相信我的话，请您赶快全副武装，骑马随我而去，我会在这三天之内，让您去看任何其他骑士都未曾见过的世界上最伟大的奇迹。”

年轻的格拉海德是天不怕，地不怕，立即备好武装，骑上坐骑，随她一路而去了。他们一路飞奔，最后来到白茫茫的大海边。在那里，他们看到圆桌骑士鲍斯和珀西瓦尔乘坐的船只，那两人一看到可爱勇敢的格拉海德，心里非常高兴，就站在船上大声喊道：“孩子，欢迎您来到这里，我们已经等候多时了。”格拉海德一听，惊奇地瞪大眼睛问道：“他们是谁啊，怎么知道我的名字啊？”

那女子笑着答道：“小伙子，到船上，你就知道了。他是你父亲的朋友，请将您的马匹留在此地。”于是他们取下马鞍和马缰随身带着，又在身上画了一个十字，而后一起来到了船上。

鲍斯和珀西瓦尔两个人热情地欢迎了格拉海德这个年轻有为的孩子，彼此之间也都相互慢慢熟识。而后，温暖的海风吹起，带着他们飞快地穿越茫茫的大海。不久，天色亮了起来。

这时他们的船只碰巧驶入了两座悬崖峭壁之间，刚才还暖洋洋的海风，现在变得刺骨的冷；汹涌澎湃的海水一阵阵，掀起千层浪，不停地撞击在船上，把他们颠簸得上下起伏的，使得他们根本无法靠岸，小船随时都有遭遇危险的可能。那女子却非常镇静地说道：“要想看到世间最伟大的奇迹，不经历千难万险，那是不可能的。”他们在悬崖峭壁间经受了生与死的考验，终于发现了一艘华美的大船。说也奇怪，船上竟空无一人。在船尾之上写有两行文字：“进入此船者，一定要是耶稣的忠实信徒，要有坚定的信仰；只有这样的人，我才会助你一臂之力，保你在船内安然无恙。若不是坚定信仰的信徒，若靠近此船，必死无疑。”鲍斯、珀西瓦尔和格拉海德三人相互对视着，此时此刻，不能犹豫了，狂风巨浪，一艘小船只能使他们命丧大海。

这时，那位女子忽然开口说道：“珀西瓦尔，你可知道我是何人？”

珀西瓦尔回答道：“在下的确不知。”

她接着说道：“你还不知道吧，我是派力诺王之女，是你从没见过面的同胞姐姐，因此你也是这世上我最疼爱的人。所以我必须郑重地警告你，假若你不是虔诚地信仰耶稣基督，全心全意地侍奉他，不是按照他的旨意为人处世，那你无论如何都不要进入船内。否则你必死无疑，因为进入此船的人必须是完全尊奉耶稣的旨意，帮助受苦受难的人；必须是完美无瑕之人，它容不得一个罪人留在里面。”

珀西瓦尔得知眼前的女子就是自己的姐姐，高兴地说道：“亲爱的姐姐，我一定要上船，以此来证明我自己的德行。假若我是一个坏人，或是一位虚伪的骑士，那么我心甘情愿地死在船上。”

与此同时，格拉海德默默地在自己胸前画了一个十字，而后就进入船内。接着那女子也来到里面，最后鲍斯骑士和珀西瓦尔骑士也一同来到了船内，发现里面精美绝伦，富丽堂皇，船的中央安放着一张精致的床榻。格拉海德走上前去，发现那床的上面有一顶丝制的王冠；床脚之下，还有一把精美的宝剑，剑身出鞘有一尺多。此剑集各种风格于一身，那剑柄是由宝石制成，光耀夺目，熠熠发光，而且那种光彩透射非同一般的镇人魂魄的力量。

而后，格拉海德又看到那剑上写有血红颜色的字迹：“能将我拔出剑鞘者，将是一位德高望重，战无不胜的伟大骑士；拥有我者，以后永不会受刀枪之痛苦。”

这时格拉海德说道：“我坚信万能的我主耶稣，我也是完全按照他的旨意行事的；我相信我有资格，也有能力拔出这把宝剑。不过我怕冒犯我主耶稣，怪我年幼轻狂。”

“三位伟大的骑士，你们在狂涛巨浪中已经经受了耶稣对你们的考验。”那女子笑着说道，“你们该知道，这剑上的文字确实在警告一部分人，不过那些人是身负重罪之人。对你们这些虔诚，德才兼备的信徒来说，有一定的约束，估计不会太大。但也须谨慎。”

那女子一夸，格拉海德有点不好意思，接着又礼貌地说道：“谢谢你对我们三个的信任。”

她接着说道：“先前有一位残疾的国王，名为佩莱斯。在他身强力壮之时，曾大力维护基督教国家和圣教，帮助穷苦的百姓，深受人们的爱戴。一日，他到海边一个茂密的树林里打猎，随行的还有忠实的骑士。后来，他的猎犬在树林里迷失方向，全跑失了，骑士也只剩下一名。两人便一同前行，一直向爱尔兰奔来。后来他们发现了此船，看了船上的刻字后，佩莱斯觉得自己的一生完美无瑕，便毫无顾忌地走了进来。接着发现了这把宝剑，便伸手将它拔出了一截，正如你现在看到的一般。就在那时，忽然飞进一支长矛，刺穿了他的双股。从那之后，他一直没能痊愈，而且终生也不会好转。”

“噢，对了，他是你的外祖父吧?”女子转身对格拉海德说道，“您的外祖父佩莱斯国王难道不是因为勇敢而致残的吗? 因此，就是德才兼备之人拔此剑，也要小心为是。”

“感谢您的提醒!”格拉海德答谢道。

说罢，格拉海德伸手紧紧握住那宝剑，慢慢地拔了出来。这时，那女子将宝剑上的腰带围在他的腰间。随后，他们几个平安地上了那艘豪华的大船，海风吹着他们飞快地驶入了大海。他们在海上漂泊了很长时间，船上没有可吃的食物，一路上他们只得忍受着饥饿。第二天早上，他们终于看到一座城堡，于是就下船到城堡里弄了些吃的。恰在这时从城中出来一名骑士，全副武装地迎面走过来，对他们说道：“各位爵士们，请问你们身旁的这位女子是否是一位处女?”

“你这个没有教养的家伙,”珀西瓦尔的姐姐怒容满面地呵斥道,“滚开。”

随后那名骑士还不依不饶又拉住她的马勒,说道:“你如果是,可以来我们这,但必须服从本城堡的风俗,否则我是不会让你离开的。”

“放开她!”珀西瓦尔大声向那名骑士吼道,“好不知趣的家伙,我姐姐不愿理你,还不赶快离开。再要无理纠缠,我们就对你不客气了。”

就在那时,从城中又出来十几名骑士,随行的还有一位手持银盘的女子。他们都齐声说道:“既然这位姑娘来到我们这里,就必须服从此城堡的习俗。”

“对不住了,”一名骑士又对鲍斯说道,“凡是经过此地的处女,都必须让她右臂的鲜血流满这只银盘。”

格拉海德说道:“如果流那么多血,那女孩子的性命难保。你们是在残害生命,定要受到惩罚的。我向你们保证,只要我活着,你们就休想取到这女子的鲜血。”

珀西瓦尔接着说道:“我们遵从上帝的旨意,绝对不会让你们取走我姐姐一滴血。除非我战死。”

“我也同样如此。”鲍斯也说道。

那名骑士一看到眼前的三名骑士都信誓旦旦,就毫不客气地说道:“那么我发誓,你们都将为此付出血的代价。虽说你们是这世上最优秀的骑士,也抵挡不住我们人多势众。”

随后,格拉海德、鲍斯和珀西瓦尔都拔出自己的宝剑,双方开始冲杀起来。他们三人何其英勇,片刻工夫,那些骑士就倒在血泊中而死。紧接着又有六十名武装骑士喊声震天地从城堡冲出了。

格拉海德、鲍斯和珀西瓦尔本都是善良之人,不忍心看到更多的骑士死在他们的剑下，就劝道：“众位勇敢的骑士，我们不想滥杀无辜，爱惜自己的生命吧，不要和我们过意不去了。”

那些城堡里的骑士说道：“把那位姑娘交出来，可以饶你们一命。否则，今天谁也不能活着走出这里。”

格拉海德喝道：“简直是一派胡言！你们这些禽兽不如的家伙，怎么能忍心把一个无辜的柔弱的少女残害致死，竟然无动于衷呢？”

“这么说来，你们是不交出那姑娘了？”他们说道，“你们这是找死！”

“给你们这些猪狗不如的家伙没什么好说的，让我们看看谁手里的剑更锋利吧。”格拉海德答道。

随后他们便混战在一起。格拉海德从那奇异的腰带上拔出那把神剑，一阵左劈右砍，将所有攻击他的人全都斩于剑下。他如此令人惊奇的武艺，使得那些准备过来助战的骑士不敢靠近，还以为不是世间的凡人，而是恐怖的妖怪。他的两位同伴更是配合默契，三人坚定地步步推进，城堡里的骑士无一人敢靠上来的，只是远远地站着。

这时走来一名骑士，衣着穿戴和不凡气度都显露出一种高贵。只见他走近格拉海德、鲍斯和珀西瓦尔，彬彬有礼地说道：“诸位为救一位姑娘，不顾身家性命，而且身手如此敏捷，不是平凡之辈，在下非常敬仰。因此想邀请各位到我们的城堡一坐，休息一晚，在下将感到无比的荣幸。我也是一名骑士，愿以身立誓向您保证，明日诸位会同现在一样毫发无伤，此话绝无半句虚言。另外我想让诸位了解我们这种风俗的原因，相信你们听后一定会理解的。”

珀西瓦尔的姐姐说道：“看在上帝的分上，我们还是进去看看吧，你们不用太担心我。”

于是，众人就跟随着那位高贵的骑士走进城堡，城中的居民都为能见到世间无比英勇伟大的骑士而高兴万分。接着，那位骑士便向格拉海德他们讲到这城堡内的习俗,以及设立它的原因。

原来在这城堡之中住着一位贵妇人,也是这城堡的主人。除了城堡之外,还有很多地方也都归她所有。许多年前,她患了一场重病,卧床数月方才治愈。不久又生出了麻疹,所有的医生都无计可施。最后一位老者说,要治此病,须得满满一盘处女的鲜血,而且此人必须是一位国王的女儿,还必须是一位贞洁的处女。把这鲜血涂抹在贵妇的身上,便能使她恢复健康。后来,就设立了这项规矩。

珀西瓦尔的姐姐听后,说道:"众位骑士,我看她若得不到鲜血,就必死无疑了。"

"不错,"格拉海德说道,"但你若流出这么多的鲜血,你也会死去的。"

"我是真心要这么做,"她说道,"我若是因救她而死,我的灵魂将获得安息,我和我的家族都将受到别人极大的尊敬。这样一来,你们不必再交战,明日早晨我会按这城堡的规矩办的。"

珀西瓦尔的姐姐下定了决心,任谁劝说也没有用。当夜,这三位同伴好好地休息了一晚。次日清晨,望过弥撒,珀西瓦尔的姐姐吩咐将那位生病的夫人请来,随后走到她的跟前,划破自己的胳膊让鲜血流出了满满一盘,一会儿珀西瓦尔的姐姐脸色变得苍白。而后抬起手来,在自己身上画了一个十字,接着虚弱地说道:"夫人,为了使您恢复健康,我就要死了,请您为了上帝的慈爱,为我祈祷吧。"说罢,她就昏厥了过去。格拉海德和两位同伴立即冲到她的身边,将她扶起,又给她止血,但是她失血过多,根本无法活命了。后来她慢慢苏醒过来,说道:"亲爱的兄弟珀西瓦尔,我是为救治这位夫人而死的,所以我请求你,不要将我埋葬在这个国家。我死之后,请你立即把我放在下一个港口的船上,让我听凭自然的指引,随船漂流而去。等你们三人到达撒拉斯城,你们将在那里寻得圣杯,那时你们就会发现我已在一座高塔之下,就请把我葬在那神圣的地方。我还要告诉你,格拉海德将来也要葬在那里，你也是如此，我们都将葬在同一个地方。”

珀西瓦尔流着眼泪答应了她的要求，这时忽然耳边响起一个声音：“爵士和同伴们，明日晨祷时分，你们三人将各自离去，直到奇遇将你们带到佩莱斯国王那里。”随后，那位夫人向她的救世主祈祷。祷告刚一完毕，珀西瓦尔姐姐的灵魂就离开了她的身体。当日，那位夫人便被涂抹上鲜血，立时就得以痊愈了。珀西瓦尔骑士把他姐姐这番舍己救人的、如同奇迹般的事迹通通记载了下来，并把它放在她的右手之中，而后将她放在一艘驳船之内，又用黑色的丝绸将船遮盖了起来。随后，大风吹起，驳船离开了岸边，众骑士都泪流满面地目送着那船，直至它消失不见。突然，顷刻之间，一场暴风雨突然而至，电闪雷鸣，风雨交加，仿佛整个大地都要破裂了一般。直到晚祷时分，才风停雨住，好像上天也在为这位伟大圣洁的姑娘送行。

三人分手以后，格拉海德策马经过了许多地方。无论到哪儿，他都路见不平，拔刀相助，他的英勇无畏赢得了大家的尊敬和喜爱。最后他来到一座修道院，此院乃是莫德瑞斯国王的住所。得知这个消息，他便想暂且留下来以拜见国王。次日早上，做过弥撒之后，他就去拜见了莫德瑞斯国王，没想到已经失明了很长时间的国王，竟然重获光明。国王高兴地说道：“耶稣基督的仆人，伟大圣洁的格拉海德骑士，我在这里，恭候您的到来已经很久了，现在我想让您拥抱一下我吧，让我靠在您的胸口之上，伏在您的怀抱之中吧，因为您是一位纯洁的处子，所有的骑士都无法比及。您就好比那象征贞节的百合花，又好比那代表所有美德的火红玫瑰。您身体之内燃烧着圣灵的火焰，所以在您的怀抱之中，我老死的肉体将会再次拥有青春。”格拉海德听了他的话，便拥抱了他的全身。国王又虔诚地说道：“谢谢您，高贵的格拉海德骑士。仁慈的我主耶稣基督啊，我的愿望已经实现了。请您在此刻来召唤我吧。”说话完毕，国王就闭上了双眼，安然地离开凡世，他的灵魂就离开身体，进入了天国。格拉海德按照国王的礼节将他下葬，而后离开了那里,又向佩莱斯国王之处走去。

为了早日赶到撒拉斯城,寻得圣杯,珀西瓦尔一路马不停蹄,昼夜兼程。一日,他走出一大片森林,在一处三岔路口,遇到了独自骑行的鲍斯骑士,相见的高兴之情自不必多说。他们相互施礼致意之后,便把各自经历的奇遇和受到的尊敬都讲述了一遍。正当两人攀谈之时,格拉海德骑马从远处走来,三人再次相聚,心中异常欢喜。之后,他们一同骑马来到卡邦耐克城堡。佩莱斯国王得知了他们的消息,亲自到城外迎接。人们对英勇骑士的到来非常高兴,他们笑着,谈论着,一时之间,城中一片欢腾。而后,佩莱斯国王的儿子伊利亚扎尔给他们拿来一把断剑,此剑曾刺伤过约瑟的大腿。鲍斯伸手握住宝剑,想把它重新焊接起来,但是无法接上。然后他把剑交给珀西瓦尔,但他同样也无能为力。

"小伙子,您来试试看吧,"珀西瓦尔对格拉海德说道,"假若能有尘世之人将此剑接起,那么此人就非您莫属了。"格拉海德接过断剑,轻而易举地就将它们接合到了一起,看上去仿佛从未折断过,像是新铸造的一般。

突然,那把剑高高升起,散发着巨大的热力,许多人都吓得倒在了地上。随即一个声音响起:"凡是不应坐在耶稣基督桌旁的人都站起来,现在圣洁的骑士们要进圣餐。"于是众人都起身离去,只有佩莱斯国王和他的儿子伊利亚扎尔,还有他的一位侄女留了下来。大厅里只有这三人和他们三名骑士。不多时,几名全副武装的骑士走了进来,摘掉头盔,卸去武器,对格拉海德说道:"爵士,我等匆忙赶到这里,希望能与你在此桌之上同进圣餐。"

"欢迎各位,但不知诸位从何而来啊?"格拉海德问道。其中的三名说他们来自高卢,另三名说他们来自爱尔兰,还有三名说来自丹麦。

众人刚刚就座,只见四位贵妇抬着一张床走了进来,床上躺着一位头戴金冠,生病的老人。那四位贵妇将他放在大厅中间,就退了下去。那人抬起头来,说道:"格拉海德骑士,欢迎您的到来,我已盼望您很久了。长久以来,我的身心都饱受折磨，现在我可以放心地把自己托付给上帝，我的痛苦也将结束，我也将离开这个世界。”

就在那时，一个声音说道：“你们当中有两人不是追寻圣杯的，请速离开！”

佩莱斯国王和他的儿子离开了大厅。这时，一个人走了进来，一身主教的衣着，手里还拿着一个十字架，后面跟着四位天使。她们抬着一张银桌，桌子上面正安放着一只圣杯。走进大厅，四位天使将他用椅子抬起，放在银桌前面。那主教的额头中间写有这样的文字：你们在此看到的乃是约瑟，是基督教国家的第一位主教，我主曾在撒拉斯城的神圣之地拯救过他。众位骑士都感到非常惊奇，因为那位主教早在三百多年前就去世了。“哦，各位骑士，”他说道，“请不要惊奇，我过去曾是一位尘世之人。”与此同时，他们听到大厅的门被打开了，于是又看到了许多天使。其中两位捧着点燃的蜡烛，第三位拿着一条毛巾，第四位拿着一支长矛，令人惊讶的是，那矛正淌着鲜血，有三滴血滴在了他另一只手所拿的盒子里。前两位天使把蜡烛放在桌台之上，第三位将毛巾盖在了圣杯的上面，第四位将那神圣的长矛笔直地插在了圣杯之中。然后，那主教似乎是要举行弥撒圣别仪式，他拿出一块儿好似面包的圣饼，高高举起，这时圣饼上显现出一个孩子般的影像。他面容红亮如火，猛然就冲到了那面饼之中，于是他们都觉得那面饼就是用人的血肉做成的。而后，那主教又将面饼放入圣杯之中，正如牧师在弥撒时所做的那样。之后他来到格拉海德面前亲吻了他，并吩咐他去亲吻自己的同伴，于是格拉海德这样做了。那主教说道：“耶稣基督的仆人们，你们将在这圣台之前领受骑士们从未享受过的香甜餐食。”他说完此话就消失不见了。众人敬畏地坐在圣台面前，祷告起来。

接着，他们看到从圣杯中走出来一个人，浑身血淋淋的，满身伤痕，一副痛苦的表情。一切迹象都表明，此人就是受苦受难的耶稣基督。只听他说道:“我的骑士、仆人和我忠诚的孩子们,你们将脱离世俗的生活而拥有神圣的生命,我也就不再对你们隐藏了,你们将会看到我的一些秘密和鲜为人知的事情。现在来领取你们强烈渴望的圣餐吧。”

说完他拿起圣杯,走到格拉海德面前。格拉海德虔诚地跪倒在地,领受了救世主的圣餐,随后他的同伴们也一一领受了。众人觉得这圣餐美味可口,香甜至极,虽然也吃过山珍海味,都不能和这圣餐相比。之后他对格拉海德说道:“孩子,你可知道我手中拿的是何物吗?”

格拉海德回答道:“在下不知,请您告诉在下吧。”

他说道:“此物乃是我在圣礼拜四吃羊羔肉时用的圣器。现在你们已经看到了你们最渴望看到的东西,但现在你们还不能清楚地看到它。只有到了撒拉斯城的神圣之地,你们才能更清楚地看到它。因此你们必须带着这只圣杯到那里去。从今晚开始,它将永远离开罗格里斯王国,再也不会在此地出现了。你们知道这是为何吗?因为在这个岛屿上,人们的生活已经变得腐化罪恶,圣杯得不到应有的侍奉和尊敬,因此我要收回曾赐予他们的荣耀。你们三人明日就到海边去,那里会有一艘船等候,你要随身携带那带有奇异腰带的宝剑,并让珀西瓦尔骑士和鲍斯骑士与你同行,除此之外不要再带任何人。此外,我要你用这长矛上的鲜血去为那位残疾的国王涂抹,要涂在他的双腿和全身之上,这样他就能恢复健康了。”

格拉海德说道:“万能的主啊,为何其他的人不能和我结伴同行呢?”

“这是因为,只有勇敢而且心地圣洁之人才能接近圣杯,这一路上还要遭遇很多磨难,你们其中有两人将会死于这路途之中,只能有一人活着回来通报消息。你们三个要同甘苦,共患难,才能完成这个艰巨而伟大的任务。”说完,耶稣又给予他们衷心的祝福,之后就消失不见了。

于是格拉海德立即来到放在祭台上的长矛前,用手指蘸了鲜血,而后又来到残疾国王那里,把鲜血涂抹在他的腿上,国王的腿立刻痊愈了;随即他穿好衣服，如同健康人一般从床上下来；而后感谢我主为他治愈了疾病。由于他不想回到尘世，便去了一处有许多隐士的宗教之所，成了一个忠诚的信徒。

随后，格拉海德带着珀西瓦尔和鲍斯出发了。他们骑行了三天，终于到达了海边，找到了耶稣所说的那艘船，到了船上，发现船的中央有一张银台，就是他们在残疾国王那儿见到的那张，银台之上放着遮有红色锦缎的圣杯。现在能够真真切切地看到世间难得一见的宝物——圣杯，他们都激动地流下了眼泪。于是他们走进船内，极其虔诚地对着圣杯做了祈祷。格拉海德向上帝祷告了颇久，问自己何时才能脱离这个污浊的世界，进入天堂。他发自内心的祈祷感动了上天。后来有一个声音对他说："格拉海德，你的要求会得到满足的。你解脱肉体之苦时，也就是你精神得到解脱之时，之后你的灵魂会得到永生。"

珀西瓦尔听到了此话，便以他们之间同伴的情谊，请求他说出为何要做如此要求。

"我可以告诉你，"格拉海德说道，"前几天，当我模模糊糊地看到圣杯时，我的心灵受到极大的震撼，随后心里感到极大的愉悦，我相信这是有生以来第一次体会到快乐。因此我知道，当我的肉体死亡之后，我的灵魂将享受极大的快乐，每天都会看到神圣的三位一体，以及我主耶稣的高贵庄严。"

三人在船上畅谈许久，不知不觉中就睡着了，醒来之后，他们发现他们的船只漂到了撒拉斯城的跟前。正要上岸之际，他们看到了安放有珀西瓦尔姐姐的那艘船。珀西瓦尔立刻激动说道："以上帝之名，我的姐姐的话果真应验了。"他们将银台从船内搬出，一路抬着来到城前。这时，一位佝偻的老者从旁边走过，格拉海德将他叫住，请他帮忙搬运这个沉重的银台。

老者说道："十年之前，没有拐杖我就已经无法行走了，更不用说要搬这么重的东西了。"

“你不必担心，”格拉海德说道，“只要您站立起来就能表明您的善意了。”那老者半信半疑地试了试，果真站直了身子。此神奇之事立即轰动了全城，人们都在谈论着一个佝偻的老者被几位来到城里的神奇骑士医好的消息。此城的君王名为艾斯托劳斯，听到这个消息后，便命人把格拉海德三人抓了过来，当面便问他们从何而来，以及那银桌上面放的何物。于是他们便将圣杯的实情以及上帝所赋予它的力量告知了他。艾斯托劳斯乃是一位暴君，而且信奉异教。他立刻下令将他们捉了起来，关在暗无天日的监牢之中。

但是他们刚被关入牢中，耶稣圣主就为他们送来了圣杯，依靠圣杯的恩典，他们在牢里一直衣食无缺，过着悠闲自得的生活。一年之后，这位艾斯托劳斯王忽然病倒在床，自觉将不久于人世，派人把三名骑士请到了面前。他好言好语地向他们请求，希望能宽恕自己对他们的所作所为。人之将死，其言也善，再加上格拉海德他们三人本是伟大的圣人，根本没有把这事放在心上，之后那君王安详地死去了。君王死后，全城上下都惊惶不安，担心再有一个暴君统治他们。就在他们商议之际，一个声音在他们中间响起，吩咐他们选择这三位当中最年轻的骑士做他们的君王：“因为他将很好地保护你们及你们的财产。”于是这座圣城的所有人都同意拥戴格拉海德为王，对于不同意见之人，大家都意欲杀之。格拉海德登基后，让人做了一只镶有宝石的金箱，罩住了银桌上的圣杯。每日清早，这三名骑士都要来到它的面前做祷告。

一年之后，就在格拉海德加冕的纪念日上，他和他的同伴早早起了床，来到宫殿之内。他们看到一位好似主教的人正双膝跪在圣杯的前方，四周围绕着许多美丽的天使，就好像是耶稣基督本人一般；后来他站起身来，开始为圣母玛利亚做弥撒。弥撒圣餐完毕之后，他立即召唤格拉海德，并对他说道：“过来吧，耶稣基督的仆人，你将会看到你所渴望看到的东西。”

格拉海德一看到圣灵之物，开始剧烈地颤抖起来，向着上天高举起双手，虔诚地说道："主啊，感谢您，我现在已经看到了长久以来我所渴望的东西。神圣的主啊，假若您喜欢的话，我愿随您而去。"随即，那人双手捧起耶稣基督的塑像，把它交给了格拉海德。他高兴万分，极其恭敬地接受了。

"你可知我是何人吗？"那人问道。

"在下不知。"格拉海德说道。

"我乃阿利马太的约瑟，受我主的指派来到此地，与你为伴。你可知他为何派我吗？这是因为你有两点与我相像。其一，你见过圣杯创造的奇迹；其二，你一直是贞洁的处子，就像我过去和现在一样。"

那人说完这些话，格拉海德就走到珀西瓦尔的面前亲吻了他，并向他辞别；同样他也亲吻辞别了鲍斯骑士，说道："亲爱的爵士们，请代我问候我的父亲兰斯洛特骑士，就请他记住这个世界是不安定的。但是不管怎样一定洁身自好，好自为之。"随后，他跪倒在桌台之前，祷告起来，突然之间，他的灵魂离开他的肉体而去，众多的天使护送着他升向了天堂。这些情形被他的两个同伴都清清楚楚地看到了。他们两人还看到从天上伸出一只巨大的手，却不见身体。那手伸向圣杯，将它和长矛一同带到了天上。从那之后，就无人再胆敢说他见过圣杯了。

珀西瓦尔和鲍斯见格拉海德已经升天，不禁感到从未有过的悲痛；举国上下都为失去一位英明的国君而哀伤。格拉海德被安葬之后，珀西瓦尔骑士也穿上了教服，出城隐居去了。鲍斯一直跟随着他，珀西瓦尔骑士在隐舍中住了一年零两个月，过着极为简朴的生活，不久就谢世了。鲍斯也将他埋在了那处圣地，就在他姐姐以及格拉海德的墓地旁边。

鲍斯感到自己漂泊在巴比伦，远离了家乡，感到很孤独，就觉得应该回到故土。于是他打点自己的行装，离开了撒拉斯城，来到海边，登上了航船，一路顺利地回到了坎默洛特城。见他归来，宫廷之内一片欢腾，因为他离开本国太久，人们都以为他已经死了。宴会之后，鲍斯向国王讲述了他和兰斯洛特、珀西瓦尔和格拉海德追寻圣杯的经历，随后对兰斯洛特骑士说道："您的儿子，伟大的格拉海德骑士，他的圣洁的灵魂已经升入天国，他让我转达对您的问候，并还请您牢记，这个世界是不安定的，让您洁身自好。"

"没想到我的儿子竟是如此之伟大，我自愧不如。现在我将自己交给上帝，听从他的安排。"说罢，兰斯洛特以泪洗面。

第二十章 为王后而战

寻找圣杯的任务已经完成，但同时也付出了惨痛的代价。圆桌骑士们在寻找圣杯的途中，不畏长路漫漫，翻越千山万水，历经许多艰险磨难。很多骑士甚至惨死于寻找圣杯的危险之旅，再也没有回到王宫；那些活着回来的，也是身心交瘁，伤痕累累。

看到骑士们归来，宫廷响起一阵欢呼。为了给予这些归来的勇敢的骑士至高无上的荣誉，亚瑟王吩咐王后格尼薇儿亲自下厨，为他们准备丰盛的晚宴。当时只有二十四名骑士参加这次盛宴，他们中间有爱尔兰的帕提斯、高文、加雷斯、阿格拉文、加荷里斯和莫瑞德。在气氛热烈的晚宴上，高文津津有味吃着自己喜欢的各种清脆爽口的水果。这也是他多年养成的习惯。王后非常了解这一点，特意吩咐手下的人买来摆在他的座位前面。出现在晚宴上的还有一个人，此人名叫皮奈尔。他对高文是恨之入骨，因为高文和他的兄弟们凶残地杀死了他的表兄加里斯。为了报仇，他把毒药偷偷地放在高文喜欢吃的水果上，就想借机把他害死，让他一命呜呼，但这种不幸却出人意料地发生在善良的帕提斯身上。不知怎的，平时不爱吃水果的帕提斯，今天挑了一个红彤彤诱人却有毒的苹果，津津有味地吃起来。不一会儿，就口吐白沫，僵死在自己的座位上了。骑士们一看到此，都惊呆在那里，一句话也说不出来。这时一名骑士怒声吼道："谁干的？查出来一剑杀死他！"

于是，大家你一言我一语开始议论起来。突然有人说晚宴是王后一手操办的，这有毒的水果一定与王后有关。于是有人赶忙叫来王后。“我的王后陛下！”高文第一个怒气冲冲质问道，“大家都知道我对水果情有独钟，这水果也是专门为我准备的。王后你好狠毒啊，竟然在水果上下毒谋害我！”

听了高文的一番话，又看到惨死的帕提斯的样子，王后立刻吓得脸色煞白，一动不动呆在一旁。紧接着，麦多赫脸色阴沉沉，含沙射影地说道：“我失去了一个情同手足、宽厚仁慈的好兄弟。这事不能就这样算了，我要让这个杀害的我兄弟的人血债血还。不管她是谁！”

麦多赫又转过身来，冷冰冰地对王后说道：“王后陛下，我不知道是不是你下的毒药，但你是直接怀疑对象。”

在座的骑士们都一言不发，默默地坐在那里，觉得麦多赫的话非常有道理。精神几近崩溃的王后一时之间不知该说什么，她没有做任何解释，只是满怀委屈，满脸害怕地跌倒在地上，自顾“呜呜”地哭起来。没想到自己一番好心，辛辛苦苦准备的庆功晚宴却变成送命宴。这时候，亚瑟王听到了嘈杂声，很是好奇，就走过来看个究竟。当他看到椅子上满嘴白沫的死了的帕提斯，又听到大家把事情经过说了一遍，他的心立刻沉了下来，脸色也变得非常难看。

“在座各位英勇的骑士们，”亚瑟王神情非常严肃地说道，“我为这蓄意的谋杀深感痛心，但是我不能插手到这个事件当中去，不管这中间是不是牵涉王后，我最终会给大家一个公平的交代。不过我相信王后不会做这种不齿的行为，如果真要判她死刑的话，将会有很多骑士站出来为她求情，甚至有的会公开反对的。麦多赫先生，为了平息你的愤怒，咱们定个日子，到那天所有的骑士都来比武，你可以惩治杀害你兄弟的凶手；如不然，则是我亚瑟王的耻辱。”

“我至高无上的陛下，”麦多赫满脸不高兴地说，“您知道，我绝对不会放过杀害帕提斯的人，你也是一个骑士，最能理解我此时此刻的心情。我们二十四名骑士都一直认同王后对帕提斯负有不可推卸的责任,大家都知道晚宴是王后和她的仆人做的。”

“上帝啊!”王后泪流满面,抽噎着说,“我是怀着一种崇敬的心情为骑士们准备晚宴,精心准备每一道菜,从来没有想过要害死某个人。另外是陛下安排我为你们准备晚宴,你们大家也知道这件事。如果下毒害你们,那不是也在害我自己吗?”

“好吧,我的陛下,”麦多赫厌恶地看着王后,愤恨地说,“您选择一个日子进行一次比武大赛,我准备参加。这样对大家都公平。”

“好吧,”亚瑟王也无奈地说,“再过半个月,你骑马到威斯敏斯特附近的一个牧场,到时候会有一个骑士和你比武,你们将会有一场你死我活的争斗;如果没有骑士和你比武,我的王后就会被烧死,火也将在牧场里点燃。让上帝快点找出真正的凶手,也还可怜的帕提斯一个公道!”

SIR MADOR ACCUSES GUENEVERE

“好的，尊敬的陛下！我相信您会兑现承诺的。”说完，伤心的麦多赫和其他骑士都离开了宴会。

众人走后，大厅里只剩下亚瑟王和王后两人，亚瑟王就问王后事情的原因。

“万能的上帝，救救我吧，我也不知道是怎么回事。”王后一肚子委屈，悲痛欲绝地说，“我也是看到帕提斯死了，才知道有人下毒了。”

“兰斯洛特在哪儿?”亚瑟王一直深爱着自己的妻子，当妻子遇到如此大的灾难，是他始料不及的，他也没有好办法，只能建议王后去找自己一直不愿提的人，那就是兰斯洛特。说这话时，亚瑟王表情非常严肃，他又谨慎地向四周看看，对王后说:“如果他在这儿，他会毫无怨言地为你而战。”

“陛下，我也不知道他在哪儿。”王后答道，语气中有点儿不知所措，“但是他的兄弟和他的亲戚都认为他不在我们的国家。”

“如果是这样，我为你感到难过。”国王说道，“因为只有他能制止这场冲突，挽救你的生命。不过，我觉得你还可以问问鲍斯，或许他可以为你战斗，至少他应该知道兰斯洛特的下落。我想他是不会拒绝帮助你的。今天晚宴上的二十四名骑士都不会站到你这一边，他们非但不会愿意为你说好话，还会落井下石，用恶毒的语言对你进行人身攻击，因为他们目睹了帕提斯骑士确实是吃了你的食物而死。”

“唉，我现在也是忧伤难过，”王后伤心地叹了一口气说道，“不过只能按照你说的去做了，我去找鲍斯问问，看他愿不愿意帮我。”于是王后匆匆离开了亚瑟王，回到王宫便命人去请鲍斯。

“对不起，王后，我实在是帮不了你，”鲍斯为难地说，“你也知道我参加了晚宴，如果我为了你，去比武，餐桌上所有的人都会怀疑是我下的毒药，害死帕提斯的，我会因此背上罪名。另外，我觉得这事最好让兰斯洛特出面解决，他一直深爱着你，我想，不管是你对还是你错，他都会回来为你而战的。”

GUENEVERE SENDS HER PAGE TO LANCELOT FOR HELP

“唉，”王后声泪俱下地说，“现在只有你能救我，我知道你是一个宽厚仁慈的人。”说着，王后跪下来，希望能够获得鲍斯的同情：“你一定会帮助我的，不然我将会遭到世人的唾骂，声名狼藉地死掉。但是我向上帝发誓，我从来没有下毒药害过任何人。”正在这时候，亚瑟王神情严肃地走了进来，当看到自己的妻子——伟大的王后正跪在鲍斯面前，脸一下子变得很不自然。

“王后，你这不是要我的命吗？我怎么能承受得起，你快起来。”鲍斯一边说一边赶快扶起王后。

“唉，鲍斯，大家都知道你是一个心地善良的骑士。”亚瑟王说道，“可怜可怜我的王后吧，我相信她不是害死帕提斯的元凶，现在又没办法证明。那些参加晚宴的骑士都在背后说她的坏话，想利用此事置她于死地。不管是出于对王后的同情，还是出于对兰斯洛特的友爱，你都应该代替兰斯洛特，去为王后的荣誉、尊严和生命而战!”

“我的陛下，”鲍斯很为难地说，“这件事情让我处于进退两难的境地。如果我为王后而战，我将激怒圆桌上坐着的所有骑士。但是无论是出于兰斯洛特方面的考虑还是您这方面的考虑，我都不能拒绝。”“好吧，”鲍斯无奈地说道，“如果兰斯洛特不能及时回来，我答应您为王后而战。”

听到鲍斯这么说，亚瑟王和王后这才放心，同时心里也非常感激鲍斯，千恩万谢之后，方才离去。

GVENEVERE & SIR BORS

鲍斯清楚，自己绝对不是麦多赫的对手，在亚瑟王和王后离开后，就匆匆准备好行装，扬鞭策马去找兰斯洛特。此时的兰斯洛特正和一个隐士待在一起，见到鲍斯慌慌张张骑马而来，感觉一定是出了什么大事了，慌忙迎上去，急切地问道：“发生什么大事了，鲍斯？看你那么慌张。”于是鲍斯把事情的经过讲述了一遍。

“啊，怎么会这样？我是坚决不相信王后会去下毒害人。不过现在让你去决斗，真是太冒险了。”兰斯洛特说，“我不想让你冒这个险，万一有什么意外，我心里会愧疚一辈子的。为此，我准备替你参加这次比武大赛。但是有件事你必须替我做，就是在比武场上尽可能拖延时间，越长越好，这样我就有时间赶到那儿。因为我比较了解麦多赫，他脾气非常暴躁，根本忍受不了那么长时间。最后就会对战斗失去耐心。”

“好的，”鲍斯答道，“这点我能做到。你大可放心。我要赶快回去，国王和王后还在等着我呢。”说完，兰斯洛特目送鲍斯骑马疾驰而去。

很快，鲍斯要为王后而战的消息在宫廷上下传开了，很多骑士对鲍斯行为非常不满；但是也有几个骑士认为王后心地仁慈，绝不会谋害帕提斯，是无辜的，鲍斯这样做是见义勇为之举。一时之间议论纷纷，褒贬不一。

一天，鲍斯遇到那些骑士们，便对他们解释道：“我亲爱的兄弟，如果让我们的最尊贵的王后公开遭受无尽痛苦和屈辱，这是我们做臣子的耻辱。我这次比武不仅仅是为了王后的荣誉还为了国王的声誉。”

但是那些对王后不满的骑士们不满地说：“对于国王，我们敬重他的人格，一直是怀着一种崇敬心情为他忠心效劳。我们都知道鲍斯你是一个忠诚的臣子，又是一个心地非常善良之人，所以也是一直敬重你。至于王后格尼薇儿，她不守妇道，对我们的国王用情不专，有辱我们国王的人格，这也是人所共知的；另外这次她又谋害我们的兄弟，这样的心如毒蝎的女人，值得为她而战吗？这样做，只能破坏我们骑士兄弟之间珍贵的感情。”

“勇敢的骑士们，我知道你们都有一颗忠贞而又公正的心。但是大家要想一想王后为什么要谋害帕提斯？我刚开始也怀疑是王后害死的帕提斯，但后来仔细想一想，她和帕提斯之间无冤无仇，她为什么要加害于他？王后没有害死帕提斯的理由，我们冤枉了王后，我相信她是无辜的。那天，她不辞辛苦地为在座的各位骑士准备丰盛的晚宴，却被某些别有用心的人利用了，我觉得在我们中间，一定有人怀有什么不可告人的目的。”鲍斯耐心地继续解释说，“你们说王后是骑士之间关系的破坏者，但是据我所知，曾有一段时间，她非常支持我们，曾给予我们很大的资助，甚至是倾囊相助。因此让这么伟大的王后遭受死亡的痛苦，这对于我们所有的骑士来说都是一件可耻的事情。我就说这么多，你们再想想有没有道理。”

听了鲍斯的话，很多人点头表示理解。但仍有一些人坚持王后应该对帕提斯骑士的死负责，并非常生气地对鲍斯说：“你说的全是假的，你是在替王后掩盖罪恶，我们绝对不能饶了她。既然你愿意去替王后去比武，你就等着去死吧。”这些骑士说完，怒气冲冲地扬长而去。

时间转眼即逝，很快比武的日子就到了。比武的前一天，王后仍然有点不放心，就又派人去请鲍斯，问他愿不愿意继续遵守承诺，准备与麦多赫决战。

“君子一言，驷马难追。王后，你放心好了。”鲍斯很坚决地说，“如果现在有更好的骑士愿意替我而战，我可能会解除我的承诺。不然我宁死也不会违背自己的诺言。”

“我非常感谢您对我所做的一切，等比武结束时，我和国王一定会好好重赏您。”王后听了，万分感激地说。

“这个倒不必了，王后，我只是在做我应该做的。”鲍斯婉言谢绝道。

王后送走了鲍斯，心里稍微得到安慰，就去找亚瑟王，把鲍斯的话一五一十地告诉了他。亚瑟王听了也非常高兴，抚摸着王后，温和地说道：“这次可以彻底放心了，鲍斯是最勇敢的圆桌骑士之一，也是最重情重义的人。只要他答应为你而战，是不会反悔的。”听了亚瑟王的一席话，王后心里的一块石头总算掉下来了。

第二天，天刚蒙蒙亮，国王和王后，还有所有的骑士都骑着马来到威斯敏斯特附近的牧场。绿茵茵的牧场上早已聚集很多围观的人们。这是一场由王后引发的生死决战，谁也不想错过。此时此刻，有很多勇猛的骑士站在亚瑟王和王后周围，保护着他们。牧场的西北角立着一个金属十字架，一端深深地埋在土中，这就是当时的刑具。如果不是鲍斯为王后而战，或者鲍斯战败，王后就会被绑在这个十字架上，被活活地烧死。因为当时有个传统，只要犯了重罪，无论是皇亲国戚，都将被处以火刑。比武的时间终于到了，麦多赫牵着马大步流星地来到牧场，高声在国王和老百姓跟前起誓。只听他说道："国王陛下，在场的老百姓，王后害死我的表兄帕提斯，我要为我的表兄报仇。今天无论谁出来反对，我都要用决斗来证明王后不是清白的。""鲍斯，你这个势利小人，我知道你是在袒护王后。但看在你还是一个汉子的分上，我还想奉劝你一句，现在后悔还来得及，不然我是绝对不放过你的。"麦多赫远远地冲着鲍斯喊道。

"我知道你的勇敢善战，但是我已经给王后承诺过，除非有更好的骑士愿意为她而战，否则无论生死，我绝不会退却。"鲍斯语气坚定地高声答道。

于是，麦多赫绷着脸，一言不发，扛着盾，握着枪，骑着马飞一般向鲍斯驶去，还不时地回头恶狠狠对王后叫嚷道："今天让你看看你的支持者是怎么死的。"

听到这，鲍斯有一种受羞辱的感觉，但兰斯洛特还没到，没办法也只能牵着自己的马，硬着头皮向牧场中央慢慢走去。在这紧急时刻，只见一个威武骑士，骑着一匹矫健的白色战马，手里拿着缀满奇怪饰物的盾牌，飞快地从树林冲了出来，来到鲍斯跟前，急忙勒住马匹，说道："勇敢的骑士，你暂且回避一下，让我先和牧场上这位勇敢的骑士比划比划。"

看到兰斯洛特骑马及时赶到，鲍斯顿时松了一口气，暗自庆幸自己摆脱了一场危险。他清楚自己绝不是麦多赫那家伙的对手。于是他掉转马头退了回去。此时，精明的亚瑟王心知肚明是兰斯洛特到了。

站在周围围观的骑士看到又来了一位英姿飒爽的英雄愿意为王后战斗，心里都在想："这位敢于向麦多赫挑战的骑士到底是谁？"大家心里都清楚鲍斯根本不是麦多赫的对手，如果鲍斯和麦多赫决战，必死无疑。现在这位骑士的出现，战事就难料了。

"陛下，鲍斯这个胆小的家伙，自知不如我，不敢和我正面交锋了。"麦多赫对亚瑟王说，"但现在赛场上的骑士是谁啊，让他报上姓名。"

但亚瑟王一句话都没有说，只是做一个决斗开始的动作。于是两名骑士手里紧紧地握着长矛，拼尽全力冲杀在一起。麦多赫是亚瑟王最杰出的骑士之一，出手敏捷，勇猛无比，能够和他战上几个回合的也是寥寥无几。但是，他今天面对的是兰斯洛特，亚瑟王的第一圆桌骑士。只见兰斯洛特把枪高高举起，用力砸向对方，麦多赫赶紧拿枪去迎。两枪相撞，只听"啪"的一声巨响，只震得麦多赫两臂发麻，两眼发黑，坐立不住。接着，只听得"扑通"一声，一头从马上栽倒在地。过了良久，麦多赫才清醒过来，又猛地从地上跳起来，迅速地拔出自己的剑。那骑士也从马上跳了下来，两个人在地上又厮杀起来。大战了一个多小时，直累得气喘吁吁。这时，麦多赫明显地慢了下来，那骑士瞅准时机，狠狠地打中了他的膝盖，接着一脚把他仰面踢倒在地上。麦多赫不愧是一等一的高手，只见他一个鲤鱼打挺从地上跳了起来，身子还在空中的刹那宝剑已经重重刺在了对方的大腿上，顿时鲜血直流。骑士看到自己腿上的鲜血，意识到受了重伤，必须速战速决。他趁着麦多赫还没站稳，就给他的头部来了重重一击，麦多赫终于倒地认输。

这时，一些骑士赶忙把麦多赫从地上扶起，前去疗伤。王后长长地舒了一口气，向亚瑟王走过来。两人兴奋地竟然在众目睽睽之下亲吻了对方，骑士们都站在牧场的绿茵上目不转睛地盯着他们。亚瑟王意识到了众人的目光，感到有点不好意思，就赶忙拉着王后的手走到那骑士跟前，弯腰致谢，并命人把宫廷里最好的酒拿来痛饮庆贺。

这时，那骑士解下自己的头盔，果然不出所料，正是兰斯洛特。他对亚瑟王说道："陛下，作为骑士，能为你和王后而战，我感到无上光荣，就是赴汤蹈火，也在所不辞。因为是您给了我至高无上的荣誉，是王后在我急需要宝剑的时候，找到并及时还给了我。我曾经答应过王后，无论她做的是对是错，我都会保护她。"

格尼薇儿王后看到兰斯洛特后，喜悦的心情无以言表，激动得泪水都流了出来。一幕幕往事浮现在心头，想到自己曾对他不止一次地讽刺挖苦，误解中伤，而他总是一次次承受，无怨无悔地保护自己，王后心里感到非常愧疚，请求原谅自己的过错。接下来在场的所有骑士都兴高采烈地走过来，欢迎他的归来，院子里充满欢快喜庆的气氛。

第二十一章 兰斯洛特与王后格妮薇儿

在所有的圆桌骑士当中，兰斯洛特是最勇敢的，也是最伟大的。他英勇善战，勇气可嘉，同时他英俊潇洒，具有男人的胸怀和气魄，没有一个骑士能像他那样做出那么多的丰功伟绩，没有一个骑士像他那样救美女于危难之中。他保护很多的弱者免受欺凌，正因为他的这种伟大的人格和宽厚仁慈的心，亚瑟王打内心里喜欢他并且非常相信他；同时他也赢得王后的垂青，成为王后的知心朋友。

自从兰斯洛特在坎默洛特城出现后，就宣誓忠于王后。后来他以王后的名誉，做了很多英勇的事迹。王后非常欣赏他，每当他津津乐道地讲一些民间传闻，以及他的冒险故事时，王后总是在一旁津津有味地听着；他还时常为王后唱一些王宫根本无法听到的优美动听的歌曲，合着翩翩的舞姿，逗得王后哈哈大笑；他还经常陪着王后一起去野外打猎，排遣待在宫中的烦闷。兰斯洛特总是能让她开心和快活，王后喜欢和他在一起。

由于王后总是和兰斯洛特在一起有说有笑，整天形影不离，过于亲密。那些不怀好意，嫉妒兰斯洛特才能的人抓住把柄，对此大造言论。说王后和兰斯洛特两个远不只是朋友关系，并添油加醋，说得有滋有味，像真的一样，其中就有亚瑟王的侄子莫德瑞。此人外表英俊，然而在漂亮的容貌下却藏着狼子野心。他整天就像一只狡猾的狐狸，蹲伏在昏暗的角落里，双眼一直觊觎着亚瑟王的王位，准备随时夺权。为达到目的，他不惜使用卑鄙的手段到处破坏亚瑟王的名誉，甚至还勾结北方的野蛮人，试图使圆桌骑士之间爆发冲突，令他们反目成仇，互相残杀。

不久，这种谣言也传到亚瑟王的耳朵里了，刚开始，亚瑟王对此置之不理。但随着谣言越来越多，亚瑟王开始怀疑王后和兰斯洛特之间有一种不正常的关系。他对王后的态度变得越来越冷淡，也不再相信兰斯洛特。这恰恰正中了莫德瑞的下怀。

一天夜里，莫德瑞偷偷找来王后的一个侍女，并威胁她说："我现在让你去办件事情，如不照办，明年的今天就是你的祭日。"

侍女非常害怕，就战战兢兢问："您让我替您做什么事？"

莫德瑞小声说道："你去兰斯洛特那儿，就说王后想见他，和他说说话。"

于是侍女慌忙去找兰斯洛特，把这个假消息告诉了他。兰斯洛特一点也没怀疑，就高兴地跟着她来到了王宫。王后看到兰斯洛特走了进来，很惊奇地问："这么晚了，你怎么过来了？"

听了王后的话，兰斯洛特也感到非常惊讶，但他立即就意识到这是有人故意设的圈套，想要陷害自己。他知道自己在宫廷里有很多敌人，他们都想把自己置之死地而后快。

与此同时，莫德瑞在暗中一直注视着王后，看到兰斯洛特走进王后的房间，就立刻召集手下人，将王后的寝宫团团围住。他要把这对奸夫淫妇捉住，揭发他们的奸情，从而挑起亚瑟王和兰斯洛特的斗争。眼见自己的阴谋得逞，莫德瑞在宫外高声呐喊道："你们这两个奸夫淫妇，两个叛徒，给我滚出来！我一定要捉住你们，给我叔叔一个交代。"

兰斯洛特向王后的寝宫看了看，想找一个盔甲保护自己，但是什么都没有。"王后，现在我必须打开门和他们拼了。"兰斯洛特悲哀地说，"如果我死了，你就去我亲戚那儿躲一躲，否则，你将会受到审判。法庭对于你来说，已没有公正和正义可言了。世界上最美好，最公正的地方现在却充满着背叛和怀疑，人与人之间尔虞我诈。我不放心你的安全，你一定按照我说的去做。"

这时，莫德瑞和他的手下狠狠锤着宫门，试图破门而入。突然，兰斯洛特猛地打开门，高赫骑士闪身而进，举起剑朝着兰斯洛特狠狠地砍去。兰斯洛特机灵地往旁边一闪，躲过了这一剑，然后闪电般地用自己的剑把高赫砍倒在地，随之猛一下把门死死地关上了。

LANCELOT COMES OVT OF GVENEVERE'S ROOM

“王后，快把盔甲给我穿上，穿上它我就能逃脱。”兰斯洛特急切地说。

王后慌忙脱去高赫的盔甲帮兰斯洛特穿上。只见兰斯洛特猛地把门打开，像一头发怒地狮子怒吼着冲了出去，一会儿的工夫，就杀死了七名骑士，这其中有高文的两个儿子。兰斯洛特又扑向莫德瑞，把他整个人高高举起，然后重重地摔在地上。莫德瑞当即就昏了过去，他的手下只好将他抬起，匆匆逃走。

莫德瑞的手下撤走之后，兰斯洛特走到王后跟前，哭着说：“王后陛下，我要永远地离开这儿，因为我今天杀死了国王的两个侄子，还有我最好的朋友高文的两个儿子。明天估计他们就要对你审判，但是我不会抛下你不管的。我现在马上召集忠于你我的骑士们来设法营救您。您耐心地等着。”说完，兰斯洛特便消失在漆黑的夜里。只剩下王后倒在床上呜咽着哭泣，嘴里不停说着：“这就是我的下场，从此我要背上不贞的臭名。一切都是我的错。太晚了，一切都太晚了。”

莫德瑞被手下的人抬回去，侥幸捡了一条命。等他慢慢醒过来，立即包扎好自己的伤口，便骑着马飞快去找亚瑟王告知其事。当亚瑟王看到自己的侄子全身裹满了绷带，非常心疼地问：“莫德瑞，你这是怎么了，到底发生了什么啊？”

莫德瑞哭着对亚瑟王说：“叔叔，您一定要为我做主。兰斯洛特在王后的寝宫里，被我们几个抓个正着，本想把他抓来向您请罪，但是他拒不承认，还向我们动手，杀死你的两个侄子，还有高文骑士的两个儿子。我是被他打晕了，被手下人抬回来，才侥幸活下来。”

亚瑟王一听，不禁悲从中来，自己一向深爱的王后竟然真的做了对不起自己的事情。他以前也曾听到一些流言蜚语，但总是半信半疑。他知道王后喜欢兰斯洛特，但那仅是喜欢而已，他从心里不相信自己的王后会背叛自己。现在，他相信了。是可忍孰不可忍，明天一定在大庭广众之下审判她。

亚瑟王拿定了主意，然后自己躲到一个没人的地方默默地抽泣。

“哎，一切都如梅林所预料的那样发生。”亚瑟王流着泪自言自语地说，“我的王国已倒退到原来野蛮的状态，人与人之间是钩心斗角，尔虞我诈，充满着欺瞒和斗争。国家灭亡的日子也快到了。”

悲痛的亚瑟王命令士兵把王后带过来，对她进行审判。并命令王后卸去以往的珠光宝气，穿着朴素的衣服，赤着脚，像其他囚犯一样到宫廷上来。

“我将不会再相信她是清白和无辜，除非她能用足够的证据证明自己。”亚瑟王悲叹地说道，眼睛里流露出无奈和无助。

王后一听到国王让她穿着囚犯的衣服去宫廷，她悲痛万分，心想：“我的陛下，这次他不会原谅我的，他内心里已经对我很讨厌，并且给我定下罪名，他不会相信我是被人陷害，我是无辜的。”她哭着说道：“我的死期到了。”

审判王后的消息很快传到兰斯洛特那里，他一不做，二不休，决定前去营救王后。兰斯洛特很快聚集了一批忠于他的骑士，策马扬鞭向宫廷疾驰而去。

当王后光着脚，一身素裹泪流满面地慢慢地走到审判庭上。此时的王后更是美丽怜人，一看到自己的心上人如此可怜，化了装的兰斯洛特忍无可忍，急忙命令自己的兄弟赶快去救下王后。于是，一场本不该发生的战争开始了，以前曾经是发誓同生死的战友，血脉相连的同袍兄弟现在都是对戈相残。兰斯洛特，这名战场上最勇猛的战将，也杀红了眼，把自己最好的兄弟加雷斯都杀死了。最后，他来到王后的跟前，砍断身上的绳索，抱着她一跃跳到马鞍上，向快乐岛飞驰而去。

在这次战争中，亚瑟王的二十七名骑士和兰斯洛特的十六名骑士都活活地被杀死了，圆桌骑士已经所剩无几。亚瑟王呆呆地站在审判场上，目睹最心爱的骑士们自相残杀，惨象使他心里无比悲痛，令他感到震撼，他意识到自己的日子不多了。

兰斯洛特营救王后的鲁莽行为，导致很多圆桌骑士不幸丧命，这也是亚瑟王统治走向衰落的前奏。兰斯洛特徘徊在国家法律和自己心爱的人王后之间，她既是国王一直寻找并要严惩的人，又是自己最心爱的人，需要自己不惜生命去营救。最后他选择了后者。王后的离去和兰斯洛特的所作所为，让亚瑟王再也无法容忍和原谅了。

"圆桌上的所有快乐现在都变成了悲痛，"亚瑟王痛苦地说，"并且快乐的日子再也不会重来，梅林的预言又一次被应验了。"

一旁的高文对此也是怀恨在心，自己兄弟和儿子都死于兰斯洛特的手下。他发誓一定杀死兰斯洛特，为他们报仇。于是他请求国王攻击快乐岛。亚瑟王犹豫不决，并不是因为胆怯，而是不想再攻击那些支持兰斯洛特的圆桌骑士们，他们曾经都是自己的结盟兄弟。但是经不起高文的左右劝说，他很不情愿地召集剩下的所有骑士前去攻打快乐岛。

兰斯洛特和他的兄弟埃克特站在城墙上，默默地看着亚瑟王的大部队浩浩荡荡地向他们开过来，好一阵子都没有说话。突然，埃克特打破了沉默，对兰斯洛特说道："我们和亚瑟王达成协议吧？归还王后，也许亚瑟王就会撤兵。"

"坚决不，"兰斯洛特不容辩解地说道，"除非国王赦免王后的罪过，保证她的安全。"

双方很难达成协议，残酷的战争仍在继续，亚瑟王的军队一次次猛烈地攻击快乐岛的城堡，终于在城墙上打开了几个缺口，但是到了夜里，这些缺口很快又被堵上了。双方都死伤惨重，各自的力量经过这次战斗都受了重创。

兰斯洛特的一些手下认为应该突破亚瑟王的防线，退到大海边，然后穿过英吉利海峡到法国去寻求保护。而要这样做，现在是最佳时机。但是兰斯洛特想再做最后一次努力，希望能和亚瑟王两人之间能达成和平的协议。

当天下午，兰斯洛特站在城墙上，要求和亚瑟王直接对话。亚瑟王的士兵以为兰斯洛特支撑不住，要投降了，就慌忙跑到亚瑟王的跟前禀告此事。于是，亚瑟王就走了出来。

"陛下！"兰斯洛特喊道，语气中仍然对亚瑟王很尊重，"您为什么要攻击这个城堡呢？您也知道这个城堡里有很多勇敢的圆桌骑士，您是不是觉得亲手杀死这些可敬的，功勋卓著的骑士是您的荣耀啊？这些可都是为您立下汗马功劳的有功之臣啊，您怎么能忍心？"

"别往下说了，是你非法地抢走了我的王后。把她交给我，我们还可以继续谈下去，否则……"亚瑟王没有再说下去。

"我们一直用最高的礼仪款待王后，她在这儿没有受到任何伤害。如果您能承诺不让她受到任何伤害，我就把她交给你。"兰斯洛特诚恳地说道。

“你是不是在和我讲条件，答应你的要求，你才肯把王后交还给我？”亚瑟王轻蔑地对兰斯洛特说道。

兰斯洛特听出了亚瑟王的话外之音，说了句：“上帝，兰斯洛特只能请求您的原谅了。”生气地转过身去，离开了城墙。

接下来，兰斯洛特率领着城堡里的骑士们开始了突围。突然，城堡的墙倒了，只见兰斯洛特和他的骑士们试图冲破亚瑟王军队的防线。

就在第一次突围快要成功之际，兰斯洛特看到自己的兄弟死伤惨重，撤退路线也被切断了，慌忙喊道：“不行，这样太危险了，大家快退回到城堡里。”他和王后慌忙退回到城堡里。在这次突围中，兰斯洛特损兵折将，老朋友林奈尔也不幸遇难，战争的代价越来越惨重。

教堂里的主教看不下去了，他来到亚瑟王的营帐里。

“尊敬的陛下，”他恳求道，“难道你们能从这场战争中得到快乐和荣耀吗？不能。您看看我们的国家都成了什么样子。民不聊生，生灵涂炭，流离失所。军队里年富力强的士兵都战死沙场，只剩下一些老兵残将，国家岌岌可危。为了国家和人民，恳请您和兰斯洛特达成和平协议，尽快结束这场战争；不要再让兄弟自相残杀，亲朋好友反目为仇的悲剧再上演了。”

“这场战争不是我造成的。”亚瑟王有点儿生气地说道，“都是兰斯洛特和他的那帮骑士兄弟把我的王后抢走，我一个国王，脸面何在，尊严何在？让他们把王后送过来，也许会有和平。”

“除非您能保证王后的安全，不能伤害到她，兰斯洛特才能把王后交给您。”主教紧接着说道。

亚瑟王托着下巴，沉思良久，最后说道：“为了百姓能够安居乐业，国家能够强大，我答应您，我的主教。让他们把王后送到宫廷里来吧，我保证不会对王后有任何伤害。”

“那您就把您的承诺写下来吧。”主教说道。

亚瑟王让士兵叫来抄写员，写下了这些话，然后交给主教，送给兰斯洛特。

王后看到亚瑟王的承诺，心里非常高兴，不过又有些担心：那些忠于她的骑士们该怎么办？亚瑟王的承诺里没有提到他们，王后心里非常不安，于是她又让主教把她的想法告诉亚瑟王。

“主教，他们还有什么条件？那些背叛我的臣子——”亚瑟王的话还没说完，这时高文走到他的跟前，在他耳边低语一番。亚瑟王听完后，转过身来对主教说道：“好吧，传言给他们，就说我不会对他们有任何伤害的。”

然后主教把这令人兴奋的消息告诉了兰斯洛特，兰斯洛特接着就说：“让国王在宫廷里等着，三天之内，我们会把王后送回去。”

这场残酷的战争就这样结束了，很多年轻而勇敢的生命也在这场战争中结束了，闻名遐迩的圆桌骑士之间的珍贵友谊也随着战争的结束而结束了。强大的亚瑟王国也不复存在了。

亚瑟王回到宫廷不久，兰斯洛特就带着王后，他们头上还带着象征和平的橄榄枝，来到亚瑟王跟前跪下请罪。

“陛下，”兰斯洛特低着头对亚瑟王说道，“我今天把王后归还给你，这三个多月以来，我们以最高的规格安排王后的吃穿用度。今天你看到的王后和离开时的王后一样，纯洁无比。”

亚瑟王眉头紧皱，脸色铁青，瞅了兰斯洛特和王后好长时间，才开口说道：“兰斯洛特骑士，你曾经是我最亲密的朋友，在所有的骑士当中，你也是我最欣赏的。但也就是你这个最亲密的朋友，用武力抢走我的王后，在此次行动中，我很多年轻勇敢的骑士们都死了。然而你现在却站在我的面前，要我用真诚的心去接受一个给我带来无尽痛苦的女人。这个我将不能接受，也不可能。格尼薇儿，将不再是我的王后，我说过我不会伤害她，现在我把她交给教堂，她的余生就在那儿度过吧。”亚瑟王沉着脸又接着说道：“至于你和忠于你的那些骑士们，我承诺过，在英格兰的土地上我不会伤害你们，但从现在起，你们要离开这片土地，永远不要回来。你们所有的土地和财产将被没收充公。”

就这样，王后痛苦地去了教堂，在那儿孤独地度过她的余生。兰斯洛特和他的支持者无奈去了法国，在那里过着流浪悲苦的生活。

在兰斯洛特离开英格兰之后，发过誓要为自己的孩子和兄弟们报仇的高文，余怒未消，再加上莫德瑞在他耳边煽风点火，情急之下的高文就去找亚瑟王，恳求亚瑟王去进攻兰斯洛特。亚瑟王最后也同意了，召集国内的所有的骑士们，率领着他们乘船到法国，只留下自己的侄子莫德瑞管理国家大事。

亚瑟王和他的军队把兰斯洛特包围在他的城堡里。和以前一样，在这次战争中，又有很多勇敢的骑士战死了。第二天，高文骑马向兰斯洛特的城堡走去，要和勇敢的兰斯洛特决斗，以发泄长期积聚在心中的仇恨。但是，兰斯洛特打内心里还是对这位老朋友有很深的感情，自从杀死了老朋友的孩子和他的兄弟，心里一直愧疚万分，因此不愿意和高文决斗。但高文每天都在城堡前叫骂，最后兰斯洛特忍无可忍，打开城门与他展开了激烈的战争。高文像疯了一样，力气大到能打倒三个人。但是在武艺高强的兰斯洛特面前，他还是处于下风。就在高文的盾下落的时候，兰斯洛特乘机给他重重一击，高文立刻就倒在地上，受了重伤。一看到此，兰斯洛特立刻走上去扶他，请求他的原谅，但是高文怒气冲冲地告诉他，他们将永远是仇人。

亚瑟王赶快派人把身负重伤的高文抬到帐篷里，看着奄奄一息的侄子，不禁悲从中来，呜咽着哭起来。这时高文突然清楚地说道：“陛下，我就要死了，我感觉眼前像一团雾，模模糊糊，看不清楚。兰斯洛特不是您真正的敌人，是莫德瑞挑拨你们之间的关系，使你们反目为仇。现在他正阴谋篡夺你的王位，打算在你回去的时候杀死你。”说完这些话，他就闭上眼睛死去了。亚瑟王为高文死去悲痛欲绝，发誓一定要对莫德瑞采取行动。

第二十二章 亚瑟王之死

亚瑟王再度骑马走在骑士之首,莫德瑞的背叛重新给了他战斗的欲望。王国不能落入一个如此可鄙之人的手中。亚瑟王再次带着他的大军往西边的沙场迈进,去迎战那个号称是自己侄儿的叛徒。在最后的几个月里,许多贵族归顺了莫德瑞,战争的威胁又使一些贵族回到他们的国王身边。

每天都有令人忧虑的消息传来——莫德瑞夺下一个要塞、其他王国和亚瑟王的敌人联盟等。亚瑟王的军队数量不如人,而他的骑士也垂垂老矣,但他们仍坚持作战。

最后,人们获得消息,莫德瑞在沙兹伯里平原重新聚集了部队。他打算从那里前进到康瓦尔,打败亚瑟王,然后渡海占领不列颠。亚瑟王立即召集贵族,草拟作战计划,挥军前往沙兹伯里。

他们到达时,夜幕正低垂。亚瑟王想起他刚开始统治的日子:梅林带他到一个可以俯视平原的丘陵上,指给他看一块上面有古老碑文的岩石:在这个平原上,将会有一场致命的战役,使得王国从此无主。当时年轻且雄心勃勃的亚瑟王不知道这个预示是为他而写。

亚瑟王上了床,因晦暗的预感而辗转难眠。终于入睡后,他梦到一个非常美丽的女子,让他坐在一个巨轮上,那是命运之轮。从那里,他可以看到他所有的王国。然后那女子让轮转动,国王摔在爬满了蛇蝎的地上。他被这一摔惊醒,也开始明白:他的统治就要结束了,明天,他将在此地遭受重创。但是他的心里很平静。

他说："我要尽全力而战，如果在死前能把大家从莫德瑞手中解救出来，死何足惜。"

莫德瑞私下去找年轻一辈的圆桌骑士们，在他们面前嘲笑亚瑟王和亚瑟王所立下的誓约。"帮助弱者！"他说道，"多笨哪！让我们为自己的权益而战吧。我们要什么就拿什么。土地、黄金，甚至整个王国都可以！"骑士们听信他。于是他身边的人愈聚愈多。他们已准备好要和亚瑟王开战。

然而有些骑士仍是忠于亚瑟王。亚瑟王将他们全部召集起来，坚定地说道："这是我国面临的最大一场危机。我们的人数不多，圆桌骑士里最英勇的骑士们有很多都已经不在了，兰斯洛特已回到他的老家，高文已经过世。然而，我们仍得奋力阻止莫德瑞的行动，而且一定会成功！"

随后，亚瑟王和他的骑士们奔驰出城，准备迎战莫德瑞。他们直至夜幕降临才停下来安营扎寨。战争将于明日展开。夜里，亚瑟王独自坐在营火前，注视着闪闪跃动的红焰，开始觉得头脑昏昏沉沉的。

突然间，他看到高文的脸，也听到高文的声音。"现在不是开战的时候，不要打，否则您会丧命的！"高文说，"善恶到头终有报。答应莫德瑞的所有要求。还有，千万不要急着开战，兰斯洛特会来帮忙，一个月后他会抵达，所有的人均可获救。"高文的声音渐行渐远。亚瑟王摇摇头，那个是梦吗？还是高文的灵魂前来警告他？

亚瑟王召来身边最优秀的骑士——贝底威尔爵士。"你去跟莫德瑞谈和，"亚瑟王告诉他，"他要什么就给什么，我们需要时间。"

贝底威尔依言前去。莫德瑞同意和谈，条件是亚瑟王必须将王国的一半土地分给他，剩下的另一半待亚瑟王过世之后也将归他所有。

第二天早晨，亚瑟王和莫德瑞各自启程去和对方会合，并且缔结和平协定。但是亚瑟王不信任莫德瑞，他告诉他的骑士们："大家小心，如果有人拔剑，我们就开战。"莫德瑞也不信任亚瑟王，他也做好了战争的部署。

旭日东升时,两军面对面地摆开阵势。亚瑟王和莫德瑞各自从自己的阵营中出来,朝着对方骑去,准备和谈。亚瑟王几乎无法忍受莫德瑞那张盛气凌人又邪恶诡诈的脸。但是他想要和平,因为那样或许可以让圆桌骑士的光环持续下去。

The Combat of Mordred and King Arthur.

就当此时,一条蛇窜过草地,咬了亚瑟王的一个骑士。那骑士不假思索便拔出剑来,将蛇砍成两段。莫德瑞的人看见对方阵营中发出剑光,也拔出剑来。两军争先恐后地冲向对方,一场战争就此展开。接着,是连续不断的骑马冲锋,空中充满了飞来飞去的箭矢,到处都是矛和盾牌互相撞击的声音。战场上马倒矛折,战士们痛苦地哀嚎;英勇的骑士倒下了,受伤的更是不计其数。威尔士人、苏格兰人、不列颠人在一场兄弟互残的恐怖混战中对抗。亚瑟王和他的骑士不断地集结人马,带领部队回到受威胁的前线。莫德瑞及他的人马也是同样的英勇。鲜血染红了大地,但是双方仍持续拼斗。太阳即将下山,遍布尸体的平原一片静默。西沉的夕阳,把血腥的光线洒在一望无际的死者与伤者的身上。重伤的亚瑟王仍在打斗。他终于看到莫德瑞,年轻的莫德瑞坐在马鞍上摇晃着,他的盔甲已被鲜血染红。两个人手举着矛,骑马冲向对方。亚瑟王知道自己是为正义而战,这份自信,让他的手臂拥有一股恐怖的力量。“你再也无法作恶了！”他吼叫着，冲向莫德瑞，刺穿了他的盔甲和身体。当亚瑟王抽出他的剑时，阳光穿透伤口闪耀着。但是莫德瑞在死前也向亚瑟王挥出了最后一剑，然后倒地毙命。亚瑟王也倒下了，流着血，伤势极为严重。

贝底威尔爵士赶到亚瑟王身边，慢慢地把他抱起来。亚瑟王睁开眼睛，指着附近的一个湖泊，用微弱的声音对贝底威尔说道：“我的时候到了。拿着我的神剑，把它丢进湖里，再回来告诉我，你看到了什么。”

贝底威尔爵士遵从国王的指示，拿起那把美丽的剑，来到了湖泊跟前。他把宝剑拿在手上，仔细地看了看，不舍得扔，心想：“国王怎么能下这样的命令？怎么能把仙女送的一把这么漂亮的剑丢在水里？”于是他将神剑藏在湖边一棵大树的树根下，骑马回到国王身边。

当他回来时，亚瑟王问道："你将剑丢进湖中了吗？"

"丢了！"贝底威尔答道。这是他第一次对国王撒谎。

"当你把剑丢下去，告诉我，你看到了什么？"亚瑟王紧接着问。

贝底威尔答道："除了映照在水面上的月光之外，什么也没有。"

亚瑟王随即说道："你没有照我的话去做。回去，快！"

贝底威尔回到树下。他将神剑拿在手中。但是，他仍然十分犹豫，心想："我实在无法将我挚爱之王的宝剑丢掉。"于是他又将剑留在原地，骑马回到亚瑟王身边。一见面亚瑟王又问他道："这次你看到了什么？"

贝底威尔答道："只是有点儿微风吹过水面，荡起层层涟漪而已，别的什么也没有看见。"

这次，亚瑟王说道："你又对我说谎！你没有把剑丢掉！为什么你要这样折磨我呢？遵守我给你的最后一道命令：把宝剑丢到湖里。去吧，别替剑和我担心。"

EXCALIBUR RETURNS TO THE MERE

贝底威尔觉得很难过，只得再度回到树下，取出神剑，走到湖边，一刻也不犹豫地使出全力将神剑往上一抛。贝底威尔觉得整个大自然顿时都寂静无声。神剑在月光下闪着光芒，十分缓慢地落下，当剑落到近乎水面时，一位身穿一袭白丝绸的女子将手臂从湖里伸出，稳稳地将它接住，然后隐没入粼粼的波光中。完全听不到任何声音，水面如镜般地闪耀着。

贝底威尔快马回到亚瑟王那里，将他所见到的一切告诉亚瑟王。亚瑟王点点头，满意地说："现在，扶我到湖边去。快！我的时间不多了。我怕我已经拖得太久了。"这时，难以置信的大雨，开始从乌云密布的天空降下。骤雨当中，贝底威尔看到一艘洁白的船停靠在国王面前。船上有三个女人，她们全部头戴皇冠，脸上蒙着长长的黑色面纱。她们一看见亚瑟王便开始轻声哭泣。

“把我放到船上去!”亚瑟王说道。贝底威尔爵士照着他的话,轻柔地把亚瑟王抱上了船。此时,其中的一个女人喊道,“噢,亚瑟! 你怎么拖这么久? 你的伤口已经变冷了。”

小船缓缓地朝雾里驶去。贝底威尔爵士大声喊道:“我王! 您会回来吗?”

亚瑟王答道:“我将前往魔幻之境。在那儿,要是还来得及的话,我可以得到医治。如果不列颠需要我,我自然会再回来。”说罢,小船便消失在迷雾中。

后来,有人说亚瑟王死了;有人说他正在享受无限长眠;也有人说他住在一个充满迷雾和魔法的地方,而且有一天,他会再回来,届时将会出现一个真善美的新的王国。

图书在版编目（CIP）数据

亚瑟王和圆桌骑士 / （英） 安德鲁·朗格著 ； 单伟龙，陈保红译． -- 湘潭 ： 湘潭大学出版社， 2025. 3.
ISBN 978-7-5687-1732-8

Ⅰ. I561.44

中国国家版本馆 CIP 数据核字第 2025GE3517 号

亚瑟王和圆桌骑士

YASE WANG HE YUANZHUO QISHI

（英）安德鲁·朗格 著 单伟龙 陈保红 译

策划编辑： 李志红
责任编辑： 李志红
封面设计： 李　平
出版发行： 湘潭大学出版社
社　　址： 湖南省湘潭大学工程训练大楼
电　　话： 0731-58298960 0731-58298966（传真）
邮　　编： 411105
网　　址： http://press.xtu.edu.cn/
印　　刷： 长沙超峰印刷有限公司
经　　销： 湖南省新华书店
开　　本： 710 mm×1000 mm 1/16
印　　张： 14.25
字　　数： 222 千字
版　　次： 2025 年 3 月第 1 版
印　　次： 2025 年 3 月第 1 次印刷
书　　号： ISBN 978-7-5687-1732-8
定　　价： 68.00 元